Illustration de couverture : Jabiru Kapirgi

Loi n°49-956 du 16 juillet 1949

sur les publications destinées à la jeunesse

modifiée par la loi n°2011-525 du 17 mai 2011

Dépôt légal : Février 2024

Imprimé en Mayenne par les Presses du Bocage, Gorron

ZA de la Bourdaiserie, Rue du Menhir 53120

SIMONIE

RAMANIA

RÊVERIE À L'ACADÉMIE DE MAGIE

éditions
Chalcédoine

ISBN : 978-2-9591780-2-3

EAN : 9782959178023

1
L'ACCEPTATION INESPÉRÉE

– Ramania, ne traîne pas. Je finis de ranger, je ferme la boutique et on commencera la préparation du repas !

C'est sur ces mots que la jeune brune quitta la librairie de sa mère, où elle l'aidait depuis quelques jours à classer et étiqueter les milliers de livres entassés. Donner un coup de main était loin d'être un souci, elle adorait déambuler dans ces allées depuis qu'elle était toute petite, parcourait les livres qui avaient les plus jolies couvertures, lisait les résumés, regardait les gravures… Mais ce qu'elle préférait par-dessus tout en été, ce n'était pas sentir l'odeur du papier et voir les clients émerveillés dès que sa maman trouvait le roman parfait, non. Son plaisir à elle, c'était au moment de sortir de la boutique et de se balader sur le chemin qui menait jusqu'à la Promenade du Clair de Lune. Rien que le nom laissait rêveur, on se croyait dans une de ces poésies où les mots laissent place à des images, une douce mélancolie, une agréable rêverie ; en bref, à de la magie. Cette Promenade du Clair de Lune était le croisement parfait entre les jardins fleuris, la plage de sable fin et la mer et ses embruns. Elle permettait à la jeune fille de s'évader dans ses pensées tout en longeant la côte, puisqu'elle atterrissait chez elle au bout de celle-ci. La maison de ses parents n'était pas vraiment face à la mer, mais il suffisait de remonter une rue ou deux et elle arrivait juste devant. Soufflant sur la frange qui survolait ses yeux noisette, elle se mit à dresser le bilan de l'année scolaire qui venait de s'achever, maintenant qu'elle avait rangé pour de bon sa trousse, ses classeurs, et les feuilles éparpillées dans le fond de son sac.

Voilà une semaine déjà que les dernières épreuves des examens de fin d'année venaient de se terminer. La pression redescendait tout juste, le destin de ces centaines de milliers d'élèves partout en France était désormais entre les mains des correcteurs qui avaient la lourde tâche de mettre une note qui allait sceller le sort, ouvrir de nombreuses portes ou casser les ambitions de jeunes dont ils ne connaîtraient même pas le nom.

Pour sa part, Ramania n'avait jamais été la meilleure de sa classe. Elle savait que son épanouissement ne se trouvait pas sur un banc. S'il fallait résumer sa scolarité, elle dirait qu'elle n'était ni bonne ni mauvaise, elle était juste là. Elle faisait acte de présence. Cet effort méritait d'avoir au moins la moyenne, ne serait-ce que pour la récompenser de tous ces réveils matinaux enclenchés quelques années après avoir sorti ses premiers mots.

Elle avait bien des matières préférées, comme l'histoire et ses anecdotes parfois surprenantes, voire le français et ses subtilités, ou des cours qui lui manquaient, comme ceux de musique et d'arts plastiques. Mais elle était bien trop contente de se dire que, le temps d'un été, elle n'aurait plus besoin de se forcer à rester éveillée face à un prof de mathématiques si monotone et cynique, répétant à qui veut bien l'entendre qu'il n'y avait rien de plus simple et logique que les chiffres et l'arithmétique. Et là où certains élèves n'étaient pas doués dans les matières classiques mais excellaient en sport ; ce n'était pas son cas, loin de là. Ramania était même la seule élève de sa classe à avoir réussi à se perdre en pleine forêt pendant la course d'orientation.

Côté amitié, ce n'était pas mieux. Il y avait une ou deux filles avec qui elle s'entendait plutôt bien cette année, mais apparemment pas assez pour qu'elles se voient en dehors des heures de cours. Et ne parlons pas d'amour…

La brune pensive fit une pause dans sa marche pour pouvoir profiter de la vision qui s'offrait à elle, observant au loin les remparts qui laissaient entrevoir de vieilles bâtisses et de belles maisons, le tout ponctué d'arbres, de palmiers et de buissons.

Elle avait grandi en Bretagne, à Dinard pour être précis, une petite ville côtière pittoresque nichée entre les falaises escarpées et les eaux cristallines de la Manche. Les rues pavées étaient bordées de modestes demeures en pierre, aux toits de tuiles rouges et aux volets bleus, qui semblaient tout droit sorties d'un conte pour enfants. Les jardins luxuriants débordaient de fleurs colorées et de tout autant de buissons taillés avec soin. Les chaussées, quant à elles, étaient animées par le bruit des vagues, le chant des mouettes et le bruit de milliers de pas battant le pavé certains jours de fête. Les plages de sable fin s'étendaient à perte de vue, offrant un spectacle dépaysant et enchanteur à ces milliers de visiteurs. Les bateaux de pêche colorés se balançaient doucement sur les eaux calmes, tandis que les enfants du pays couraient joyeusement sur la plage, construisant des châteaux de sable et cherchant, armés de pelles et de seaux, les plus beaux coquillages du rivage.

Mais, aux yeux de Ramania, ce qui rendait vraiment magique la ville de Dinard, c'était la lumière, surtout à la tombée du soir. Les rayons du soleil se reflétaient sur l'eau, créant des étincelles dorées qui donnaient la folle impression de danser avant de s'échouer sur les rochers. Et le clou du spectacle, c'était le coucher du soleil, avec ses couleurs éclatantes et douces comme le miel qui semblaient peintes à la main par des artistes défunts dans le ciel. Dinard était un endroit où la magie était palpable, où les rêves paraissaient devenir réalité et où la beauté naturelle venait insuffler quelques grains de vie. Pourquoi vouloir partir d'ici ?

Si elle avait eu un peu plus de temps, Ramania aurait pris son crayon et son petit carnet pour pouvoir esquisser le paysage qui lui faisait face. Mais il fallait qu'elle se dépêche si elle ne voulait pas louper les préparatifs pour son repas de famille. Jetant un dernier regard sur le rivage, elle se remit en route. Ces courts instants lui faisaient du bien, puisqu'elle ne verrait peut-être plus sa ville à la rentrée prochaine, celle-ci ne figurait dans aucun des choix d'établissements qu'elle avait pu faire pour la nouvelle année scolaire. Pour pouvoir étudier dans une école d'art, comme elle le souhaitait, il fallait qu'elle parte s'installer dans une grande ville, sûrement à Rennes ou à Nantes, voire s'exiler jusqu'à Paris. Mais si ces choix lui permettaient de faire ce qu'elle aimait, elle se donnerait les moyens de réussir, surtout si ça faisait la fierté de sa famille.

Ramania savait que celle-ci croyait en son talent, ses peintures ornant le salon, la chambre de ses parents et même la librairie de sa maman. C'est pour ça qu'il fallait qu'elle soit prise dans au moins l'un des établissements dans lequel elle avait postulé pour la prochaine rentrée. Les résultats tombaient dans la soirée. Rien qu'imaginer que ça puisse ne pas être le cas, elle angoissait déjà.

Heureusement, elle n'allait pas se monter la tête plus longtemps. Au loin, elle commençait à apercevoir la maison de ses parents. En remontant la rue, Ramania passa devant l'hôtel-restaurant qui se trouvait à cent mètres de chez elle et en profita pour faire un signe de la main au restaurateur, puis continua jusqu'au portillon gris de ses parents. Elle venait enfin de rentrer et, si elle se fiait aux voitures garées en face, il ne manquait plus qu'elle pour que le repas puisse commencer.

Elle ferma le portail en ferraille, monta les marches et traversa l'étroit chemin de son jardin. Il n'était ni très fleuri ni bien décoré, mais les quelques fleurs qui le parsemaient embaumaient toute l'allée.

Par la baie vitrée, elle apercevait ses oncles et tantes s'affairant à dresser minutieusement la table. Elle toucha du bout des doigts l'objet de bois fixé à droite de l'entrée, comme à son habitude, puis passa le pas de la porte. En rentrant, Ramania salua toute la petite smala, puis posa ses clefs à côté des cadres alignés sur le buffet. Elle en prit un dans ses mains, celui où on la voyait enfant posant juste à gauche du chat que ses parents avaient eu, Hofaza. C'est dans ce genre de moments qu'elle se rendait compte que le temps passait à une vitesse folle et qu'il fallait pleinement profiter de chaque instant avec ses parents. D'ailleurs, rien que d'imaginer que l'année prochaine elle ne vivrait plus avec eux, elle ressentait déjà un immense manque, un vide en elle qu'elle ne saurait décrire. Elle préférait ne pas y songer et alla plutôt aider les convives à s'attabler.

La délicate magie des repas traditionnels imprégnait l'atmosphère de la pièce, pendant que toute sa famille se rassemblait autour de la table dressée élégamment. La pièce était baignée d'une lueur chaleureuse émanant des bougies allumées sur le chandelier, dansant avec grâce et évoquant le souvenir des générations passées qui avaient elles aussi participé à ce genre de repas.

Les arômes envoûtants des mets délicieux s'élevaient, venant flatter les sens de chacun des invités, annonçant le festin qu'ils allaient pouvoir déguster. Des boulettes fumées, tendres et dorées, parfaitement alignées et assaisonnées, faisaient face aux légumes rôtis brillant d'une lueur caramélisée qui allaient les accompagner. Dans un dernier plat, on pouvait contempler une belle montagne de riz parfumée qui invitait les convives à se plonger dans son abondance et son léger fumet.

La famille de Ramania, réunie dans l'amour et le respect, s'attablait avec joie, se préparant à partager ce moment précieux dont il fallait profiter. Les discussions joyeuses et animées remplissaient la pièce, portées par les rires et les sourires complices. Chaque membre de sa famille apportait son histoire, ses anecdotes, ses expériences, créant un tissage habile de conversations passionnantes. Le repas était délicieux, le talent de cuisinier de ses parents n'avait aucune concurrence possible, même parmi tous ces chefs étoilés qui passaient dans toutes ces émissions télévisées.

Les bougies scintillaient, lançant des éclats de lumière dans les yeux des invités émerveillés qui se régalaient. Les visages s'illuminaient d'une gratitude profonde et sincère tout au long du repas, des mains tendues partageant le pain bénit jusqu'aux doigts levés désirant une autre part du dessert. Invisibles mais bien présents, on pouvait deviner assez facilement tous ces liens familiaux qui transcendaient le temps.

Mais la magie de ce repas rendait encore plus difficile l'idée de devoir quitter le cocon familial. Comment allait-elle faire pour s'en sortir sans ses parents, sans cet amour, sans ses repères ? Allait-elle pouvoir faire ses preuves par elle-même et enfin trouver la voie qui lui correspondrait le mieux ? Il était temps de monter, les résultats n'allaient pas tarder à être publiés.

Le stress commençait à grimper, il était de retour, lui remplissant la tête d'idées négatives et de scénarios catastrophes où elle n'était acceptée nulle part.

– Mais non, il n'y a aucun risque que ça arrive… Tu as fait six vœux, il y en aura au moins un de bon. Aie confiance en toi, se dit Ramania pour se rassurer.

En bas, elle entendait la douce mélodie des chants qui résonnaient dans le salon, ses proches chantant à l'unisson. Elle commença alors à douter. Tout cet amour, cette foi, cet héritage que ses parents avaient transmis, ce n'était pas pour qu'elle les délaisse, les abandonne. Peut-être pourrait-elle rester encore quelques années à leurs côtés, histoire de profiter. Elle irait travailler dans la librairie de sa maman, même si elle savait qu'elle n'aurait pas de quoi la payer confortablement ; la librairie ne faisant pas rentrer tellement d'argent. Juste assez pour bosser toutes les deux, juste assez pour être heureux. Personne ne la jugerait dans la famille. Après tout, son cousin Raphaël vivait encore chez ses parents alors qu'il venait de souffler ses trente-deux bougies.

Mais elle savait que si elle restait là, elle ne pourrait pas rencontrer de nouvelles personnes, se sociabiliser, voire même se faire des amies. L'avantage d'être dans une filière qui nous apprend ce qu'on aime faire, c'est qu'on sait que la plupart des gens y sont pour les mêmes raisons, les mêmes envies et la même passion.

– Bon… c'est le moment, se dit-elle pleine d'entrain.

Elle attrapa d'une main son ordinateur, l'alluma et, le temps qu'il se connecte à Internet, essaya de ne pas trop réfléchir à tout ça. Elle était sur la plateforme des résultats, il ne manquait plus que le mot de passe pour qu'elle puisse se connecter et accéder aux réponses des établissements. Cet identifiant lui avait été fourni par son proviseur lors du dernier cours.

Ramania tenta de se rappeler où elle avait bien pu le placer, cherchant dans son agenda, le fond de son sac, ses cahiers et commença, petit à petit, à s'énerver.

– Où ai-je bien pu foutre cette feuille ? pesta-t-elle.

Voilà. Elle venait de mettre la main dessus, pliée dans sa trousse. Elle se dépêcha de le déplier et nota chaque caractère sur son clavier, avant d'enfin ouvrir sa session.

– J'espère être prise à Rennes, se confia-t-elle.

Les rayons pâles de la lune s'infiltraient timidement à travers les rideaux, projetant leur lumière douce et voilée dans sa petite chambre fermée. Assise seule devant son ordinateur, Ramania fixait l'écran avec une appréhension grandissante. Ses dix doigts, tremblants et empreints d'une naïve espérance, effleuraient le clavier.

La page venait de charger, les résultats apparaissaient les uns après les autres. Elle avait face à elle toutes les réponses des établissements, verdict annoncé par des mots répétés six fois sans émotion : vœu refusé…

La jeune fille, vêtue d'une chemise usée et d'un jean délavé, aurait pu être confondue avec n'importe quelle autre étudiante regardant les résultats devant son ordinateur, mais à ce moment précis, son faciès n'exprimait qu'une profonde tristesse, avec l'envie de se fondre dans la nuit, se cacher sous la pluie. Les reflets argentés de ses yeux noisette étaient voilés par les larmes qu'elle contenait à peine, tandis que ses épaules, auparavant fièrement redressées, semblaient désormais fléchir sous le poids des déceptions qui s'accumulaient. Ses mèches brunes, négligemment retenues en un chignon lâche, encadraient un visage affligé qui, la veille, avait abrité quelques sourires et tout autant d'étincelles d'espoir. Mais à présent, une ombre s'était abattue sur ses traits délicats, effaçant la moindre trace de joie. Ses joues, jadis rosées, étaient dès lors pâles et marquées par l'effort de retenir les sanglots qui menaçaient de se libérer. Les rires de sa famille restée en bas parvenaient à ses oreilles comme une symphonie discordante, contrastant avec son état depuis l'annonce des résultats.

Alors que le monde extérieur continuait son cours sans se soucier de ses aspirations brisées, Ramania ressentait au fond de son cœur un profond sentiment d'injustice et de solitude. Que dirait sa famille de tout ça ? Comment allaient réagir ses parents après avoir constaté qu'elle n'était pas assez douée pour être acceptée parmi six établissements différents ?

Elle leur en parlerait le lendemain, au petit-déjeuner, en espérant qu'ils soient compréhensifs et indulgents.

Dans cette chambre teintée de peine et de désespoir, Ramania comprit que c'était terminé. Elle irait travailler avec sa maman comme elle l'avait imaginé quelques secondes auparavant. Alors qu'elle séchait ses larmes, elle prit la décision d'aller se coucher. Il était encore tôt, mais elle avait eu sa dose d'émotion et de déception pour la soirée. Il était temps de mettre un peu en pause ses réflexions et ses pensées.

Le calme de la nuit enveloppait la petite ville de Dinard. Les rires avaient cessé, tous les membres de sa famille étaient partis se coucher. Seul le bruit des vagues venait rappeler que le temps ne s'était pas totalement arrêté.

Au milieu de cette tranquillité apparente, Ramania avait déjà plongé depuis longtemps dans les doucereux songes de l'inconscient, laissant de côté ses propres questionnements. Son sommeil était profond et paisible, jusqu'à ce que des ombres mornes et sinueuses s'immiscent au sein de son rêve. Elle ne savait pas réellement où elle se trouvait, mais ce bois lui donnait l'étrange impression qu'elle y avait déjà mis les pieds. Ramania se tenait dans une forêt calme et envoûtante, presque apaisante, où les arbres majestueux semblaient susurrer des secrets ancestraux à qui voulait bien y prêter une oreille. Ces arbres étaient si hauts qu'on apercevait à peine leurs cimes s'estompant peu à peu dans le ciel. Soudain, un hurlement résonna dans la forêt, venant briser la relative tranquillité dans laquelle Ramania était plongée. Derrière les épais buissons du chemin qu'elle avait décidé d'emprunter, elle entendait les cris plaintifs d'un homme. Doucement, elle s'approcha pour comprendre ce qu'il se passait et fut figée par la vision qu'elle avait en face d'elle. Une image d'elle-même, enfant, se tenait debout, dos à un chêne. Elle était habillée d'une robe magenta et d'un collant bleu roi. Son visage laissait transparaître de la crainte.

La crainte de quoi ? Ramania ne comprenait pas.

Quand, tout d'un coup, une voix rauque prononça des mots dont elle ne réussit pas à en saisir le sens et un éclair lumineux traversa la forêt, éclaboussant les arbres aux alentours d'une lueur électrique. Lorsque cet éclair, semblant venir de l'horizon, toucha la petite fille, un bruit sourd résonna et elle s'écroula au sol, le profil plongeant dans les feuilles qui tapissaient la terre, sans un bruit, sans vie. Elle ne comprenait pas ce qu'il venait de se passer. Une nouvelle fois, le bois fut transpercé d'un hurlement glaçant, de gémissements, puis d'un cri larmoyant. Décidée à découvrir d'où sortait cet éclair, Ramania tourna la tête vers sa droite, mais quelque chose l'en empêcha. Comme si la nature s'excusait elle-même de ce dénouement tragique, Ramania s'éveilla brusquement dans son lit, le souffle court et les yeux encore imprégnés de cette vision lugubre et funeste. Son cœur battait d'une intensité presque douloureuse, s'en voulant de ne pas avoir réussi à voir qui était le tueur, ni même d'où et de qui provenaient les pleurs.

L'onde de choc de ce cauchemar la laissa perplexe face à ce qu'elle venait de vivre. La silhouette mystérieuse se fondait dans les méandres de ses pensées, suscitant un amas d'interrogations qui lui faisait un peu oublier ses refus. Mais d'autres questions continuaient de fuser.

D'où émanait cet éclair ? Pourquoi était-il horizontal, ne tombant pas du ciel comme ceux que l'on apercevait les soirs d'orages ? Et s'il venait de quelqu'un, ou de quelque chose, qu'est-ce que ça pouvait bien être ? Son subconscient essayait-il de lui transmettre un message d'une façon un peu plus originale qu'à l'accoutumée ?

Ramania décida d'aller sur son ordinateur, histoire de se vider la tête. Sa série du moment ferait l'affaire et permettrait peut-être à son esprit de se poser.

En voyant l'écran s'allumer, elle constata qu'elle était encore sur la page des résultats. Sous le coup de la déception, elle avait dû le mettre en veille plutôt que de l'éteindre. Face à elle, un septième vœu était apparu :

Rocher Portail – Académie de magie : vœu accepté

2

L'ACADÉMIE DE MAGIE

Le lendemain matin, à l'heure où les rayons de soleil se posaient sur le petit carré de jardin et les rangées de dahlias, Ramania n'en revenait toujours pas. Elle dut retourner sur son ordinateur pour vérifier qu'il ne s'agissait pas d'un rêve ou d'un scénario monté de toutes pièces par son cerveau.

Pourtant, la réponse automatique se trouvait encore là.

Rocher Portail – Académie de magie : vœu accepté

Elle ne comprenait pas. Académie de magie ? Comme dans les films de sorciers qu'elle avait pu voir à la télé ? Ou bien comme ces illusionnistes qui font apparaître des lapins de leurs chapeaux et disparaître leur assistante ?

CHAPITRE DEUX

Ramania ne savait pas trop quoi penser de tout ça. Et la recherche sur Internet ne lui avait pas apporté beaucoup plus de réponses, hormis que l'académie ne se trouvait pas si loin, à une heure à peine en voiture. Juste assez pour rentrer en fin de semaine, mais pas suffisamment pour se permettre d'effectuer le trajet tous les jours. Dans tous les cas, il allait falloir en parler à ses parents. Même si elle était rassurée de ne pas avoir à leur annoncer que tous les établissements l'avaient refusée, elle ne savait pas encore comment elle allait expliquer qu'elle était acceptée dans une académie de magie.

Elle devait sauter le pas, si elle ne le faisait pas maintenant, elle ne le ferait jamais. Entendant le bourdonnement du micro-ondes de ses parents, elle comprit qu'ils étaient levés et qu'il était temps d'y aller.

– Coucou papa, coucou maman. Bien dormi ? demanda la jeune fille en s'installant à table avec son bol gris.

– Hum, ça va, répondit son père la bouche pleine de l'énorme croissant au beurre qu'il venait d'entamer.

Sa mère, jambes croisées, buvait paisiblement son café.

– Et toi, ta nuit ? interrogea-t-elle en relevant la tête.

Ramania prit un petit moment avant de lui répondre. Comment allait-elle bien pouvoir leur expliquer tout ce qui s'était passé et surtout, la conclusion de cette soirée qui fut légèrement mouvementée ?

Avant qu'elle n'ait pu ouvrir la bouche, sa mère lui lança une seconde question, qui allait la forcer à parler.

– Et d'ailleurs, tes résultats, tu n'es pas venue nous dire. Quelles étaient les réponses ? Je suis montée hier pour te demander mais tu dormais déjà, renchérit-elle.

– Bah justement… à ce sujet… comment dire, balbutia Ramania en cherchant minutieusement ses mots.

– Tu n'as pas été admise dans ton école d'art ? lui demanda son père avec un air inquiet.

– Chéri, ne raconte pas de bêtises, elle n'avait pas postulé qu'à l'école d'art de Rennes, tu t'en doutes bien.

– Oui, mais je disais ça dans le sens où la petite n'avait été prise nulle part…

– Alors, justement, j'ai bien été acceptée dans une école, garantit aussitôt Ramania afin de les rassurer.

– Mais ? lui assena sa mère, se doutant que sa fille assise en face d'elle ne lui révélait pas tout.

– Bah j'ai pas été prise dans une école d'art, mais dans une académie de magie, finit par lâcher Ramania gênée.

Un long silence envahit alors la pièce, si bien que même le doux clapotis de la mer au loin semblait s'être stoppé. Ses parents se regardèrent, interloqués, tout en fixant leur fille, tous les deux surpris par cette révélation pour le moins inattendue. Son père avait même failli s'étouffer avec son croissant lorsqu'il avait entendu où elle irait. Que pouvaient-ils bien se dire ou penser de cet avenir ? Elle aurait tout donné pour qu'ils aient une réaction, qu'ils disent quelque chose. En bref, elle aurait tout fait pour que cesse le silence qui inondait la pièce.

– Et… ça te plairait vraiment d'aller dans cette école de magie ? tenta alors timidement son père pour dissiper cette gêne qui commençait à s'éterniser.

À ce moment-là, Ramania était face à un dilemme. Soit elle mentait à ses parents, chose dont elle n'était pas fière, soit elle leur avouait qu'elle n'avait aucun souvenir d'avoir demandé cette école dans ses choix. Honteuse qu'ils puissent comprendre que son seul vœu accepté était une erreur d'inattention, un bouton sur lequel elle avait dû cliquer sans faire exprès. Elle était embarrassée, mais sa décision était prise, elle mentirait.

– Oui, c'était… ma seconde option, acquiesça Ramania.

Ses parents, assis côte à côte en face d'elle en se tenant la main sur la table, semblaient étonnés et désemparés face à cette information sortie un peu de nulle part.

– Ah… prononcèrent ses deux parents en chœur.

Ils se regardèrent encore l'espace de quelques instants, silencieusement, avant de finalement se décider à relâcher la pression. Son père se mit à lui sourire et, afin d'apaiser la situation, s'empressa de lui dire :

– Si ça peut te rendre heureuse, nous te suivrons !

La jeune ne put s'empêcher de remarquer que sa mère, derrière un sourire rassurant, avait encore un air inquiet. Elle se demandait sûrement ce que sa fille deviendrait.

Dès que Ramania avait annoncé à ses parents où elle irait à la rentrée, les vacances d'été n'avaient cessé d'avancer à une vitesse déconcertante. Les mois restants lui donnaient l'impression de n'avoir duré que dix jours. Pendant ce court laps de temps, elle tenta d'essayer de comprendre ce qu'elle pourrait faire dans une académie de magie en regardant des vidéos de magiciens qui passaient une pièce d'une main à l'autre et devinaient la carte que le spectateur avait sélectionnée. Mais ce qui l'angoissait le plus, c'étaient les vidéos d'escapologie, où un magicien attaché devait se libérer de ses chaînes pendant qu'il était plongé dans une boîte remplie d'eau. Cette vision n'avait rien de rassurant, surtout pour quelqu'un comme elle qui ne savait pas très bien nager.

Ramania aurait bientôt des réponses à toutes ces interrogations, le jour de sa pré-rentrée étant arrivé. Demain, dès l'aube, à l'heure où les premières crêpes commenceraient à cuire, ses parents l'emmèneraient.

Le trac montait, mêlé à sa hâte de découvrir ce coin dont elle ne savait quasiment rien.

Le lendemain matin, la nuit se dérobait tout juste, quittant lentement la plage, les vagues et les arbustes. Ramania, elle, était si bien réveillée que ses proches auraient pu parier qu'elle ne s'était jamais couchée.

– Tu n'as rien oublié ? demanda son père en chargeant le coffre de la voiture familiale des dernières valises.

Sa fille fit non de la tête, vérifiant derrière elle en faisant le tour de la maison, terminant par sa chambre et ses affaires entassées dans un coin. Aussi étrange que cela puisse paraître, elle avait reçu une consigne par mail venant de l'académie précisant :

Chère Ramania, avant de rejoindre notre prestigieux établissement du Rocher Portail, pensez bien à réunir chez vous, dans un endroit distinct et rangé de la pièce où vous avez pour habitude de vous reposer, toutes les affaires que vous emporterez dans votre futur logement.

En vous souhaitant une belle rentrée,

L'Académie de Magie du Rocher Portail

Elle ne savait pas trop ce que tout ça pouvait bien signifier, mais elle ne se posa pas plus de questions. Un étudiant ou un membre du personnel de l'école viendrait certainement bientôt chercher ses affaires.

Ça faisait maintenant presque une heure que la petite famille roulait dans la campagne bretonne, ne croisant parfois que des champs verdoyants à perte de vue. Quand soudain, au loin, les tours d'un immense château en pierre se dessinèrent, entre les branches des sapins.

Ses yeux noisette s'égayaient à la vue de l'imposant galbe du château, entouré d'une brume matinale, mais dressé comme un gardien majestueux perdu dans ces campagnes herbeuses et fleuries. La pierre grise du bâtiment paraissait avoir absorbé les histoires et les secrets de tant de générations d'étudiants, conférant une aura d'infini à ce lieu chargé d'un esprit de magie.

Son père et sa mère s'arrêtèrent sur l'endroit qui semblait être réservé aux voitures et qui se trouvait juste avant un impressionnant rempart de conifères.

– Prends soin de toi ma chérie, dit sa maman en la prenant tendrement dans ses bras et en l'embrassant.

– Et n'oublie pas d'nous envoyer des messages surtout.

En un claquement de porte, un vrombissement de moteur, quelques signes de la main jusqu'au bout du chemin et Ramania se retrouva seule avec ses valises. Elle nota que les parents n'étaient pas invités à franchir le portail, mais espérait qu'ils tenteraient le coup, histoire de l'accompagner jusqu'au dernier moment. Elle éclipsa vite cette pensée une fois l'entrée passée.

Devant elle se traçait un long chemin encadré d'herbe. Des sapins, tous aussi coniques les uns que les autres, semblaient faire une haie d'honneur pour les accueillir. Après avoir franchi le pont en pierre du château, la jeune brune contempla les superbes tours ornées de drapeaux qui se dressaient face à elle. Le lieu paraissait magique.

Alors qu'elle essayait de se fondre dans la masse des nouveaux arrivants, elle entendit une voix l'appeler :

– Ramania ? C'est toi ? Qu'est-ce que tu fais là ?

En se retournant, elle aperçut une petite blonde avec une coupe au carré, un gilet rosé sans manches duquel dépassait sa chemise blanche et dans sa main, aussi surprenant que ça puisse paraître, un balai.

– Quelle surprise de te voir ici, renchérit la jeune fille.

Sophie n'était pas vraiment une amie de Ramania, ni quelqu'un qu'elle n'appréciait pas. Juste une camarade qu'elle avait croisée au détour d'un couloir, lui lâchant un sourire et une salutation, puis ça s'arrêtait là. Elles avaient été dans la même classe il y a trois ans, avant de changer d'établissement, déménageant à Fougères. Elles avaient dû s'adresser la parole moins d'une dizaine de fois. Elles se connaissaient sans réellement se connaître.

– C'est quoi ce balai dans ta main droite ?

– Ah, ça ? dit-elle en montrant un grand balai en bois avec une brosse faite de pailles tressées. Ce sont mes parents qui m'ont conseillé de le prendre avec moi. J'ai pas tout compris, mais je leur fais totalement confiance.

Ramania, dubitative, se fit la réflexion que c'était assez rudimentaire comme méthode de nettoyage, avant de se rendre compte qu'elle n'avait même pas pensé à apporter un petit aspirateur avec elle pour cette année. Pile au moment où elle sortait de sa réflexion, elle commença à remarquer que Sophie n'était pas la seule élève à avoir un balai. Certains l'avaient coincé dans leur sac, les deux bouts dépassant par les extrémités, quand d'autres l'avaient eux aussi simplement dans la main. Ils étaient peu nombreux, pourtant c'était bien la première fois que Ramania voyait autant d'étudiants avec cet objet, surtout le jour de la pré-rentrée.

– Ça va ? T'as l'air ailleurs, demanda Sophie en fouillant dans son sac à dos qu'elle venait de poser sur l'herbe.

– Ah oui, ça va, désolée. J'avoue que je ne comprends pas encore ce que je fais ici, ce n'était pas mon premier choix et je ne sais pas trop ce qu'on va y faire.

– T'inquiète pas, je suis aussi perdue que toi. Tout ce que je sais, c'est que c'est une bonne académie, elle est réputée. Ma mère était fière que j'y sois acceptée.

Sophie venait de sortir une longue cape de son sac, violette d'un côté et noir de jais de l'autre. Encore une fois, elle s'aperçut que des élèves en portaient une également. Ça lui semblait de plus en plus étrange, elle se serait crue en pleine fête d'Halloween.

– Bon, tu viens ? On va rater l'discours de la directrice !

Ramania n'était pas au courant qu'il devait y avoir une allocution, même si ça paraissait logique. Dans ses précédentes écoles, il y avait toujours quelques mots prononcés par les directeurs à l'arrivée des nouveaux. Au moins, elle en apprendrait un peu plus sur ce lieu et sur ce qu'elle devrait faire durant son année scolaire.

Elle suivit Sophie qui marchait déjà d'un pas décidé en direction d'un chemin de terre passant entre deux superbes buissons. Plus elles avançaient dans ce qui ressemblait à un immense jardin naturel, plus elles observaient la nature luxuriante qui les entourait. Faune et flore ne faisaient qu'une, les plantes laissaient entrevoir les museaux d'un groupe de renards, sautillant juste à côté de deux étudiantes qui ne semblaient pas les effrayer. En continuant, elles purent apercevoir, en plus des renards, des hérissons, des pies, des merles, des moineaux, ainsi que quelques pigeons qui s'affairaient à manger. En voyant ces animaux, Ramania n'éprouvait qu'une envie : celle de s'arrêter, d'enjamber le chemin et de se poser dans l'herbe encore humide de la rosée du matin, pour caresser ces petites bêtes du jardin.

Mais son ancienne camarde de classe continuait d'avancer, décidée à ne pas rater le discours de rentrée. Alors Ramania suivit son pas jusqu'à arriver dans une vaste cour entourée de murs de pierre, où se tenaient des élèves devant une tribune de bois surmontée d'un pupitre sur lequel des armoiries étaient gravées.

– Juste à temps. Elle arrive, je crois, annonça Sophie en pointant du doigt une grande dame aux cheveux clairs qui s'avançait sur l'estrade avec des feuilles à la main.

Sa chevelure était tellement pâle, qu'on ne pouvait pas distinguer s'il s'agissait d'un blond très clair, ou d'un blanc éclatant reflétant l'insaisissable passage du temps. Elle dégageait une aura particulière, emplie de mystère.

La douce lumière du soleil matinal baignait les pierres millénaires du château, accompagnant la mélodie du clapotis de l'eau du ruisseau et du chant des oiseaux. Dans la cour intérieure, les élèves et les professeurs se rassemblaient, motivés et prêts à commencer une nouvelle année où ils perfectionneraient leur talent. Face à la foule en effervescence, se tenait cette grande dame distinguée qui semblait être la directrice du lieu. Vêtue d'une robe noire élégante, ornée d'un motif subtil d'étoiles argentées, il émanait d'elle un magnétisme de force, de fermeté et de puissance assumée. Son visage, toujours aussi fier et déterminé, était encadré par des cheveux soyeux, soigneusement coiffés. Sa longue robe semblait flotter sans qu'elle n'ait besoin de marcher.

Ses mains, fines et ornées de belles bagues dorées, tenaient fermement ce qui ressemblait à une baguette.

Ramania dut s'y reprendre à deux fois pour observer ce délicat bout de bois qu'elle serrait entre ses doigts. Ça ne pouvait pas être ce qu'elle imaginait, donc elle continua d'analyser le comportement de sa future directrice. Chaque mouvement qu'elle faisait dégageait une autorité naturelle et une confiance sans faille.

Soudain, le brouhaha des conversations s'estompa. La directrice, avec sa prestance inébranlable, venait de pointer la fameuse baguette boisée vers le ciel azuré.

– Mes chers élèves, bienvenue au Rocher Portail, commença-t-elle d'une voix puissante, semblant porter le moindre mot au cœur de tous les étudiants présents. Tout d'abord, je tenais à me présenter à celles et ceux d'entre vous qui ne me connaîtraient pas. Je m'appelle Zéphanie Meihendor, directrice du Rocher Portail depuis peu et anciennement professeure de nécromancie, à l'époque où cette matière était encore enseignée. Mais avant tout, je suis ici pour être votre guide, votre protectrice et espérons-le, une source d'inspiration tout au long de votre séjour dans notre fabuleuse académie.

Elle respira profondément. Ses yeux se posèrent sur les nouveaux élèves dont le sentiment oscillait entre la curiosité, la fierté et l'incertitude face à ce discours. Certains étaient nés dans des familles de sorciers, entourés d'enchantements depuis qu'ils étaient enfants, pendant que d'autres avaient grandi sans même avoir connaissance de la magie, si ce n'est celle des séries.

– Dans cette grande cour, nous avons toutes et tous un point commun, et pas des moindres, poursuivit-elle, sa voix se chargeant d'émotion. Nous sommes des sorciers et des sorcières, liés par le pouvoir magique qui réside en nous. Peu importe notre origine, notre classe sociale, notre histoire personnelle et nos diverses compétences, nous sommes réunis ici pour apprendre ensemble et grandir en tant que membres à part entière de la belle et chaleureuse communauté des sorcières et sorciers. Vous n'êtes désormais plus seuls face à vous-mêmes, mais vous faites partie intégrante d'un ensemble qui nous rassemble et qui nous unira à tout jamais, qu'importent les chemins escarpés que vous prendrez.

Elle marqua une pause, laissant ses paroles infuser dans les esprits des jeunes étudiants, dont certains paraissaient sous le choc de ces mots, voire incrédules.

– Pour de vrai ? s'interrogea une fille derrière Ramania.

Un silence commença à emplir l'endroit, donnant l'impression que même les animaux s'étaient tus. L'excitation manifeste de la foule piquée sur l'herbe se mêla silencieusement à une curiosité frémissante.

Puis la professeure Meihendor, laissant les étudiants digérer ces précisions, reprit d'une voix douce et ferme :

– Cette académie, le Rocher Portail, regorge de mystères et de merveilles qui vous attendent. Certains d'entre vous connaissent déjà la magie, ses sortilèges, ainsi que ses potions. Mais pour d'autres, tout cela est nouveau, inconnu, voire imaginaire et saugrenu. Je peux le comprendre. Et je prierai les élèves ayant connu la magie depuis tout-petits d'être indulgents avec vos camarades découvrant à l'instant qu'ils sont différents. Ce n'est pas toujours facile de remettre en cause l'identité avec laquelle nous avons grandi, avec laquelle nous nous sommes définis au fil des décennies. Vous avez compris que ce qui se passe sur Terre ne se limite pas simplement à ce que vous avez pu voir jusqu'ici. N'ayez pas peur. La magie est un cadeau extraordinaire, une force qui sommeille en vous, prête à être révélée, apprivoisée, faisant parfois mentir votre identité passée, mais qui vous guidera confiante vers votre destinée.

Zéphanie Meihendor tourna alors le dos à l'assemblée, prononça quelques mots imperceptibles aux oreilles des élèves et, d'un geste majestueux, fit une boucle vers le ciel avec sa baguette. De petites étincelles dorées s'échappèrent de sa pointe, illuminant les murs de pierre, et émerveillant les regards des étudiants, avant de se décupler jusqu'à éclater comme un feu d'artifice. Les nouveaux élèves, enjoués et ébahis, ne purent détourner leurs yeux de ce spectacle féerique.

– La magie est là, tout autour de nous, déclara la directrice fière de voir que son sort faisait son effet. Elle est en vous, elle est en nous. Elle unit chaque recoin de cet univers depuis la nuit des temps. N'ayez pas peur d'explorer, d'apprendre, de vous tromper. Tout ceci ne demande rien de plus que votre engagement, votre détermination et la passion que vous offre la vie.

Les applaudissements éclatèrent, mêlés aux murmures enchantés des nouveaux élèves. La directrice reprit sa place, le regard brillant d'un contentement indéfectible.

– Mes chers élèves, l'académie vous accueille les bras ouverts, vous faites désormais partie de cette grande famille. Que votre parcours ici soit empreint d'apprentissage, de rencontres, de souvenirs et de découvertes en tout genre. Gardez toujours à l'esprit que peu importe d'où vous venez, vous êtes ici pour grandir et vous épanouir en tant que sorciers et sorcières. La Bretagne est une terre qui a su héberger de nombreux grands magiciens, sorciers et enchanteurs, depuis des siècles et des millénaires, y compris dans les heures les plus noires. Désormais, c'est à vous de faire partie de cette histoire. Encore une fois, permettez-moi de radoter, soyez les bienvenus à l'académie de magie !

Sur ces mots, l'attroupement d'élèves laissa échapper un tonnerre d'applaudissements. Les nouveaux élèves sautaient et frappaient bruyamment dans leurs mains pour exprimer leur enthousiasme et leur gratitude envers leur nouvelle directrice et l'année magique qui s'annonçait. Leur voyage dans cet univers ne faisait que commencer et s'annonçait déjà rempli de péripéties.

Sophie applaudissait si fort et si énergiquement que la paume de ses mains rougissait doucement. Ramania, quant à elle, semblait dubitative. Elle se croyait au cœur d'un de ses romans de fantasy. Tout ce qui se passait paraissait tellement irréel qu'elle en arrivait même à s'imaginer qu'elle était probablement en train de participer à une caméra cachée bien réalisée.

Mais comment expliquer les étincelles qui sortaient de la baguette de la directrice ? Et l'épatant feu d'artifice ? Sûrement des effets spéciaux et l'art de la pyrotechnie.

À cet instant précis, un homme surgit de nulle part. Il venait d'au-dessus de leurs têtes avant de se poser sur l'estrade. Mais le plus surprenant dans cette histoire, c'était que cet homme, habillé d'une grande cape noire, n'était pas tombé d'une des tours du château. Il arrivait d'en haut, bien assis sur le balai qu'il agrippait.

– Excusez-moi de mon retard, dit-il en riant.

La jeune brune n'en revenait pas de ce qu'elle voyait. Sophie, à ses côtés, ne semblait pas plus habituée à la scène qui venait de se passer, étant restée bouche bée. Ramania comprit alors que l'indication « académie de magie », qui figurait sur sa convocation, ne faisait pas du tout référence au type de magie qu'on pouvait voir dans les spectacles, avec les lapins et les jeux de cartes. Non, il s'agissait ici vraisemblablement d'une véritable magie.

Elle allait devoir se faire à l'idée… C'était une sorcière.

3

MAGIE ET NOUVEAUX AMIS

À peine le discours terminé, les élèves commencèrent à se disperser. Les enseignants avaient disparu, y compris celui qui était arrivé en retard sur son balai volant. Ramania saisit qu'elle ne connaissait le nom d'aucuns d'entre eux, comme elle ignorait ce qu'ils enseignaient, à l'exception du professeur retardataire. Son allure élancée et musclée laissait penser qu'il devait enseigner le sport ou une matière du genre. Elle n'était même pas sûre que des cours de sport soient dispensés ici. Tous les élèves se dirigeaient dans la même direction, comme s'ils semblaient connaître la prochaine étape. Elle chercha alors sa camarade du regard. Où était-elle ?

– Sophie ! s'écria-t-elle en l'apercevant qui marchait au loin. Attends-moi, je viens avec toi !

Les deux filles entrèrent dans l'établissement par une immense porte en bois brut qui avait l'air indéplaçable. Lorsqu'elles pénétrèrent dans l'enceinte du château, elles furent émerveillées par les vastes couloirs voûtés, aux murs couverts de tapisseries aux motifs ensorcelés. Les lumières tamisées provenant des lustres antiques diffusaient une ambiance feutrée et accueillante. Des peintures de sorcières et sorciers, figés dans le temps, paraissaient l'observer attentivement, leurs yeux suivant leurs déplacements. Ramania reconnut le portrait de Merlin, un sorcier important dans la région si elle se fiait à la plaque apposée sous l'encadrement. Il ressemblait à ce qu'elle avait vu petite lorsqu'elle feuilletait ses livres pour enfants. Remarquant la démarche sûre et déterminée de Sophie, elle lui demanda où elles allaient.

– Dis-moi, tu sais où tous ces élèves vont ?

– Récupérer nos emplois du temps, dit-elle en souriant.

Arrivant dans une salle lumineuse, les deux Bretonnes se mirent dans la file d'attente qui menait à une table de bois où un professeur devait leur fournir un papier détaillant tous leurs cours. La file diminuait petit à petit et quelle fut sa surprise lorsque son tour arriva, en constatant qu'il n'y avait aucun enseignant pour les distribuer. À la place, la feuille volait d'elle-même de la pile posée sur la petite table de bois jusqu'à la main de Ramania. Sans poser plus de questions, elle l'attrapa et quitta la salle. En sortant, elles s'assirent sur un banc.

– Il va falloir qu'on aille à tous ces cours ? Mais on n'aura jamais le temps de tout faire, s'étonna Sophie.

– Surtout que certains ont l'air d'être en même temps…

En plus de la succession de toutes ces cases sur les mêmes horaires, la seule matière qu'elles réussissaient à comprendre était celle présente sur la première ligne. Elles avaient le nom du cours qui entamerait cette année scolaire particulière : Cérémonie séculaire de bienvenue.

– Vous avez récupéré vos clefs ? leur demanda un étudiant blond en passant juste à côté de leur banc.

– Mince, les clefs, j'avais totalement zappé. Suis-moi, lança Sophie en direction de Ramania, le garçon blond étant déjà trop loin pour entendre leurs réponses.

Les deux filles marchèrent alors vers une autre salle, tout au fond du couloir, passant devant des statues plus imposantes les unes que les autres. Le château s'était peu à peu vidé, les étudiants avaient préféré se poser dans l'herbe plutôt que de stationner dans les couloirs froids. Arrivées dans une grande pièce étroite, haletant légèrement après leur petite accélération, elles fixèrent la directrice qui les attendait avec un large sourire.

– Je n'attendais plus que vous mesdames. Suivez-moi.

L'une des statues plantées dans l'angle de la pièce se déplaça après avoir reçu quelques coups de baguette, laissant entrevoir l'arrière-cour du château. Un immense bâtiment se dessina alors au loin, aux allures d'internat des années 80, en pierre avec de grands volets blancs.

Montant les étages un à un, les deux filles essayaient d'emboîter le pas rapide et régulier de leur directrice. Elles s'arrêtèrent enfin devant deux portes bleues situées pile au milieu du long couloir qui traversait le bâtiment d'un bout à l'autre. Sur ces portes, on pouvait lire les numéros de leurs futures chambres : 554 et 555.

– Nous voici arrivées, bienvenue chez vous, annonça Meihendor en ouvrant les deux portes. La bâtisse n'est pas mixte. Les cuisines communes se trouvent juste à côté des escaliers et les douches et toilettes se situent au fond du couloir. Je vous donne vos clefs.

Ramania entra dans le logement 555. Il s'agissait plus d'une chambre que d'un appartement, mais elle avait l'air confortable bien qu'il n'y ait ni frigo, ni salle de bains, ni même de toilettes au sein de celle-ci. Il allait juste falloir l'habiller un peu, l'aménager à son goût histoire de la rendre plus accueillante et vivante. Seul un lit blanc faisait face à un bureau vide, le tout agrémenté de quelques étagères fixées sur le mur pâle. Mais la vue valait le coup, donnant sur de beaux jardins.

– Tenez-vous légèrement en arrière, mit en garde la directrice avant d'agiter sa baguette magique. *Facileco* !

La pièce se décora alors des affaires que Ramania avait entreposées dans un coin de sa chambre à Dinard. Tout y était, de ses deux coussins jusqu'à sa tasse à deux anses et sa trousse de toilette posée à l'angle du lavabo caché derrière la porte d'entrée du logement. Sophie s'exclama à son tour en découvrant que sa chambre était elle aussi rangée avec ses effets personnels. Elle sembla néanmoins étonnée de voir un ballon rouler.

– Ah… Mon petit frère a dû poser son ballon de foot dans mes affaires quand j'avais le dos tourné, sourit-elle.

Ramania pensa à sa petite sœur qui n'avait pas pu l'accompagner jusqu'au Rocher Portail pour sa rentrée. En effet, Noa, qui était déjà son portrait craché malgré ses trois ans de moins, était partie quelques jours chez une amie. Elle avait, sans le vouloir, rater deux moments importants de la vie de son aînée ces dernières semaines. Le soir des résultats, Noa dormait chez une autre amie. Elle grandissait à une de ces vitesses.

Tout ça lui donna envie de prendre des nouvelles de ses parents et de leur raconter sa rentrée particulière. L'heure du repas ayant sonné, Ramania se dirigea avec Sophie jusqu'à la cuisine commune de l'étage, pendant qu'elle tentait en vain d'allumer son portable. Ce dernier avait parfois de petits sursauts de vie. Ramania pensa alors que ça devait sûrement venir de sa batterie. Replongeant son téléphone dans sa poche, elle entendit au loin la voix d'une fille qui s'énervait dans la cuisine.

Au milieu de celle-ci, effectuant des allers-retours entre les plaques de cuisson et les frigos alignés contre les murs, une toute petite brune à la chevelure ondulée s'agaçait à voix haute contre son portable. En voyant entrer Sophie et Ramania, elle les interpella aussitôt.

– Vous arrivez à allumer vos téléphones, vous ?

Les deux Bretilliennes, regardèrent dans leur poche et constatèrent que les téléphones ne voulaient rien savoir. L'écran noir confirmait ce que Ramania avait remarqué dans le couloir et ne faisait qu'amplifier ses craintes. Comment ferait-elle pour parler à ses parents ?

La petite brune continuait de tourner en rond. Elle avait l'air d'être aussi stressée qu'agacée par cette situation.

– Pourquoi, tu as besoin de contacter quelqu'un ?

– Nan, pas vraiment… Je voulais juste mettre en ligne une vidéo pour raconter ce que j'avais pu voir, mais je n'arrive pas à allumer mon téléphone depuis ce matin !

– Mais je te reconnais, s'exclama soudain Sophie. Tu es Zita ! J'ai déjà vu passer quelques-unes de tes vidéos sur mes réseaux, tu as un paquet d'abonnés en plus.

– Oui, c'est ça. Mais je risque de ne plus en avoir tant que ça d'ici quelques mois si je suis incapable de poster quoi que ce soit, répondit la jeune célébrité dépitée.

Les trois filles firent alors les présentations, expliquant d'où elles venaient et l'étonnement qu'elles avaient pu vivre ce matin face à l'annonce plus que surprenante de leur nouveau statut de sorcières rejoignant une académie de magie. L'après-midi passa aussi vite que la matinée et, en un claquement de doigts, il était l'heure d'aller se coucher.

La nuit fut mouvementée pour les trois étudiantes, chacune stressait pour des raisons différentes. Ramania faisait face à son syndrome de l'imposteur en ayant peur que les enseignants ne se rendent compte qu'elle n'était pas réellement une sorcière ou pire, qu'elle n'était pas assez douée pour rester. Sophie, elle, appréhendait déjà les épreuves qu'elle aurait à affronter le lendemain, ne sachant pas exactement si le pire était de se retrouver face à un dragon enragé ou de devoir disséquer une fée. Zita imaginait déjà tous les commentaires énervés de ses abonnés sous ses publications, se désabonnant en masse en se rendant compte qu'elle devenait inactive.

Le lendemain, la clarté matinale se frayait un chemin à travers les interstices des volets blancs, baignant la pièce d'une lueur douce réverbérant le calme environnant. C'est un léger *toc-toc* qui extirpa Ramania de ses rêves. À la porte, Sophie et Zita, déjà habillées, attendaient que la jeune brune à frange les rejoigne avec son bol pour qu'elles prennent le petit-déjeuner toutes les trois. Elles pourraient ainsi appréhender au mieux cette rentrée.

Les céréales, tartines beurrées et le lait engloutis, les futures sorcières se dépêchèrent de marcher vers le château en face de leur résidence, croisant sur le même chemin les autres étudiants plus ou moins réveillés. Lorsqu'elles franchirent l'immense porte du château, l'agitation était palpable. Les élèves s'animèrent, échangeant des anecdotes et des théories magiques dans une cacophonie joyeuse. Ramania ressentit alors un mélange d'excitation et de vertige, comprenant que cette première année marquait un chapitre qui débutait. Les trois filles, après avoir traversé les colossaux couloirs et descendu les interminables escaliers, arrivèrent enfin dans la salle qui était indiquée sur leur emploi du temps. Contrairement à ce qu'elles s'étaient imaginé, il ne s'agissait pas d'une grande salle qui rassemblait tous les enseignants, mais d'une petite pièce étroite et humide. Les nouveaux étudiants se plaçaient en rond autour de la directrice, qui elle-même se trouvait dos à un bassin creusé dans la pierre et surmonté de quelques marches. Ramania angoissa à l'idée de faire un concours d'apnée.

Mais avant qu'elle n'ait le temps de se remémorer les vidéos qui mettaient en scène des magiciens s'extirpant de bassines d'eau fermées, la directrice prit la parole.

– Bienvenue à toutes et à tous. J'espère que le réveil n'a pas été trop compliqué ce matin, dit-elle en souriant. Avant d'entamer votre apprentissage de la magie, vous devrez passer par cette cérémonie ancestrale.

Elle pointa du doigt le petit bassin creusé dans la pierre. Les étudiants se tournèrent vers leurs camarades en chuchotant, inquiets de ce qu'ils allaient devoir faire. Afin de dissiper toute inquiétude, Meihendor compléta.

– Se présente devant vous le makva, un bassin rituel contenant 760 litres d'eau de pluie pure et protectrice. Vous y plongerez, chacun à votre tour, afin de purifier votre esprit du passé et de le préparer pour votre nouvelle existence magique. Mettez-vous en rang.

Les élèves passaient les uns après les autres, sortant trempés du makva, avant d'être instantanément séchés lorsque la directrice prononçait la formule « *sekigante* ».

Vint alors le tour de Ramania qui s'avança timidement. Elle contemplait l'eau limpide et calme du bassin, dont la surface miroitante reflétait son visage pétrifié de peur. Ramania sentait son cœur s'emballer à l'idée de plonger dans ces eaux sacrées, symbole de pureté et renouveau. Lentement, elle s'immergea, laissant l'eau la recouvrir. Celle-ci, à la fois fraîche et réconfortante, se faufila entre ses doigts, glissa le long de ses bras et effaça les traces du passé tout en estompant sa peur d'échouer.

Sous la surface cristalline, ses pensées s'apaisèrent et ses soucis se dissipèrent. Elle se sentait enfin légère. Le temps semblait suspendu et, elle qui avait jusqu'ici si peur de se noyer, s'abandonna pleinement à cette union entre son corps, son esprit et ce liquide sacré. Lorsqu'elle remonta à la surface, un sentiment de paix, de plénitude et de renaissance avait pris place. Elle aperçut ses deux amies qui lui souriaient et elle comprit que cette nouvelle année pouvait enfin commencer.

Les cours d'après ne furent pas moins intenses. Celui qui suivait cette cérémonie rituelle était le cours que les trois amies attendaient le plus : celui des sortilèges. Cette matière était enseignée par Romain Taïeb, un grand blond bouclé arborant une barbe de trois jours. Les élèves, et pas seulement ceux de première année, trouvaient qu'il ressemblait à un surfeur désabusé. Après avoir pris place, Taïeb distribua aux élèves les baguettes magiques, surprenant quelques étudiants qui pensaient qu'ils allaient devoir les acheter.

– Faites bien attention à vos baguettes. Elles sont, certes, très jolies, mais elles sont aussi très puissantes et tout aussi fragiles. S'il vous arrivait de la casser durant l'année, l'école ne pourrait être tenue responsable et nous ne pourrons en aucun cas vous la remplacer.

La suite consista à essayer d'écrire son nom au tableau à l'aide de sa baguette, sans quitter sa place, sous le regard blasé du professeur face à leur insuccès.

– Pour rédiger votre nom au tableau, concentrez-vous sur la craie, pas sur votre baguette, expliqua Taïeb. Visualisez dans votre tête la lettre, puis refaites la même opération jusqu'à ce qu'il se passe quelque chose.

Les leçons s'enchaînaient et Ramania arriva épuisée à son cours d'Histoire de la magie. Lancer des sortilèges lui avait puisé son énergie alors qu'elle n'avait réussi à écrire que la lettre R de son prénom. Un bon début, mais un relatif échec par rapport à d'autres élèves, comme Ida, une petite rousse un peu ronde aux cheveux ondulés qui avait la chance d'avoir un prénom étriqué. Mais l'Histoire de la magie n'en fut pas moins dense. L'enseignement était dispensé par Olivier Sharansky, un professeur coiffé d'un chignon, aux cheveux noirs et longs, le visage encadré d'une barbe drue mais courte, de lunettes, et qui semblait porter une écharpe même en été. Il se mit à raconter comment Naïa, une sorcière vivant aux 19e et 20e siècles dans la petite ville bretonne de Rochefort-en-Terre, avait réussi à inventer des sorts permettant d'être insensible au feu. Cette invention avait fait date dans l'Histoire de la magie puisqu'elle protégeait les sorciers si le supplice du bûcher refaisait surface dans les environs. Après le récit de cette anecdote historique intéressante, l'enseignant permit à la classe de poser quelques questions portant sur la magie, avant que l'heure de manger ne vienne achever cette matinée plutôt chargée.

Zita fut la première à lever la main, pleine d'entrain.

– Comment ça se fait que nos téléphones déconnent ?

Sharansky esquissa un léger sourire, probablement habitué au fait que les élèves de premières années qui n'étaient pas coutumiers du monde des sorciers lui posent cette question dès le premier jour de la rentrée.

– C'est un peu compliqué à expliquer, mais la magie qui vous entoure, ou qui provient de votre baguette, dégage des ondes. Ce magnétisme important a tendance à perturber les appareils électroniques. C'est la raison pour laquelle vous ne pouvez pas utiliser vos téléphones portables ou tout autre appareil qui serait connecté.

Ramania, apeurée à l'idée de ne plus avoir de contacts avec sa famille, leva la main de façon empressée.

– Mais du coup, comment fait-on pour communiquer ?

Zita tendit l'oreille, cherchant elle aussi une solution.

– Rien de plus simple, commença Sharansky le sourire aux lèvres en ouvrant la fenêtre et en tendant la main.

Soudain, un corbeau d'un noir majestueux se posa sur son avant-bras comme s'il savait ce qu'il devait faire.

– Destinataire ? demanda d'une voix rauque l'oiseau.

Une partie de la classe lâcha un souffle de surprise.

– Les oiseaux parlent dans notre monde ? s'étonna Adam, un garçon roux assis dans le fond de la classe.

– Pas que dans le monde magique, répondit Sharansky. Les corbeaux, les corneilles et les pies peuvent répondre dans votre langue, comme les perroquets, faisant d'eux le moyen de communication préféré des sorciers.

Le professeur sortit une petite enveloppe cachetée de sa poche qu'il tendit aux serres du corbeau, avant de lui glisser un « Pour Montrigas » provoquant son envol. Zita s'affaissa sur sa chaise, déçue d'apprendre qu'il n'y avait pas de solution à sa déconnexion des réseaux. Ramania leva de nouveau la main, voulant pousser la question de la magie plus loin que le sujet matériel.

– Je voulais savoir… Nous avons, grâce à la magie, comme des pouvoirs. Mais d'où vient-elle exactement ?

Un léger chuchotement se fit entendre dans la salle. Les élèves comprenaient qu'elle cherchait à rationaliser le phénomène qu'ils apprenaient tout juste à maîtriser.

– Alors, je n'vais pas rentrer dans les détails mais, pour faire simple, vous devez savoir que la magie en vous est un héritage matrilinéaire. En gros, l'humanité se divise en deux catégories distinctes, expliqua Sharansky en se levant de sa chaise et en attrapant une craie par terre. Vous avez d'un côté les sorciers, de l'autre les miyogs, les personnes ne possédant pas de pouvoirs. Il peut vous arriver d'être un demiyogs, un individu métissé entre un patrimoine non magique classique et l'héritage sorcier. La magie étant matrilinéaire, si vous êtes ici aujourd'hui, c'est que votre mère ou votre grand-mère était sorcière.

Ramania tomba des nues en entendant l'explication, elle ne voulait pas y croire, sa mère ou sa grand-mère ne lui ayant jamais parlé de magie. Lui auraient-elles caché intentionnellement ? Elle allait devoir tirer ça au clair.

4
AU CŒUR DES ORIGINES

Le restant de la semaine, Ramania ne put réussir à s'enlever de l'esprit ce que Sharansky lui avait dit. Cette histoire de filiation magique ne cessait de la tracasser. Puis les jours suivirent inlassablement leur cours et les leçons de magie commençaient, petit à petit, à porter leurs fruits. Ramania était désormais capable d'écrire son prénom entièrement. Pendant que Sophie, toujours assise à sa droite, réussissait à le faire avec deux craies simultanément, Zita n'en était encore qu'à la lettre *t*.

Mais aujourd'hui, les trois camarades allaient découvrir une nouvelle matière qu'elles attendaient : la botanique. Sophie avait l'air d'être la plus impatiente des trois.

– Je suis trop pressée de voir ce que nous allons faire, annonça-t-elle en plongeant sa cuillère dans son lait.

Les trois filles avaient décidé de partager leur petit-déjeuner dans la chambre de Sophie ce matin. Celle-ci reflétait parfaitement son amour pour les plantes. Voilà à peine une semaine qu'elle s'était installée et la pièce ressemblait déjà à une petite serre tellement les cactus, les pileas, les campanules et les ficus prenaient de place.

Mais les quelques plantes de Sophie ne faisaient pas le poids face à la pépinière inondée de végétation de la professeure de botanique, Viviane Bourrier. D'extérieur, la serre, indiquée comme salle de classe sur l'emploi du temps des étudiants, donnait l'impression d'être abandonnée tant la flore avait repris le dessus et dépassait de tous les côtés. Mais en voyant sortir leur enseignante, une grande druidesse rousse, souriante, les cheveux en bataille surmontés d'une couronne végétale, les élèves comprirent qu'ils étaient au bon endroit et que leur cours allait pouvoir débuter.

La professeure Bourrier installa quatre pots devant elle.

– Est-ce que l'un ou l'une d'entre vous saurait me dire quels sont les trois types de plantes que l'on retrouve le plus lors de préparations magiques ?

Les élèves restèrent silencieux. Pris par l'engouement des premiers jours, personne n'avait encore pensé à passer à la bibliothèque emprunter les livres conseillés. Ida, un peu en arrière, leva alors timidement la main.

– On peut retrouver les plantes dites alimentaires, les plantes mouvantes et les plantes de décoction, récita-t-elle d'une petite voix fluette et discrète.

Ce n'était pas si étonnant qu'Ida connaisse la réponse. Zita avait entendu dire par une autre élève qu'elle passait son temps à la bibliothèque, seule dans son coin. La professeure de botanique sembla satisfaite de cette réponse. Après avoir enlevé le gant de sa main gauche, elle sortit sa baguette et la pointa vers le premier pot.

– *Ekspansio*, dit-elle d'une voix ferme, en pointant sa baguette sur la plante avant que cette dernière ne grandisse au point de toucher le plafond de la serre.

Les étudiants de première année, ébahis, pouvaient apercevoir la plante géante avec ses deux baies rouges, volumineuses et moelleuses comme un immense pouf. L'élève blond qui avait rappelé à Sophie et Ramania d'aller récupérer leurs clefs leva la main, l'air interloqué.

– Et ça marche avec toutes les plantes votre sort ? demanda-t-il, suscitant le rire d'une partie de la classe.

– En effet, Stanislas, répondit-elle amusée. Mais faites tout de même attention. Il y a quelques années, une élève a accidentellement fait grandir un moustique qui était posé sur celle qu'elle visait. Autant vous dire qu'elle riait un peu moins. Mais pour aujourd'hui, ça sera plus simple pour nous d'observer ce superbe plant de fruits du miracle et de voir quelles sont ses propriétés.

Bourrier jeta de nouveau un sort, cette fois-ci sur les deux baies qui venaient de se détacher de la plante. Aussitôt son « *kundivido* » résonna que le fruit se divisa en une multitude de petites parts. Elle demanda à Zita, debout devant elle, de les distribuer à ses camarades. L'élève s'exécuta, terminant par le morceau de Ramania.

– Pour cette première leçon, vous avez de la chance, nous commencerons par une dégustation, dit Bourrier. Avancez-vous jusqu'aux tables de bois et soulevez la cloche métallique qui se trouve dessus.

Ramania souleva celle qui était devant elle et entrevit, alignés sur la table en bois, un quart de citron vert, une petite cuillère avec une pâte rouge ressemblant à de la harissa et un minuscule verre contenant un liquide qui dégageait une nauséabonde odeur de vinaigre.

– Maintenant, prenez le morceau de baie que Zita vous a donné et goûtez ces aliments devant vous, déclara la professeure confiante de son expérience douteuse.

Aussi surprenant que cela puisse paraître, les aliments n'avaient plus du tout le goût que les élèves redoutaient. La harissa avait pris un goût de beignet chaud sortant tout juste du four, le citron donnait l'impression de s'être transformé en une boisson lactée et sucrée, quant au vinaigre, l'amertume tant crainte avait laissé place à la saveur des pommes qu'on dégotait sur le marché. C'est sur cette note que le cours de botanique s'arrêta.

Les élèves quittèrent la serre, en récupérant un pochon rempli d'herbes séchées que la druidesse leur tendait, avant de filer vers un autre cours important : les potions. Pour y arriver, il fallait traverser les jardins, à côté desquels se trouvait la salle de Viviane Bourrier, repasser par le château, puis monter tous les escaliers avant d'atteindre la dernière pièce près de la tour nord. À l'intérieur de celle-ci, une petite brune corpulente les attendait. Nina Stern était une enseignante réputée pour être talentueuse, mais redoutée pour son caractère ombrageux. Elle pouvait facilement devenir susceptible.

– Bienvenue à vous, annonça-t-elle avec un fort accent suisse. Vous êtes ici au cours de concoctions, de confection et de création des potions. Mais vous pouvez l'abréger en C.C.C.P, ça sera plus simple à mémoriser.

Ramania s'assit à côté de Zita et de Sophie. Les tables étant pour quatre personnes, elles se mirent avec Ida. Cette dernière ne décrocha pas un seul mot de l'heure. Au milieu de la table, un chaudron trônait fièrement.

– Prenez le sachet du cours précédent, annonça Stern.

La leçon à laquelle les étudiants assistèrent n'était pas la plus intéressante, consistant simplement à suivre à la lettre le manuel posé sur chaque table et à doser au gramme près chaque herbe donnée au cours précédent. Racine de rêve africaine, calea zacatechichi, valériane, basilic sacré et tant de plantes permettant d'obtenir, après presque une heure de préparation, un breuvage verdâtre épais pour aider n'importe quel sorcier à rêver.

Les élèves dubitatifs quittèrent tous le cours, sans bien assimiler à quoi servirait la potion qu'ils avaient créée.

Mais peu importe, c'était enfin l'heure de manger. Ramania aimait tellement dîner dans cette grande salle des banquets, tant celle-ci lui paraissait féerique.

En y pénétrant, elle laissa échapper un « *ouah* » discret. Face à elle se dressait une immense pièce avec des murs en pierre et un plafond aux boiseries apparentes. De longues tables en chêne l'encadraient, sur lesquelles était disposé tout un tas de mets divers et variés. Les apprentis sorciers pouvaient se servir et revenir sur les tables centrales avec des spécialités dégageant une odeur qui donnerait faim à n'importe quel être humain. Ce self magique était ouvert tous les midis, pour le plus grand bonheur et l'appétit des élèves de l'académie.

– J'espère qu'il y aura un plat sympa sans viande, pensa à haute voix Sophie en s'avançant dans la salle.

La réponse ne tarda pas à arriver lorsque les trois filles purent apercevoir une ribambelle de mets végétariens délicieusement préparés qui prenaient place aux côtés de recettes plus classiques et habituels dans les réfectoires. Les odeurs alléchantes de patates dorées, de légumes grillés, d'herbes fraîches et de sauces épicées s'élevaient dans l'air, laissant présumer qu'ici, même les cuisiniers et cantiniers étaient de talentueux magiciens.

Elles commencèrent ainsi à se servir puis s'assirent. Ramania, toujours bloquée sur la révélation de l'origine magique de sa mère, questionna alors ses camarades.

– Vous saviez que vos mères étaient des sorcières ?

Sophie réfléchissait à la question tout en soufflant sur l'assiette qu'elle s'était concoctée. Elle était composée de quelques cuillères de champignons farcis à la ricotta et aux herbes, accompagnées de légumes racines rôtis, finissant avec des brochettes de tofu grillé. Son plat débordait de sauce et le mélange semblait exquis.

– Pas vraiment, mais je ne suis pas étonnée. Au moins, ça explique la réaction de ma mère lorsqu'elle a appris que j'étais admise au Rocher Portail, expliqua Sophie.

Ramania se tourna alors vers Zita qui avait fait une montagne de couscous dans son assiette avec, comme unique accompagnement, une louchée de beurre fondu.

– Moi c'est pareil. J'aurais été incapable de le savoir si je n'avais pas été acceptée dans cette académie, mais j'ai toujours grandi entourée de livres ou d'éléments de décoration faisant référence à la magie. Et ça me donne l'impression d'être dans une de ces séries à la mode.

Ramania ne comprenait pas. Elle avait la sensation d'être la seule à tomber des nues et à remettre en cause ce que leur professeur d'Histoire de la magie avait dit.

– Mais vous ne pensez pas que c'est possible d'être une sorcière sans que ses parents le soient ? demanda-t-elle, espérant qu'il existait une autre hypothèse.

– Non, les miyogs ne peuvent pas faire de magie, répondit le jeune garçon brun assis en face d'elle. Par contre, mon grand frère m'a déjà raconté l'histoire d'une fille adoptée par des miyogs et dont les deux parents sorciers avaient été tués quand elle était encore bébé. Lorsqu'elle a fait sa rentrée au Rocher Portail, tout le monde pensait qu'elle était une exception jusqu'à ce que des enseignants retrouvent des traces du passé que ses miyogs de parents avaient tenté d'effacer, en vain.

Cette nouvelle glaça le sang de la brune qui n'avait jamais pensé à la possibilité qu'elle ait pu être adoptée. Ramania ne connaissait pas cet élève, mais assis juste à côté de lui, elle reconnut Stanislas. Ne prêtant pas une oreille à la conversation, il semblait absorber par son repas, et pas des moindres : une pizza. Des grandes tables en libre-service, il s'était permis de ramener une multitude de pizzas tout juste sortie du four, l'odeur appétissante remplissait la salle. Il y avait la classique Margherita, recouverte de tomates juteuses, de mozzarella fondante et de basilic frais, qui faisait honneur aux traditions italiennes. À côté d'elle se trouvait une pizza Primavera, débordante de légumes grillés, d'olives noires et de savoureux champignons.

Au moment où l'élève brun assis à sa gauche racontait son histoire, c'était sur une pizza quatre fromages qu'il jetait son dévolu, avec son mélange de mozzarella, de cheddar, de gorgonzola et de parmesan, l'ensemble fondant en une harmonieuse union de saveurs délicates.

– Donc si nous n'avons pas une mère sorcière, ce n'est pas possible d'avoir des pouvoirs ? demanda Ramania.

– Exactement, acquiesça le garçon brun en prenant une part de pizza à son voisin de table. La magie, c'est une façon de vivre, un historique, mais c'est aussi génétique. Les miyogs auront beau apprendre nos sorts dans de vieux grimoires, essayer de mélanger les plantes de nos jardins, ou s'habiller avec de grandes capes et des chapeaux pointus, si la magie n'est pas en eux, si elle ne coule pas dans leurs veines, rien ne jaillira du bout de leur baguette et leur balai ne servira qu'à nettoyer le sol.

– Il existe pourtant des sorciers et des sorcières qui viennent de familles non-magiciennes ? interrogea Zita.

– Nan, on voit ça uniquement dans les films et les livres, répondit Stanislas qui se débattait avec le filet de fromage resté collé à son assiette. Parfois, il arrive que des miyogs élèvent un enfant sorcier, comme dans les cas d'une adoption ou d'une séparation, mais ça reste rare et ça implique que l'enfant ait une mère sorcière.

– Dans le cas d'une séparation ? questionna Sophie.

– Oui, moi par exemple, c'est mon cas, annonça Stanislas qui sembla soudain trouver la conversation assez intéressante au point de laisser son repas de côté. Mes parents sont des sorciers mais ils se sont séparés quand j'étais petit. Mon père a refait sa vie avec une sorcière mais ma mère s'est mise en couple avec Hervé, un miyog divorcé qui avait déjà deux enfants. J'ai donc un beau-père, un frère et une sœur miyogs…

– Demi-frère et demi-sœur, l'interrompit son ami.

– Nan, Marcelin, contredit son voisin. Même s'ils ne sont pas du même sang que moi, je les considère comme étant de la même famille, avec ou sans magie.

Le moment du repas prenait gentiment fin, les plats vidés et les estomacs remplis, les élèves commençaient à déserter petit à petit la salle du buffet pour rejoindre les salles de cours de l'après-midi. Ramania ne savait que penser de ces discussions, lui ayant permis de rencontrer Stanislas et Marcelin, mais ayant brouillé ses certitudes sur ses origines magiques. Pourtant, il allait bien falloir remettre ces questions à plus tard, l'après-midi allait être chargée avec une leçon qu'aucun étudiant ne voulait louper : les cours de balai. Si l'on se fiait aux emplois du temps, l'apprentissage du balai volant, sous l'enseignement de Nesher Nakashe, devait se dérouler dans la grande cour, à l'endroit où la directrice avait tenu son discours il y a quelques jours. En arrivant sur place, les trois filles, accompagnées par Stanislas et Marcelin, aperçurent le professeur brun, bouclé et bronzé qui était arrivé en retard lors de la cérémonie de bienvenue des élèves de nouvelle année. Il était debout devant une grande caisse pleine de balais.

– J'ai oublié l'mien dans ma chambre, s'horrifia Sophie.

Ramania, au-delà de se rendre compte qu'elle n'avait pas prévu de balai pour cette année, comprenait mieux pourquoi elle en avait aperçu autant lors de la rentrée.

– Bienvenue les jeunes, entonna le professeur Nakashe. Avant de commencer, car je sais que vous êtes pressés, je tenais à vous rappeler que les élèves de premières années ne sont pas censées posséder leur propre balai. Ils vous seront distribués par l'établissement lors de vos leçons. Tâchez bien de me les rendre à la fin du cours.

Ramania et Sophie étaient rassurées, là où d'autres semblaient être agacés et contrariés par cette condition.

– Mes parents me l'ont acheté dans un distribalais début juin, pour mon anniversaire. Je ne savais pas à quoi il me servirait, mais je comprends mieux en quoi c'était un cadeau particulier, chuchota Sophie souriante.

– Un distri quoi ? s'étonna Ramania.

– Un distribalais. C'est un grand distributeur, comme ceux pour les friandises ou les cafés, mais dans lequel tu peux entrevoir à travers la vitre trois beaux balais. Il y en a un juste en face du Mont-Saint-Michel. C'est là que mes parents m'ont acheté le mien, en bois de chêne.

Soudain, les filles firent un pas de côté, sentant quelque chose les décaler pour se frayer un chemin. C'était Marcelin, poussant à l'aide de ses bras les roues de son fauteuil roulant. Elles ne l'avaient pas remarqué pendant le repas, puisque son buste était au même niveau que les autres étudiants assis en face d'elles.

– Si vous saviez comme j'ai hâte de débuter ce cours, dit-il d'une voix confiante en s'avançant face aux balais.

Zita semblait ne pas comprendre comment Marcelin allait bien pouvoir s'envoler sur cet objet. Déjà que ça paraissait compliqué pour elle, elle n'osait même pas imaginer la difficulté que ça serait avec son siège. Mais en l'apercevant, Nesher Nakashe sourit à pleines dents et dégota, derrière sa caisse en bois, un superbe fauteuil roulant en bois, avec une belle armature dorée.

– Tiens, Marcelin. J'ai commandé le plus beau fauteuil volant qu'ait connu le Rocher Portail dans son histoire !

– Monsieur, il n'y a pas que les balais qui volent ? demanda Zita étonnée de voir ce qui venait de se passer.

– Non, loin de là, répondit le professeur Nakashe en observant Marcelin qui s'installait seul dans son fauteuil. Tout comme vos baguettes magiques, le balai n'est pas magique par nature, c'est vous qui l'êtes. Il sert plutôt de catalyseur, il déclenche ce qu'il y a en vous, mais ne peut le faire si vous ne libérez pas votre talent. Un sorcier maîtrisant sa magie et ayant préparé sa monture pendant sept jours et sept nuits peut s'envoler sur tout type de support allant d'un simple bout de bois, jusqu'à un traîneau s'il habite dans un pays froid.

– Mais son moyen de transport volant doit-il être nécessairement composé de bois ? interrogea de nouveau Zita qui cherchait à comprendre.

– Pas forcément, mais c'est vrai que c'est mieux. Le bois est un excellent conducteur de magie, elle circule mieux à travers ses fibres. Bon, assez discuté, je sais que vous avez les pétoches, mais nous n'allons pas retarder ce moment plus longtemps. Enfourchez donc vos balais et remplissez vos esprits d'une sensation de légèreté.

Stanislas s'approcha de Zita pendant qu'elle allait récupérer son balai dans la caisse en bois et lui glissa délicatement une petite anecdote à l'oreille.

– Il paraît même qu'une sorcière est devenue célèbre en Russie pour avoir appris à voler sur une contrebasse.

Lorsque la leçon commença, Ramania constata que l'opération s'avérait bien plus compliquée que ce que les films voulaient bien lui montrer. Il ne suffisait pas de monter sur son balai pour s'envoler mais il fallait gagner sa confiance avant de le monter comme un destrier.

– Fermez les yeux si ça vous aide, conseilla Nakashe.

Elle n'aurait pas su expliquer comment, mais son balai en bois semblait bel et bien vivant. Là où il paraissait inerte lorsqu'elle le cala entre ses cuisses, il s'agitait désormais comme s'il était pris de spasmes irréguliers.

– Très bien Ramania. Pour ceux qui n'ont pas encore bougé, expirez un bon coup, relâchez-vous, sentez-vous léger et imaginez que vos pieds quittent la terre ferme.

Sophie faisait de petits à-coups, s'envolant de quelques centimètres de l'herbe, avant de redescendre aussitôt. Son balai donnait comme l'impression d'avoir le hoquet. Stanislas était le seul qui semblait être assez à l'aise. Marcelin, quant à lui, pendait la tête à l'envers. Le plus dur était apparemment de garder la stabilité du siège.

– Toutes mes félicitations, cette première leçon aura été une réussite. Aucun d'entre vous n'est resté les pieds cloués au sol, claironna fièrement le professeur.

Les trois heures étaient passées si vite que personne n'avait remarqué qu'il était déjà temps pour les étudiants de s'arrêter là et de restituer les balais. L'accent chantant de l'enseignant les invita à rendre le matériel, à promettre de ne pas utiliser leurs balais pour celles et ceux qui en possédaient un. Il donna rendez-vous aux élèves à l'endroit exact où ils se trouvaient le vendredi de la semaine suivante pour un nouveau cours de *Sorts Sport et Transports* (abrégé S.S.T, c'était le nom qui était inscrit sur leurs emplois du temps).

– Pouah, j'suis rincée, lança Sophie en rentrant dans l'enceinte du château. Je vais bien dormir cette nuit.

Et, en effet, la soirée fut vite écourtée dans les parties communes et les élèves, épuisés par l'activité sportive de l'après-midi, ne traînèrent pas dans les couloirs. Seules quelques fenêtres étaient éclairées en fin de soirée, pendant que les moins coriaces ronflaient déjà.

En rangeant les affaires de son sac de cours, Ramania retomba sur la potion de rêves confectionnée le matin même durant l'enseignement de Nina Stern. Amusée, et sachant pertinemment qu'elle ne s'en servirait pas au cours de l'année, elle décida de l'ouvrir pour la goûter.

– Pouah, lâcha-t-elle dégoûtée. Ça a un goût amer.

La nuit qui suivit fut, dès lors, plutôt mouvementée. Peu après s'être couchée, elle se retrouva à marcher dans une vaste forêt, perdue dans un épais nuage de brouillard qui laissait à peine entrevoir les branches des chênes, des châtaigniers et des pins qui parcouraient le chemin. Elle ressentit un frisson lui parcourant la nuque lorsqu'elle arriva au niveau d'un endroit dégarni d'arbres. Cette clairière lui disait étrangement quelque chose, comme si elle y était déjà venue. Le paysage brumeux ne lui inspirait pas grande confiance mais Ramania devait comprendre pourquoi elle se trouvait là. Soudain, à travers ce qui semblait être un souvenir vaporeux, elle entendit la forêt s'emplir d'un cri perçant. Ses souvenirs revinrent et elle comprit ce qu'elle faisait ici, ayant la pénible pénitence de devoir assister une nouvelle fois à l'exécution de la fillette adossée contre cet arbre. Toute cette agitation laissa place aux pleurs d'un homme qu'elle ne pouvait voir, puis à des plaintes lascives qui s'estompaient dans l'épais brouillard.

Elle était bien décidée à ce que ça ne se passe pas de la même façon. Elle tira la baguette magique de sa poche, la pointa vers le buisson qui se trouvait en face de la fille et essaya de prononcer des sortilèges qui auraient pu sauver la situation. Mais Ramania n'en était qu'aux débuts de ses leçons, et elle connaissait si peu de sorts que sa tentative de sauver l'enfant fut vaine. Sa baguette ne cracha aucune lumière, seulement quelques décharges légères et elle sentit les silhouettes au loin disparaître dans la pénombre de la clairière mortuaire. Essayant en vain, une fois encore, d'apercevoir l'endroit d'où provenaient les larmes pleurant le petit corps mort, Ramania sentit une force l'extirper de son rêve pendant que la brume vaporeuse la sortait de son sommeil agité. Elle se réveilla en sueur, encore traumatisée, l'image de cette petite fille apeurée ayant imprégné ses pupilles. Elle se tourna pour regarder l'heure sur la montre posée sur sa table de chevet et remarqua qu'il était 3 h 02. Ça faisait tout juste quatre heures et demie qu'elle avait entamé sa nuit. Elle savait qu'il fallait retourner dormir.

Elle tassa son coussin d'un geste de la main, remonta sa couette et s'apprêta à replonger dans son sommeil. Machinalement, elle frotta deux de ses doigts, comme si elle ressentait les picotements du rêve précédent. Ramania compta jusqu'à 35 pour s'endormir, posée sur le dos, sentant peu à peu qu'elle commençait à partir. Mais au moment de rouvrir les yeux, elle ne se trouvait plus dans une quelconque forêt, mais dans une pièce. Une pièce toute blanche, neutre, sans aucun meuble, aucun cadre, aucune décoration. Juste un silence feutré. Seule une horloge ornait le mur blanc à sa droite. Elle indiquait qu'il était 19 h 48. Surprenant puisqu'elle dormait depuis peu de temps. En regardant une nouvelle fois le cadran, l'heure avait changé. Il était désormais 5 h 55. Ramania comprit, sans réellement savoir comment c'était possible, qu'elle était en train de rêver. Elle devenait actrice de son propre rêve, prenant conscience qu'elle était enfermée au sein de ce dernier. Plutôt que de tenter de se réveiller, elle chercha à s'en extirper. Elle aperçut alors une porte au fond de la pièce.

– Peut-être qu'elle est fermée à clef, douta-t-elle à haute voix tout en marchant en direction de cette porte.

Elle tourna la poignée et celle-ci s'ouvrit sans difficulté. Ramania se trouvait désormais face à un long couloir blanc avec un alignement de portes de chaque côté. À cet instant précis, l'un des encadrements laissa entrevoir un rayon de lumière qui s'en échappait. Elle avança calmement et poussa la porte délicatement. En face d'elle, ce n'était plus une pièce vide et blanche. Ramania se trouvait dans un immense pré verdoyant, derrière Sophie qui semblait discuter avec des plantes.

– So… Sophie, c'est bien toi ? demanda Ramania.

La jeune blonde se retourna, surprise de la voir ici.

– Tiens, Ramania, je parlais justement de toi avec madame Marguerite, ma plante domestique. Qu'est-ce que tu fais ici, tu es venue te joindre à notre débat ?

Ramania hésita avant de lui répondre, comprenant que ce qui était en train de se dérouler était inexplicable.

– Euh… en fait… je crois que je suis dans ton rêve…

Soudain, le visage si souriant de Sophie se figea.

– Mon rêve ? Quel rêve ? Qu'est-ce que tu racontes ?

Ramania était piégée. Comment prouver à son amie qui était en train de rêver qu'elle rêvait. Le principe d'un rêve, c'est justement de faire ce dont on a envie. Elle se gratta la frange et se mit à chercher une solution. Une idée venait de lui traverser l'esprit. Il fallait tenter.

– Bouche ton nez, ferme la bouche et essaye d'respirer.

– Ma parole, tu es devenue folle ! Tu veux me tuer ?

– Fais-moi confiance Sophie. Bouche-toi le nez…

La jeune sorcière s'exécuta, essayant d'inspirer par le nez, tout en pinçant ce dernier avec ses doigts. Contre toute attente, elle arrivait à respirer. Son visage dubitatif se décrispa et son regard s'illumina d'une lueur éveillée.

– Bordel de mer… commença-t-elle à prononcer avant de s'éclipser dans un nuage de fumée d'un blanc nacré.

Ramania comprit que son amie venait de se réveiller et elle se concentra à son tour pour retourner dans son lit.

En ouvrant les yeux, elle constata qu'elle était de retour dans ses draps. Elle jeta un coup d'œil à sa montre qui indiquait 7 h 07. Ramania regarda une seconde fois, et l'heure n'avait pas bougé. Elle était bel et bien réveillée. Voulant vérifier qu'elle avait bien fait une excursion dans le rêve de Sophie, elle chercha un moyen de vérifier sa théorie sans avoir besoin de réveiller son amie. Son portable ne fonctionnant toujours pas, elle improvisa.

« *Toc, toc-toc, toc, toc-toc* » firent les jointures de ses doigts contre le mur blanc et froid qui était mitoyen à la chambre 554, celle où Sophie était censée sommeiller. Après quelques instants, Ramania commençait à se demander si elle n'avait pas simplement rêvé… Précisément à cet instant, elle entendit un « *toc, toc-toc, toc, toc-toc* » confirmant ce qu'elle s'était imaginé. Ramania se précipita dans la chambre d'à côté.

– Ce n'était pas un rêve ? s'exclama Sophie.

– Si, mais j'étais dans le tien… ou plutôt tu étais dans le mien… Je n'sais pas trop comment l'expliquer. Viens, j'crois qu'il y a des livres sur le sujet à la bibliothèque.

Le soleil se levait à peine sur le Rocher Portail que les deux filles étaient déjà habillées et traversaient la cour. Les lueurs matinales se reflétaient sur les vitres du château et la rosée du matin perlait sur les chaussures des deux jeunes qui sillonnaient précipitamment l'allée. Au moment où elles arrivèrent devant la grande porte de la bibliothèque, elles constatèrent qu'elle était close. Rien de surprenant qu'une bibliothèque scolaire soit fermée un samedi à l'heure où tout le monde roupillait.

– Si seulement Taïeb nous avait appris des sorts pour déverrouiller et pas juste pour écrire, pesta Sophie.

Elles remarquèrent la pièce adjacente qui était ouverte. Sophie longea alors le mur pour y jeter un coup d'œil, suivie presque aussitôt par Ramania, tout aussi curieuse. À en croire la pancarte accrochée à l'entrée, il s'agissait de la « *salle des collections de l'académie (récompenses, artefacts, reliques, trophées)* », où tout un tas d'épatants trésors y était exposé à la manière d'un petit musée.

– Tu connaissais cette pièce, toi ? demanda Ramania.

Mais Sophie était absorbée par ce qu'elle découvrait, son regard parcourant les étagères et tous leurs objets. Plus elle avançait, plus les thématiques se dévoilaient. Un coin réservé aux divers moyens de transport exhibait fièrement un épais bambou de deux mètres de long, accompagné de la mention « *authentique bâton volant du grand mage Haïm Vital (1542-1620), s'inspirant des modèles utilisés en l'an 250 par les Amoraïm* ».

– Waouh, regarde celui-là, s'étonna Ramania.

Juste à côté de l'ancêtre du balai volant, la jeune brune contemplait un immense tapis coloré de motifs bleutés. Ses symboles géométriques s'étaient à peine estompés malgré la date inscrite sur la petite pancarte précisant qu'il s'agissait du « *tapis volant du Roi Salomon offert par la Reine de Saba en l'an 950 avant notre ère* ».

– Han, t'as vu ça aussi ? renchérit Sophie.

Devant elle étaient exposées des reliques ayant appartenu à de célèbres sorciers. « *Baguette dorée de la magicienne d'Ééa Circé* » et « *Baguette magique de l'enchanteur Merlin (547-…)* » indiquaient les écriteaux posés devant ces deux baguettes magiques historiques. Ramania sortit la sienne de sa poche, trouvant curieux à quel point celle de Merlin lui ressemblait énormément, à la seule différence qu'elle paraissait immense, faisant presque la taille d'un bras humain.

– Ça n'devait pas être hyper pratique à manier, dit-elle.

Continuant d'avancer dans la pièce, les deux filles se retrouvèrent face à de grandes étagères. Sur celles-ci, on pouvait contempler des reliques animales, allant des cendres d'une vache rousse à celles d'un phénix, ainsi qu'une dent de dragon, une corne de re'em, semblant provenir d'un tricératops, ou encore celle, magnifique en ivoire, d'une licorne mesurant trois mètres de long.

S'approchant un peu plus du fond de la salle, Sophie constata que l'avant-dernière vitrine était consacrée à des objets représentant des animaux, magiques ou non. Face à elle se dressait ce qui semblait être un grand bâton de marche en bronze autour duquel s'enroulait un serpent d'airain. Ses yeux ronds la faisaient frissonner.

Ramania s'était arrêtée devant une chouette en bronze, trônant fièrement devant un petit écriteau indiquant « *mystérieux objet miyog déterré le 25 avril 1993* ».

Pendant que l'apprentie sorcière tentait de comprendre à quoi avait bien pu servir cette statuette de chouette, son amie passait les derniers éléments présentés pour arriver dans le fond de cette salle, devant l'ultime vitrine.

– Viens voir, souffla Sophie, il y a une photo d'ma mère.

Ce mur final semblait réservé à l'histoire de l'académie. Étaient exposés des diplômes et des photos d'étudiants passés sur ses bancs, mais aussi des récompenses et des médailles obtenues lors de concours et de compétitions.

En s'approchant de la photo, Ramania aperçut une grande blonde qui soulevait fièrement un beau trophée. À droite se trouvait un homme âgé avec une longue barbe blanche. Et à gauche, une brune souriante faisait de grands signes de victoire. Elle reconnut aussitôt le visage de cette dernière. C'était celui de sa mère.

5

UN COCKTAIL DÉTONNANT

Troublée par cette découverte inattendue, et faute de pouvoir consulter les ouvrages de la bibliothèque, elle passa le reste du week-end à en parler avec ses amies. Lorsque la semaine recommença, Ramania ne cessait de repenser à cette fameuse salle. Elle ne comprenait pas, et se revoyait tenir entre ses doigts la photo en noir et blanc de sa mère qui agitait les bras, pendant que celle de Sophie soulevait le trophée. Une mention inscrite en bas de l'image indiquait « *gagnantes en équipe du concours de potions* », ainsi que l'année à laquelle ce concours avait été remporté. Sa mère était donc bien une sorcière, il n'y avait plus aucun doute possible. Et comme si cette annonce n'était pas suffisante, il semblait que sa propre mère, Esther, en plus de lui avoir caché son passé de sorcière, n'avait rien dit sur son amitié passée avec la mère de Sophie, Hebna.

Mais ce qui tracassait Zita, ce n'était pas cette histoire de jeunesse cachée de la mère de Ramania, c'était ce rêve partagé que les filles lui avaient raconté en revenant de la bibliothèque fermée. Elle n'avait pas arrêté d'en parler la veille et pendant le cours de sortilèges de Taïeb. Il s'obstinait à faire écrire à ses étudiants leurs prénoms, puis ceux de leurs parents, à distance avec leurs baguettes magiques, sous prétexte que ça permettait d'apprendre tous les mouvements de poignet des sorts importants. Néanmoins, ces sortilèges nécessitaient une certaine concentration puisqu'il fallait visualiser les lettres dans sa tête et y penser fort avant de les tracer au tableau. Autant dire que ce matin, les belles lettres calligraphiées avaient laissé place à une véritable écriture de médecin.

– Il faut qu'on essaye de retourner à la bibliothèque sur le temps du midi, chuchota Sophie à ses deux amies.

– On en profitera pour emprunter un livre qui nous apprendra des sortilèges vraiment utiles, ironisa Zita.

Dès que la leçon fut terminée, elles s'y précipitèrent.

La bibliothèque du Rocher Portail était somptueuse et Ramania comprenait pourquoi de nombreux élèves venaient s'y réfugier dès que les cours étaient terminés. Les étagères s'étendaient à perte de vue, chargées de volumes anciens, parfois poussiéreux, qui dévoilaient les savoirs millénaires de l'univers des sorciers et sorcières. Des étudiants étaient déjà présents, attablés ou assis dans les canapés, le nez penché dans de gros ouvrages ou parcourant les documents qu'ils venaient de trouver.

– Regardez, ils ont une version traduite en français du manuscrit de Voynich, s'étonna silencieusement Sophie.

– Je pense que les livres sur les rêves sont plutôt là-bas, proposa Ramania en longeant l'allée des herbiers.

Et la piste sembla être la bonne, puisque quelques minutes à peine après avoir émis cette hypothèse, les filles se retrouvaient devant la pancarte « *onirologie* ».

Mais l'ouvrage qu'elles recherchaient avait déjà été emprunté et seule une place vide indiquait qu'il existait.

– Avant de partir, j'vais chercher un livre, annonça Zita.

Les trois amies repartirent bredouilles. Seule Zita avait un ouvrage sous le bras dont la couverture indiquait en grand « *Sorts élémentaires pour sorciers et sorcières* ». Cette recherche infructueuse à la bibliothèque les avait retardées, les obligeant à passer en coup de vent au réfectoire histoire de récupérer des fruits à grignoter. Après avoir mangé sur le pouce, elles arrivèrent à leur cours de potions avec un peu de retard, essoufflées, mais ça valait le coup puisque Stern les laissa rentrer. Toujours absorbées par cette histoire de rêve partagé, elles continuèrent d'en parler et n'écoutèrent que d'une oreille la leçon qui était en train d'être enseignée. Heureusement pour elles, à leur table, Ida était en train de suivre et concoctait la potion qui était demandée.

– Je suis sûre d'avoir vu ce livre la semaine dernière, mais je n'arrive pas à me rappeler où, réfléchit Ramania.

– Peut-être en passant devant la bibliothèque ? Ou alors sur le bureau d'un des enseignants, tenta Sophie.

Soudain, Ida s'arrêta, se retourna, puis s'approcha du coin de la table où les filles parlaient et s'immisça dans la conversation qu'elle semblait suivre depuis le début.

– Si vous cherchez *Monde Onirique*, c'est moi qui l'ai.

La leçon touchait à sa fin, mais les trois filles étaient heureuses de savoir où se trouvait le livre tant cherché. Ramania était d'ailleurs ravie qu'Ida soit venue vers elles et lui proposa de se joindre au groupe dans l'herbe après les cours, pour pouvoir feuilleter son ouvrage.

– Pour la prochaine fois, en guise de devoir maison, vous viendrez en classe avec un philtre d'équanimité dont vous trouverez la préparation à la page 232 de votre manuel de potions. À la semaine prochaine.

Ramania ne s'attendait pas à recevoir de sitôt des devoirs maison, encore moins à la fin d'une leçon qu'elle avait à peine suivie. Mais elle était déjà pressée de se plonger dans le livre qu'Ida avait emprunté pour en savoir un peu plus sur sa récente expérience de rêve partagé. Comme prévu, à la fin de la journée, les quatre filles se retrouvèrent près du jardin, assises en cercle sur un parterre d'herbe, de trèfles et de pâquerettes, feuilletant l'épais ouvrage à la recherche de réponses.

– Je crois que j'ai trouvé quelque chose, annonça Sophie, ça parle de rêve lucide et de preuve spectrale.

En parcourant les pages du chapitre, les jeunes sorcières n'en revenaient pas des explications qu'elles trouvaient sur cet étonnant phénomène.

– D'après l'auteur, c'est une pratique extrêmement complexe qui nécessite la maîtrise des rêves lucides, du voyage astral et d'une forme de télépathie onirique, compléta Zita. Pour résumer, cette nuit-là, tu as réussi à prendre le contrôle de ton rêve, puis tu as projeté ton corps astral dans celui de Sophie avec qui tu as fini par communiquer lorsqu'elle est devenue consciente à son tour. Apparemment c'est un art que seuls les sorciers expérimentés réussissent à bien contrôler. Les jumeaux auraient des prédispositions pour ce type de magie.

– Les siècles derniers, des miyogs témoignèrent avoir côtoyé et discuté avec des sorcières dans leurs rêves. C'est ce qu'ils appelaient alors la preuve spectrale, compléta Sophie en lisant la page de droite.

– Peut-être que tu pourrais demander des conseils aux infirmiers de l'académie, ce sont des jumeaux, ils se ressemblent comme deux gouttes d'eau. Je les ai vus la dernière fois en revenant du repas, coupa alors Zita.

Durant la semaine, Ramania avait hésité à aller à l'infirmerie, prétextant un quelconque souci, histoire de discuter avec Jannès et Jambrès de ses rêves télépathiques. Elle s'était finalement ravisée au dernier moment de peur de les déranger vainement. N'ayant pas refait de rêves partagés dans la semaine, et ayant eu ses réponses grâce au livre d'Ida, Ramania réussit à mieux se concentrer les jours qui suivirent. L'enseignement d'Histoire de la magie du jour portait sur Éliphas Lévi, auteur et ecclésiaste français, qui mit en garde sur le partage de la connaissance de la magie.

– Comme vous pouvez le constater, Éliphas indique que la connaissance de la magie ne doit pas être accessible à tous. Et encore moins à ceux qui ne sont pas sorciers.

– Mais, je pensais que seuls les sorciers et les sorcières pouvaient pratiquer la magie ? Je ne vois pas en quoi ça serait un problème de les laisser essayer, interrogea Zita.

– En effet, approuva Sharansky. Néanmoins, il leur est possible de détenir un objet magique. Qu'adviendrait-il si un miyog possédait la célèbre pierre philosophale ?

– Ça aurait un impact dévastateur. Le cours de l'or chuterait d'un coup, l'économie mondiale s'écroulerait, entraînant une crise politique sans précédent, répondit lucidement Ramania face à ce scénario catastrophe.

– Et le coupable serait immortel, renchérit Marcelin.

– Tout à fait. C'est la raison pour laquelle la magie doit rester l'apanage des sorciers. Nous avons mis des millénaires à apprendre à la maîtriser. Nous connaissons les conséquences néfastes qu'elle peut avoir et nous savons surtout la jalousie qu'elle a provoquée pendant des milliers d'années, termina Olivier Sharansky.

La classe commença gentiment à ranger ses affaires.

– Le cours prochain, nous parlerons de Divenistof.

– Tiens, c'est le nom de l'auteur du bouquin que j'ai emprunté à la bibliothèque, s'amusa Zita à ses amies.

En sortant du cours, un corbeau vint se poser juste à côté de Ramania. C'était celui qu'elle avait envoyé à ses parents la semaine passée, après la brève explication de Sharansky sur les communications par voies aériennes.

Elle s'empressa alors de déplier la lettre qu'il tenait.

Ma chère fille,

Je m'excuse de ne pas avoir pris le temps de t'en parler avant. J'avoue avoir eu peur de ta réaction lorsque tu apprendrais la vérité. Je me suis semble-t-il trompée.

Prends soin de toi et sois bien attentive en cours.

Nous t'embrassons tous très fort.

Ta maman qui t'aime.

PS : N'en parle pas à ton père.

Désormais, elle avait la confirmation de la main de sa mère. Mais que signifiait la fin de cette lettre ? Comment se faisait-il que son père ne devait pas le savoir ? Était-il au courant des pouvoirs de sa femme ? De nouvelles questions venaient balayer les premières. Elle rangea la lettre dans sa poche, avant que Sophie et Zita ne la voient. Ida, elle, avait de nouveau disparu, sûrement cachée entre les étagères de la bibliothèque.

Ramania avait l'impression que cette semaine s'étirait. Heureusement, elle touchait tout juste à sa fin, avec l'apprentissage du balai volant du professeur Nakashe.

– Collez bien vos deux talons si vous voulez freiner dans les airs, insista Nesher Nakashe sur son groupe volant.

Sophie leva alors la main, tenant son balai avec l'autre, ce qui la déséquilibra légèrement pendant son vol.

– Monsieur, apostropha-t-elle. Comment se fait-il que vous ayez dû ensorceler nos balais pendant sept jours et sept nuits si la magie est déjà présente en nous ?

– Très bonne question Sophie… Tiens-toi droit, Sylvain, s'interrompit-il lui-même. Cet ensorcellement permet de s'assurer au mieux de la qualité de vol de votre balai. Et c'est aussi la raison pour laquelle nous le faisons nous-mêmes désormais. Il y a quelques années, c'étaient aux élèves de le faire. Un étudiant, Thomas, l'avait fait avec un balai en plastique. Tout allait bien jusqu'à ce que l'embout de la brosse se dévisse en plein vol, entraînant sa chute. Il a passé 3 semaines à l'infirmerie.

La patience de l'enseignant de S.S.T semblait payer puisque les élèves savaient désormais voler. Certes, avec parfois quelques difficultés, mais c'était globalement assez impressionnant. Marcelin maîtrisait d'ailleurs à la perfection son fauteuil volant, se payant même le luxe d'effectuer quelques loopings et acrobaties aériennes. La fin du cours du professeur Nakashe marquait le début du week-end. Mais contrairement aux semaines précédentes et suite à toutes ces révélations familiales, Ramania n'était plus sûre de vouloir rentrer chez elle. Elle ne savait pas comment se passerait la confrontation avec sa mère, encore plus si celle-ci devait se faire en cachette, dans le dos de son père. Affairée à réaliser son philtre d'équanimité, elle s'était isolée le soir même dans sa chambre pour le concocter.

– Mince, il me manque une pincée de violettes de Cry. Il doit y en avoir dans le jardin commun, soliloqua-t-elle.

En quittant précipitamment sa résidence étudiante, elle se heurta contre Stanislas qui renversa le liquide violacé de sa petite fiole sur la poche de pantalon de Ramania.

– Mais non, j'ai passé toute la semaine à essayer de faire ce foutu philtre qui sert à rien, se plaignit Stanislas.

– Je suis vraiment désolée, s'excusa Ramania confuse.

– En soi, ce n'est pas trop grave, t'inquiète. C'est juste que je viens de le finir à l'instant, je revenais du jardin.

Ramania sentit alors que sa poche s'imbibait du philtre et se dépêcha, affolée, d'en sortir la lettre de sa mère avant de la secouer frénétiquement pour la sécher.

– C'est quoi ça ? demanda Stanislas de façon indiscrète.

Ramania finit par lui raconter ses questionnements, ses doutes concernant sa filiation magique, la découverte de la salle des trophées avec la photo de sa mère étudiante et la réponse par corbeau qu'elle avait reçue en début de semaine, lui requérant de ne rien dire à son père.

– Tu penses qu'elle aurait pu forcer mon père à l'aimer en lui donnant un philtre d'amour ou un truc du genre ? Ou peut-être juste qu'il prendrait peur et qu'il partirait s'il apprenait la vérité ? Est-ce qu'il existe au moins une manière de faire cohabiter les miyogs et les sorciers ?

Stanislas l'écouta attentivement puis décrocha un léger sourire que Ramania discerna malgré la nuit tombante.

– Je dois t'avouer que j'ai pas de réponses à toutes tes questions. Par contre, je peux te conseiller deux choses. La première, c'est d'en parler avec Zita et Sophie. Ça ne sert à rien de garder tout ça pour toi. Et la seconde, c'est que vous me retrouviez toutes les trois demain, à 10 heures, juste en face de la petite fontaine au fond du jardin. Je n'peux pas trop en parler ici, mais j'ai peut-être une éclaircie à apporter à l'une de tes interrogations.

Sur ces mots, le jeune blond ramassa les bouts de verre brisés de sa fiole qui gisaient au sol, puis s'en alla dans le sens opposé de Ramania, en direction de la résidence des garçons qui se trouvait de l'autre côté des buissons. Ramania s'empressa alors de cueillir quelques tiges de la violette de Cry qui poussait dans le jardin et de rejoindre les filles pour leur raconter ce qui venait de se dérouler.

– Trop bien, ça va me faire une activité ce week-end. Moi qui étais triste de ne pas rentrer sur Paris à cause de la flambée des prix des billets de train, se réjouit Zita.

Sophie semblait, elle, plus méfiante sur ce rendez-vous.

Le lendemain matin, sous les coups de 10 heures, un léger tapotement résonna à sa fenêtre. C'était une corneille. Sophie lui ouvrit en se rendant compte qu'elle tenait une petite enveloppe dans sa patte droite.

– C'est peut-être mon petit frère Gabriel qui m'écrit une lettre, annonça Sophie. C'est sa fête aujourd'hui.

Mais en voyant sa mine interloquée, ses deux amies comprirent que Gabriel n'avait pas rédigé ce courrier.

J'ai oublié de le préciser à Ramania hier. Pensez bien à prendre vos balais volants si vous en avez, vos baguettes et un peu d'argent, ça peut toujours être utile.

Stan'

Les trois jeunes sorcières se retrouvèrent donc au point de rendez-vous donné la veille par Stanislas, avec le balai de Sophie. Le jeune garçon les attendait déjà, tenant dans sa main un beau balai en bois lustré, poli et verni.

– L'une d'entre vous monte derrière moi et on peut y aller, annonça Stanislas avant de décoller.

Les quatre élèves du Rocher Portail traversèrent le ciel de la campagne bretonne environnante, jusqu'à enfin distinguer au loin les toits des maisons et des clochers. La vue d'en haut était magnifique, les balais arpentaient les nuages duveteux, côtoyaient les oiseaux fendant l'air et humant, même en étant loin, les embruns de la mer. Ramania apercevait d'en bas les voitures et les passants sans que ces derniers aient l'idée de relever leur tête. Malgré leur relative aisance à voler, ce trajet restait tout de même leur premier vol sur une aussi grande distance. Sophie évita de peu une immense tour au toit saillant.

– C'était quoi ça ? s'écria Zita déconcertée.

– C'est le Beffroi de Fougères, nous sommes presque arrivés là où nous devons aller, répondit Stanislas.

Les deux balais se mirent, peu de temps après, à piquer en direction du sol avant de déposer les jeunes sorciers. Ils arrivèrent dans une petite ruelle en pente qui ne payait franchement pas de mine. Les maisons en pierre s'alignaient les unes après les autres et aucun commerce ne semblait avoir pris place dans cette partie de la ville. Stanislas s'arrêta devant une porte en bois située pile sous une enseigne suspendue représentant un chat noir.

La porte, en bois blanc écaillé et abîmé par le temps, ne donnait pas accès à une habitation mais à une cour qu'ils longèrent jusqu'à accéder à une sorte de bar reculé.

– Bienvenue à l'Interlope, informa fièrement Stanislas.

À l'intérieur, le bar était bien plus spacieux que ce qu'ils avaient pu imaginer. Une rangée de tabourets encadrait le comptoir et des lumières violettes teintaient la pièce. Les boissons étaient écrites à la craie au-dessus d'un long panneau surplombant le tavernier concentré à préparer les commandes des sorciers assis face à lui. Apercevant les jeunes qui entraient, il leva son verre.

– Tiens, Stan' ! Ton père est justement passé hier pour m'apporter de nouveaux tabourets. Je te sers la même chose que d'habitude ? demanda-t-il à haute voix.

Ramania n'avait jamais vu autant de sorciers adultes réunis dans une seule et même pièce. Certains portaient de grandes capes, là où d'autres étaient habillés comme n'importe quel citadin classique et lambda de cette ville. L'ambiance conviviale diffusait une forme de paix.

Les filles allèrent commander et, peu de temps après, le tavernier – un certain Médard – leur apporta les boissons demandées : un sirop de sureau pour Ramania, un soda au pissenlit pour Sophie, un chocolat chaud plus traditionnel pour Zita et un champagne des fées pour Stanislas, le client habitué.

– C'est quoi en fait cet endroit ? questionna Ramania.

– L'Interlope, c'est l'un des rares bars qui accueillent aussi bien des sorciers que des miyogs, expliqua alors Stanislas. Ça permet aux familles recomposées ou aux couples mixtes de se retrouver sans avoir peur de se sentir jugés. La position officielle des autorités magiques n'a jamais été claire concernant ce type d'établissement, mais en général, un sorcier qui est aperçu en train de faire de la magie devant un non-sorcier est emprisonné pour éviter que ne soit dévoilé notre secret.

Ramania aperçut au loin deux de ses professeurs, Taïeb et Sharansky, assis à une table en train de rire avec des amis tout en s'enfilant de grosses gorgées de bière.

– C'est top, ça signifie qu'une cohabitation est possible.

– En plus, ce lieu n'est pas qu'une taverne fraternelle, compléta le jeune blond en réponse à Ramania. Zita, va voir dans la petite pièce au fond du couloir qui se trouve juste derrière le comptoir, ça devrait te plaire. Sophie et Ramania, venez avec moi, j'ai un truc à vous montrer.

Les deux filles accompagnèrent Stanislas jusqu'à une porte, à l'extrémité du bar, d'où sortait un épais nuage de fumée blanche opaque masquant ce qui s'y trouvait. En traversant cet étrange brouillard, une musique douce les accueillit jusqu'à arriver devant un autre étal. Il ne s'agissait pas ici d'un bar, malgré les diverses boissons qui occupaient tout l'espace de la pièce mais d'un marchand de potions. Ou plutôt une marchande, puisque apparut alors une grande brune avec une légère frange sur le côté. Elle décala les clepsydres entassées, désenfuma le magasin d'un geste de la main, puis sourit.

– Diane, enchantée. Que puis-je faire pour vous aider ?

– Salut Diane c'était pour savoir s'il te restait du philtre d'équanimité, demanda Stanislas en posant une drôle de pièce dorée sur le comptoir. Ça pourrait me dépanner.

Ramania contemplait toutes les potions magiques, les fioles remplies de liquides brillants, les bocaux avec des parties d'animaux qu'elle pensait légendaires jusqu'ici. Elle ne savait plus où donner de la tête, jusqu'à voir un jeune garçon châtain qu'elle semblait reconnaître.

– Attends, tu es au Rocher Portail toi aussi ?

– Oui, moi c'est Sylvain, on est dans la même classe. Je viens ici quand j'ai besoin d'entendre un peu de musique. C'est ce qui me manque le plus depuis que je n'ai plus accès à Internet sur mon portable, avoua-t-il en pointant du doigt l'étagère garnie de kalimbas, ces instruments dont les fragiles lamelles en fer jouaient harmonieusement et tout aussi librement, grâce à un enchantement, de jolies mélodies douces et apaisantes.

Pendant ce temps, Zita arrivait au bout du couloir, perplexe face à ce qu'elle pourrait y trouver. La magie ne l'avait pas étonnée tant que ça depuis la rentrée. Néanmoins, quel fut son étonnement quand elle entra dans la pièce et tomba nez à nez avec un petit sorcier barbu en train d'écrire sur le clavier d'un ordinateur.

– Qui êtes-vous ? interrogea Zita surprise. Et surtout comment faites-vous pour utiliser un ordinateur alors que nous sommes entourés de sorciers ?

Le petit homme barbu était concentré et ne quittait pas des yeux son écran, tapant sans s'arrêter.

– Je m'appelle Alban. Je suis l'informaticien attitré du Rocher Portail et je m'occupe de tout ce qui est numérique, de la communication, mais surtout des acceptations des nouveaux étudiants sur la plateforme. Si l'on peut utiliser des appareils numériques ici, c'est parce que nous sommes en pleine ville miyog, où la magie se fait assez rare pour ne pas interférer avec les ondes magnétiques. C'est une sorte de terrain neutre.

Soudain, la poche de Zita se mit à vibrer frénétiquement. Elle plongea la main pour comprendre, avant de se rendre compte que c'était son téléphone portable qui s'agitait avec toutes les notifications qu'elle recevait. Zita se précipita sur les réseaux sociaux et en profita pour jeter un coup d'œil aux actualités. Elle se sentait revivre, heureuse d'enfin retrouver son portable.

Au même moment, Sophie et Ramania revenaient à leur table, pendant que Stanislas, content de s'être procuré un philtre d'équanimité, discutait avec Sylvain.

Les filles en profitèrent pour s'éclipser, allant chercher de quoi manger histoire de passer la journée au bar. Leur choix se fixa sur un kebab à emporter, juste à côté. La journée continua son déroulé, les jeunes sorciers enchaînaient les verres et les discussions intéressantes. Pendant que les deux garçons semblaient embourbés dans un débat pour savoir qui était le meilleur rappeur, Médard, le propriétaire du bar, s'approcha des filles.

– Vous devriez faire attention à vous par les temps qui courent, confia-t-il. Ce midi, ils ont encore retrouvé le corps d'un sorcier près du jardin public. Il n'est pas vraiment mort, mais ils sont incapables de le réanimer. C'est le cinquième cas cette année. Certains bruits de couloir accusent les miyogs de commettre ces crimes.

– Mais si les miyogs peuvent vivre en parfaite harmonie avec les sorciers, comme ici, pourquoi feraient-ils une telle chose ? La magie devrait plutôt les fasciner, non ?

Médard regarda alors Ramania, las de ce raisonnement, puis fit signe aux filles de venir avec lui. Il demanda à Diane de surveiller son comptoir vingt petites minutes.

Sylvain indiqua à Stanislas de terminer son verre et les deux garçons se joignirent alors au reste du groupe, se baladant dans les ruelles médiévales de Fougères, avant de finir leur périple face à la plus grande forteresse d'Europe. Sophie, qui n'avait jamais confié à ses amies que sa famille habitait non loin d'ici, reconnut aussitôt l'architecture de l'église paroissiale de Saint-Sulpice.

– Savez-vous pourquoi le clocher de cet édifice est légèrement tordu ? questionna le tavernier au groupe.

Face aux silences des jeunes, il reprit son explication.

– En 1642, un dimanche, à l'heure de la messe, Mathurin Trullier, un abbé fougerais, proposa à son ami d'aller assister à l'office qui se déroulait à Rennes, à 50 kilomètres d'ici. Voyant qu'il avait l'air sceptique, il lui demanda de poser son pied sur le sien. Aussitôt, les deux s'envolèrent. Mais son ami prit peur, s'accrocha au clocher de l'église qui, depuis ce temps, est resté tordu.

Les jeunes souriaient à l'écoute de ce petit récit.

– Ça prouve que des histoires d'amitié sont possibles entre des sorciers et des miyogs, conclut Ramania fière.

– Pas tout à fait, reprit Médard. Dénoncé par cet ami, il sera arrêté le 25 septembre 1642. Le jeune abbé sera condamné, puis brûlé vif quatre mois plus tard à Rennes, sur la grande place, et ses cendres furent dispersées.

Le groupe retourna à l'Interlope, ne sachant pas trop quoi penser de la morale de cette histoire. Encore un peu secoués, ils reprirent leurs balais et rentrèrent au château. La nuit commençait doucement à tomber. Arrivée au Rocher Portail, Ramania repensait à cette anecdote sordide et aux affaires non élucidées des corps de sorciers retrouvés dans les environs. Elle n'imaginait pas que les tensions avec les miyogs étaient aussi vives. Soudain, au moment d'ouvrir la grande porte, le groupe eut unanimement un brusque mouvement de recul.

Devant leurs yeux gisait un corps livide.

– Mais… mais… c'est Jules, s'écria horrifiée Sophie.

6

PIÈCE VIDE ET PIÈCES INFINIES

– Allons chercher de l'aide, s'écria Zita.

Stanislas et Sylvain lui emboîtèrent le pas, traversant en courant les longs couloirs silencieux du Rocher Portail. Ramania et Sophie, quant à elles, restèrent auprès du corps inerte de Jules, espérant trouver une solution.

– Son pouls est lent, mais il est encore vivant, annonça Sophie après avoir posé ses doigts sur son avant-bras.

Ramania ne parlait pas. Son regard ne réussissait pas à se détacher du visage inexpressif du jeune garçon de première année et de ses yeux froidement fermés. Même si Sophie lui avait confié qu'il était encore en vie, il était difficile d'y croire tant son visage était éteint.

– Qui a pu faire une chose pareille ? interrogea Sophie.

Ramania n'en avait pas la moindre idée et continuait simplement de fixer ce visage d'un blanc poudreux, comme si la vie l'avait soudainement quitté, entraînant avec elle ses souvenirs, ses espoirs, ainsi que ses projets. Jules était un élève de première année, tout comme eux. Plutôt sérieux en cours, il était du genre idéaliste, avec ce souhait d'accomplir de grandes choses dans sa vie. Il lui arrivait toutefois d'être un peu orgueilleux, ayant parfois des paroles blessantes dépassant sa pensée. Durant le dernier cours de balais, en plein vol, il s'était emporté contre Ida qui lui était rentrée dedans sans faire exprès. Il l'avait insultée de tous les noms avant que Nesher Nakashe n'intervienne pour le tempérer.

– Il est juste là, allongé devant Sophie et Ramania, exposa Zita qui revenait avec la directrice Meihendor.

Cette dernière était habillée d'une longue robe noire ornée d'astres argentés, traînant au sol. Son visage était fermé et laissait transparaître un profond désarroi.

– Nous allons l'emmener à l'infirmerie, Jannès et Jambrès pourront ainsi l'examiner et en savoir un peu plus sur son état de santé, annonça-t-elle pendant qu'elle faisait léviter son corps du bout de sa baguette.

Une fois arrivée, Ramania se rendit compte qu'elle n'avait encore jamais croisé les deux infirmiers. Elle aurait d'ailleurs été incapable de les différencier, tous les deux étant grands, chauves, et portant la même blouse immaculée. Seules leurs pilosités permettaient de les distinguer, l'un ayant un bouc sans moustache, l'autre une moustache sans bouc. Ramania ne savait pas si celui qui avait pris en charge Jules était Jannès et celui qui était assis à son bureau notant ce que racontait la directrice était Jambrès, ou bien si c'était l'inverse.

– Il n'y a pas de traces de magie sur ses habits, ni de la moindre égratignure ou d'une quelconque goutte de sang. Nous allons devoir plonger dans son subconscient, annonça Jambrès. Seul mon frère arrive à le faire…

– Non, Ramania aussi y arrive, l'interrompit Zita.

Tous les regards se tournèrent alors vers elle, qui se tenait debout dans l'angle de la petite pièce. Un silence emplit l'infirmerie pendant que Jannès, Jambrès et Zéphanie Meihendor se jetaient des coups d'œil, surpris et un peu perplexes à l'annonce de cette information.

– Est-ce vrai ce que votre camarde raconte ? demanda la directrice en fixant de façon insistante Ramania, avant que cette dernière ne fasse un timide acquiescement.

– Mais je n'arrive pas vraiment à le contrôler. Je n'ai réussi à rentrer qu'une seule fois dans le rêve de Sophie.

Jannès et Jambrès semblaient aussi déconcertés que fascinés face à cette réponse. Ils se mirent dans le fond de la pièce afin de se concerter avec la directrice.

– Si ce qu'elle raconte est exact, c'est tout simplement incroyable, chuchota Jannès à son frère et à Meihendor. C'est la première fois que je vois ça de toute ma carrière.

– Encore faudrait-il pouvoir vérifier si c'est vrai, tiqua Jambrès. Il y a statistiquement très peu de chance...

– Elle doit faire l'auscultation avec moi, coupa Jannès.

– C'est hors de question, ça reste une première année, s'agaça la directrice souhaitant protéger son étudiante.

– C'est sans danger, j'vous le garantis, assura l'infirmier.

– Sauf si c'est elle qui a mis le jeune Jules dans cet état, dans ce cas tu devrais te méfier, le contredit Jambrès

– J'ai une entière confiance en mes élèves, répondit sèchement Zéphanie en fusillant le jumeau du regard. Selon vous, est-ce vraiment une bonne idée ?

– Certainement la meilleure depuis que je suis ici. Si elle m'accompagne, on aura d'autant plus de chance de découvrir ce qu'il s'est passé et ça lui permettra de voir l'étendue de ses pouvoirs de voyage onirique.

Meihendor se releva avant de se tourner vers Ramania.

– Nous avons convenu que tu pourrais accompagner Jannès dans l'auscultation spirituelle de Jules afin de comprendre ce qui lui est arrivé, annonça la directrice à l'étudiante novice qui tentait de se faire toute petite.

– Prête ? On va pouvoir commencer, informa Jannès.

Il attrapa la main de Ramania, devant les regards captivés des personnes présentes à l'infirmerie, puis conseilla à la brune de fermer les yeux et de concentrer son esprit sur celui de Jules. Quelques minutes suffirent alors pour se plonger dans une ambiance particulière, les bruits extérieurs laissèrent place au seul son de ses pulsations résonnant contre la paroi de sa trachée. Après avoir intérieurement compté jusqu'à 35, Ramania rouvrit ses paupières et constata qu'elle ne se trouvait plus au milieu de l'infirmerie mais dans une pièce qu'elle ne connaissait pas. Tout autour d'elle, sa vision donnait l'impression d'être teintée d'un rose pastel, comme si un filtre avait été ajouté devant ses yeux. Elle cligna deux fois pour s'assurer que ce n'était pas son esprit qui lui jouait un tour, mais ces tons pâles étaient toujours là.

– Où sommes-nous ? demanda-t-elle à Jannès qui venait de lui lâcher la main pour explorer la pièce.

– Nous sommes au sein de l'esprit de Jules. Tout ce qui nous entoure est une matérialisation de sa conscience. Ces objets, bibelots, photos sont des souvenirs passés.

Ramania tourna la tête et en contemplant les murs, elle s’aperçut en effet que chaque détail de la pièce faisait référence à un souvenir que Jules avait sûrement vécu. Une photo de classe s’animait, oscillant entre toutes les classes par lesquelles il avait dû passer, le faisant vieillir au gré des années et interchangeant ses camarades à l’exception de certains qu’on retrouvait et qu’on reconnaissait assez facilement. Juste à côté, fixés au mur, des cadres montraient des adultes et des personnes âgées qui souriaient gaiement à Ramania. Certains traits de visage laissaient penser qu’il devait s’agir des parents et des grands-parents de Jules. Soudain, elle faillit trébucher sur un objet qui roula sous son pied. Elle se pencha pour le ramasser. C’était une petite balle vieillie par le temps et mâchouillée par un animal si l’on devait se fier à toutes les traces de dents. Le prénom *Médor* était inscrit sur la surface de celle-ci. Le cœur de Ramania se serra en contemplant la pièce, comprenant que Jannès avait raison et qu’il s’agissait bel et bien d’un amas de souvenirs de la vie de Jules.

– Tu trouves quelque chose ? demanda Jannès.

Mais elle n'y prêta pas attention, trop absorbée par l'étrange sensation de plonger dans l'existence d'une personne qu'elle ne connaissait que de nom. Ramania réalisait à quel point chaque objet dans cette chambre matérialisait une parcelle de l'âme de Jules, un reflet de son parcours de vie. C'était comme si cette modeste pièce était un sanctuaire dédié à sa mémoire, le dernier refuge reculé de tous les souvenirs intimes de son passé. Certains fragments semblaient anciens, comme cette lettre de rupture, imbibée de larmes séchées, qu'un amour de jeunesse avait dû lui laisser. D'autres étaient plus récents, comme cette lettre d'admission au Rocher Portail punaisée juste au-dessus de son oreiller. Ramania reconnut même l'un des balais prêtés par l'académie, posé contre le mur. Le pansement déposé au niveau du manche devait probablement faire référence à la fois où Ida l'avait percuté, le blessant très légèrement et le plongeant par la même occasion dans une colère noire.

– C'est étrange quand même, marmonna Jannès.

– Qu'est-ce qui est étrange ? demanda Ramania.

– Jules est censé se trouver dans cette pièce. Si son corps continue de vivre, son esprit doit être là. Nous devrions pouvoir lui parler, l'interroger, essayer de savoir ce qui est arrivé. Qui aurait bien pu lui faire ça ?

Et en effet, Ramania avait beau tourner la tête, chaque angle de la chambre qu'elle visualisait laissait entrevoir une myriade d'objets précieux qui jaillissaient des tréfonds de son passé, des entrailles de ses pensées. Des lettres d'amour et d'amitié enrubannées, des photos datées racontant des moments enchantés, des babioles en métal et en bois qui avaient voyagé dans le temps… mais aucune trace de Jules, pas le moindre signe de vie.

– C'est bien ce que je craignais, annonça Jannès avant de saisir la main de Ramania pour s'extirper de la pièce.

Ramania venait de rouvrir ses yeux, un peu étourdie, commençant à discerner la directrice qui fixait Jannès.

– Jules ne se trouve plus au sein de son esprit. Quelqu'un l'a plongé dans un coma éternel, déclara-t-il.

Le visage de la directrice changea, laissant place à une profonde inquiétude à l'écoute de cette nouvelle. Ramania et les autres étudiants présents à l'infirmerie ne comprenaient pas bien ce que tout cela signifiait. Mais face à toutes ces interrogations, nulle réponse ne fut apportée et les élèves furent contraints de retourner dans leurs appartements au plus vite sans discuter.

– Tu as vu quoi dans son esprit ? demanda Sophie.

– Eh bah… pas grand-chose en fait. C'est ce qui a l'air de les inquiéter. Jules aurait dû s'y trouver, confia-t-elle.

– Ça ne présage rien de bon, conclut Stanislas soucieux.

Le restant de la soirée, ainsi que toute la journée du dimanche, tous les professeurs du Rocher Portail furent occupés à protéger le château à l'aide de sortilèges de protection, masquant les entrées et dissimulant chaque endroit où pouvaient se trouver leurs étudiants sorciers. Une note fut accrochée dans les couloirs du château annonçant aux élèves qui rentraient de week-end la triste nouvelle et toutes les restrictions mises en place.

– Les étudiants ne pourront plus rentrer chez eux le soir et le week-end, à l'exception de cas de force majeure, lut à haute voix Zita. Moi qui avais prévu de retourner à Paris la semaine prochaine, ça tombe à l'eau.

Ramania ne savait pas comment elle allait gérer le fait de ne pas pouvoir repartir chez elle avant les vacances. Ces dernières semaines avaient été chargées, elle n'avait presque pas eu le temps d'y penser, mais maintenant qu'une note de l'école lui annonçait qu'elle serait contrainte de rester bloquée à l'académie, elle prenait conscience de tout ce que ça impliquait. Elle s'empressa d'aller à la volière, tendant sa main remplie de tout un tas de friandises dont les corbeaux raffolent, comme des graines, des cacahuètes et des noix séchées non salées. Une fois le corbeau posé sur son bras, elle lui tendit la lettre qu'elle souhaitait envoyer à ses parents. L'oiseau termina son festin puis prit son envol, disparaissant dans les nuages gris en poussant un ultime croassement.

– J'espère que vous ne m'en voudrez pas, souffla Ramania. Je n'ai pas trop été là ces derniers temps...

Le début de semaine fut morose, tous les élèves étaient désormais au courant de ce qui était arrivé à Jules et essayaient de comprendre qui avait bien pu faire une chose pareille. Tous les murmures et les chuchotements ne parlaient que de ce sujet lors du cours de botanique de Madame Bourrier, masquant presque le bruit régulier des gouttes d'eau tombant et ruisselant sur la serre.

– Un peu de calme les enfants, s'exclama Bourrier. Je vous disais donc, qui connaît le nom de cette plante ?

Au bout de sa baguette se dressait une plante verte dont les feuilles, fines et aériennes, semblaient frémir, sans que le vent ait besoin de l'effleurer. Elle donnait l'impression de danser d'elle-même, comme si elle pouvait bouger. Dès que la professeure Bourrier la toucha du bout de sa baguette, chacune des lamelles de ses feuilles se rétracta comme pour se protéger.

– Aux Antilles, on l'appelle Manzé Marie, répondit Audrey, une élève du premier rang en levant la main.

Viviane Bourrier acquiesça de la tête en lui souriant.

– Chez moi, au Cameroun, on nomme ça bébé-dort, renchérit un autre étudiant, Anicet, deux rangs plus loin.

– C'est pas plutôt une sensitive ? interrogea Marcelin.

Les trois élèves semblaient surpris que personne ne donne la même réponse, fronçant des sourcils et jetant des regards interrogatifs à leur enseignante souriante.

– Eh bien, figurez-vous que les trois noms fonctionnent, expliqua-t-elle en réajustant légèrement son chapeau qui était toujours de travers. On appelle cette plante plus communément le mimosa pudique, du fait qu'elle se replie sur elle-même dès qu'un objet l'effleure. Dans quelle catégorie de plantes magiques rentre-t-elle ?

– Les plantes mouvantes, répondit Sophie qui se rappela ce qu'Ida avait dit lors des cours précédents.

Le reste du cours ne fut qu'une démonstration de toutes les propriétés de cette plante fascinante. Elle avait évolué dans le monde magique et était devenue bien plus grande et vivace que sa cousine qui poussait dans les jardins humides et tempérés des non-sorciers.

Le repas du midi fut l'occasion pour les élèves de remettre le sujet de Jules sur la table, ainsi que celui des autres corps qui avaient été découverts dans la région. Marcelin, qui était rentré chez ses parents le week-end précédent, avait rapporté de chez eux un journal sorcier.

– Ils disent que c'est déjà le sixième corps qu'ils retrouvent depuis six mois, tous dans le même état. Aucune trace de blessures ou de combat, mais les victimes ne sont ni vraiment mortes ni vivantes.

– Et ils émettent des hypothèses sur la manière dont ces crimes seraient perpétrés ? demanda Zita en attrapant le journal des mains de Marcelin.

– Apparemment les enquêteurs se pencheraient sur la piste d'une arme biologique inventée par des miyogs, expliqua Sophie qui lisait au-dessus de l'épaule de Zita.

– Ça serait pas si étonnant, grommela Marcelin en tapant un croc dans sa cuisse de poulet.

Ramania ne savait pas que penser de tout ça. Pour quelle raison pouvait-on s'attaquer à un simple élève ?

– Pourtant, samedi soir, à l'infirmerie, Jannès nous a parlé de coma éternel, s'interrogea à voix haute Ramania. Je ne vois pas à quoi ça peut faire référence.

Aucun des élèves autour de la table ne semblait savoir ce que pouvait signifier ce nom. Pourtant, Ramania avait l'impression que la solution se trouvait sous ses yeux depuis le début, sans trop savoir pourquoi. Elle se coupa une tranche de la miche de pain qui trônait devant elle, sur la grande table. Elle remarquait pour la première fois que dès qu'elle coupait un morceau, le pain retrouvait sa tranche au bout de quelques instants, comme si cette boule possédait le pouvoir de se régénérer. La magie avait ce don de toujours réussir à la fasciner. Mais pas le temps de s'attarder plus longtemps puisque la leçon de sortilèges n'allait pas tarder à débuter. Ils en avaient fini du cours magistral de maniement des baguettes, les élèves allaient enfin pouvoir pratiquer de la vraie magie.

– Savez-vous pourquoi je vous ai demandé, depuis quatre cours, de me tracer des lettres à la craie rien qu'à l'aide de la magie et de vos pensées ? interrogea Taïeb.

– Afin de maîtriser le positionnement et le maniement de nos poignets, tenta timidement Ida en levant le doigt.

– Il y a un peu de ça, c'est vrai, mais pas seulement. C'est surtout qu'une fois cette étape contrôlée, et c'est le cas au moment où j'entame cette leçon, vous accédez à la maîtrise d'un sortilège bien plus intéressant, expliqua Taïeb en parcourant du regard ses étudiants.

Il se tourna vers le tableau vert qui ornait le mur, pointa sa baguette vers la boîte en carton contenant les craies et lança un audible et franc « *Skribado* ». Aussitôt le sort prononcé, Taïeb se remit à parler et, presque au même moment, les craies se mirent à tracer ce qu'il disait. Elles n'écrivaient cependant pas ses paroles sur le tableau, mais dans les airs, sans qu'aucun support ne soit nécessaire. Sous les yeux ébahis des étudiants, il continua fièrement sa démonstration et son explication.

– Ce sortilège peut être associé à un autre – *Fonetika Transskribo* – permettant de traduire automatiquement la langue de votre interlocuteur ou d'un texte inconnu.

Les élèves testaient ce sort sur leurs camarades, créant une multitude de petites lettres en craie flottant dans les airs et retranscrivant de simples étonnements. Les étudiants bilingues faisaient l'expérience avec leur langue natale, inondant gaiement la salle de classe de phrases en anglais, gallo, créoles, hébreu ou espéranto… L'enseignement s'étant achevé avant que l'heure n'ait sonné, Romain Taïeb autorisa les élèves à lui poser des questions ou à aborder des sujets pouvant les intéresser. Ramania repensa au pain du midi et leva alors le doigt.

– Je voulais savoir ; est-il possible de cloner par magie un objet, pour en avoir autant qu'on pourrait le désirer ?

– Très bonne question, répondit Taïeb en riant. Je reconnais les petits malins parmi vous qui voudraient tirer bénéfice de la magie. Laissez-moi vous montrer un petit tour qui fait toujours son effet. Est-ce que l'un ou l'une d'entre vous aurait une pièce de monnaie ?

Stanislas leva alors la main, puis posa sur sa table en bois une pièce dorée avec une étoile dessus. Ramania avait déjà pu en apercevoir une similaire à l'Interlope.

– Et maintenant, résolvons tous ensemble le problème de la pauvreté dans le monde, annonça Taïeb avant de répéter une dizaine de fois la formule magique *Duobligo*.

Plus le professeur répétait le sort, plus la petite pièce se dupliquait sur la table de Stanislas, passant d'une pièce dorée à une dizaine, puis une quinzaine d'exemplaires. Certains élèves laissèrent échapper un souffle de stupéfaction, se rêvant millionnaire et s'imaginant déjà plonger dans une marée dorée de monnaie de sorciers. Sophie sortit de sa poche la pomme qu'elle s'était réservée pour le goûter, puis tenta à son tour le sort. Elle dut s'y reprendre à plusieurs fois, la prononciation et la concentration n'étant pas encore totalement maîtrisées, mais au bout d'une dizaine d'essais, la pomme se dupliqua en deux, puis en trois, devant les applaudissements et le regard amusé et fier de Ramania.

– Mais ça signifie qu'il y aurait aussi moyen de résoudre le problème de faim dans le monde avec ce sort, monsieur ? demanda-t-elle encore abasourdie par tout ce que cette formule magique pouvait impliquer.

– Et c'est là que je viens briser tous vos espoirs, enchaîna Taïeb, toujours satisfait des réactions qu'il venait de déclencher dans sa salle de classe. *Ombrado* !

Aussitôt, l'amas de pièces d'or jonchant la table de Stanislas, y compris celles que Marcelin avait commencé à mettre dans sa poche, et les quelques pommes que Sophie avait réussi à dupliquer, disparurent dans un nuage de fumée, dégageant une légère odeur de cramé.

– Malheureusement, comme vous pouviez vous en douter, la magie reste de la magie. On ne peut pas créer une multitude d'éléments à partir d'un seul échantillon. De toute façon, ce sort ne dure que quelques minutes.

Des soupirs et des râlements se firent alors entendre. Ramania leva cependant une nouvelle fois la main.

– Mais, les miches de pain que nous avons le midi, elles arrivent bien à se régénérer à partir d'un seul pain ?

Taïeb sembla à cet instant pris de court par la réponse de l'étudiante, comme s'il ne s'y attendait pas ou qu'il aurait peut-être préféré rester évasif sur ce sujet précis.

– Ce n'est pas tout à fait la même chose, expliqua-t-il de façon plus posée, son sourire s'étant dissipé. Les gâches et les miches de pain que vous avez la chance de manger le midi à l'académie ne viennent pas de nos cuisiniers, contrairement aux plats et aux préparations. C'est un enchantement réalisé il y a des centaines d'années par les fées des houles qui permet à ce pain de ne jamais diminuer et d'être présent à chaque banquet. Sur ce, je vous dis à la semaine prochaine et, d'ici là, entraînez-vous bien pour vos sortilèges de transcription.

Dans un brouhaha commun, les élèves se hâtèrent de ramasser leurs affaires pour aller profiter des quelques rayons de soleil qui venaient caresser leurs bureaux.

– Tu ne trouves pas que Taïeb a éludé hyper vite ta question ? demanda Sophie à son amie.

– Si, et je trouve ça bizarre, répondit Ramania. J'ai comme l'impression qu'il ne voulait pas tout nous dire.

La petite bande quitta les couloirs austères du château pour retrouver leur place habituelle dans l'herbe fraîche.

Pendant qu'ils profitaient d'un bain de soleil, chacun s'occupait l'esprit comme il pouvait. Zita parcourait le livre de sortilèges qu'elle avait emprunté il y a quelques jours à la bibliothèque, Marcelin notait sur des feuilles volantes les sorts que Taïeb venait de leur apprendre, Sophie caressait un petit renard qui s'installait à côté d'eux, Sylvain essayait de faire de la musique en soufflant dans un morceau d'herbe, pendant que Stanislas et Ramania continuaient de chercher une solution pour résoudre cette histoire de coma éternel dans lequel était plongé Jules depuis ce week-end.

– Je suis sûre d'avoir vu quelque chose qui pourrait nous aider, confia Ramania à Stanislas. Mais je suis incapable de mettre le doigt dessus. Ça m'échappe et pourtant ça m'a l'air récent.

Elle essayait de se concentrer, mais incapable de se souvenir de quoi il pouvait s'agir. Ramania prit alors le problème dans l'autre sens. Si elle avait pu se rendre dans les pensées de Jules, il devait sûrement y avoir un rapport avec les rêves, elle n'était pas encore télépathe.

– Je pourrais chercher à la bibliothèque, mais ça prendrait trop de temps si je ne sais pas ce que je veux trouver, marmonna Ramania à elle-même. Tu sais s'il y a un professeur spécialisé dans l'onirologie à l'académie ?

– Actuellement, j'crois pas, répondit Stanislas. Par contre, je sais que mon père avait suivi des cours d'onirologie lorsqu'il y était scolarisé. C'était enseigné par Padrig Montrigas, l'ancien directeur.

Soudain, Ramania eut comme une révélation, un déclic. Elle se précipita en direction de la bibliothèque, passa devant sa porte en bois puis continua jusqu'à la salle des collections qu'elle avait découverte avec Sophie. Elle s'approcha de la grande vitrine où, à côté d'un emplacement étrangement vide, se trouvait la photo montrant sa mère et celle de Sophie, puis lut la mention.

« *Esther Benarolah et Hebna Iyar, gagnantes en équipe du concours de potions pour leur philtre coupe-rêve. Trophée remis en main propre par le directeur émérite du Rocher Portail, Padrig Montrigas. Janvier 1985* ».

7
POISON ET ÉVASION

Le soir venu, Ramania s'empressa de raconter sa trouvaille à ses deux amies en leur expliquant qu'elle avait peut-être trouvé celui qui pourrait les éclairer sur le mystérieux mal qui avait touché Jules vendredi soir.

– Tu penses vraiment que l'ancien directeur pourra t'aider ? demanda Zita qui ne comprenait pas la logique.

– J'en suis certaine, affirma Ramania. Stanislas m'a confié que Montrigas avait été professeur d'onirologie. Et dans tous les cas, si j'ai pu rentrer dans l'esprit de Jules, c'est que ça a forcément un lien avec les rêves. Je ne sais pas lequel mais je tâcherai de le découvrir.

Cependant, autre chose semblait tracasser Sophie.

– Tu comptes faire comment pour aller le voir ? On n'a plus le droit de quitter l'académie sans autorisation…

– J'ai ma petite idée, répondit-elle en souriant. Après le cours de botanique, nous irons dans la forêt derrière le potager en prétendant chercher une plante nécessaire à une potion demandée par Stern. En revenant de l'Interlope, j'ai remarqué que la forêt se prolongeait jusqu'à la parcelle d'à côté. Ça nous évitera de passer par la grande porte d'entrée qui risque d'être surveillée.

– Mais il faudrait qu'on réussisse à récupérer un balai dans la réserve du professeur Nakashe. Hors de question qu'on monte à trois sur le balai de Sophie, on n'arriva jamais à destination, ajouta Zita rebutée par cette idée.

La semaine se déroula sans accroc jusqu'au cours de Viviane Bourrier, après lequel les trois filles avaient pour but de partir en douce pour retrouver l'ancien directeur. Néanmoins, il allait manquer encore deux éléments importants à leur plan : un balai supplémentaire et l'adresse où résidait actuellement Padrig Montrigas.

– Aujourd'hui, nous allons voir le troisième type de plantes que l'on retrouve le plus lors de préparations magiques. La plante de décoction, annonça Bourrier.

La serre était agréable par cette douce matinée, le soleil venait taper contre les carreaux du haut, réchauffant par la même occasion les étudiants qui s'y trouvaient. L'enseignante installait de grands bacs de terre devant elle avec, au milieu de la table, un pot dans lequel était plantée une grande plante noire aux poils visqueux. Elle dégageait une odeur si nauséabonde que les élèves du premier rang se pinçaient tous le bout du nez. Malgré tout, Sophie semblait passionnée, comme absorbée par ce que Viviane Bourrier allait lui raconter.

– Nous devions voir la verveine et le millepertuis, mais suite aux récents événements dont vous avez pris connaissance, j'ai décidé de changer de programme.

Ramania n'était habituellement pas l'étudiante la plus captivée par les leçons de botanique, mais elle devait avouer que cette petite phrase anodine de Bourrier l'avait légèrement titillée, accentuant son attention.

– C'est ainsi que je vous présente la Jusquiame noire. Autrefois, on l'appelait hanebane, herbe des sorcières ou encore belle endormeuse. Vous allez comprendre pourquoi. Dans les archives de l'académie, on a retrouvé des grimoires où d'éminents sorciers expliquaient que cette plante permettait de s'élever dans les airs, voire de prendre connaissance et de visiter d'autres mondes.

Du bout de sa baguette, Viviane Bourrier fit un geste et la terre qui était dans les pots s'anima. Elle formait des personnages qui bougeaient au gré de ses mouvements de poignets, tel un théâtre terreux de marionnettes.

– Dans la Grèce antique, à Delphes, la célèbre Pythie buvait un breuvage à base d'hydromel et de jusquiame avant d'annoncer ses oracles et ses prophéties, dit-elle pendant que la terre animait des personnages bouclés portant de grandes toges emblématiques de la Grèce. Au 12e siècle, les membres de la première école de médecine européenne imbibaient une éponge de jus de jusquiame pour endormir leurs patients avant de procéder à de lourdes et dangereuses opérations.

Pendant que la terre mimait l'endormissement d'un patient, Zita s'approcha de l'oreille de Ramania.

– On s'croirait dans un cours d'Sharansky, ricana-t-elle.

Mais, impassible, la professeure Bourrier continua son explication botanique historique des plus vivantes.

– Sa graine, appelée herbe de Sainte Apolline, était utilisée pour les caries et l'est encore aujourd'hui pour apaiser les rages de dents. On découvrit plus tard qu'elle pouvait aider les patients atteints d'insomnie et soulager ceux qui souffraient de douleurs abdominales. Puis on s'est rendu compte qu'elle agissait même sur les tremblements dus à la maladie de Parkinson, divers spasmes, la mélancolie anxieuse, ainsi que des agitations provoquées par des maladies mentales, conclut-elle dans un spectacle terrestre mimant la liste de maladies qu'elle venait d'énumérer, presque sans respirer.

La plante semblait alors avoir recueilli un peu plus d'estime aux yeux des étudiants qui pensaient l'avoir mal jugée du fait de sa forte odeur pestilentielle.

– C’est donc une plante qui entre dans des concoctions de magie blanche ? demanda Marcelin en levant le bras.

– Oui et non. Les völvas, des sorcières scandinaves, donnaient de la Jusquiame noire aux Vikings pour les transformer en Bersekers, des guerriers sanguinaires. Celle-ci les plongeait dans une folie meurtrière, accompagnée d’effets anesthésiant et analgésiant, leur permettant d’être insensibles à la douleur, expliqua l’enseignante devant des amas de terre personnifiant des Vikings qui donnaient des coups de hache aux civils.

Marcelin sembla moins convaincu par sa question.

– Elle entre aussi dans la préparation de potions transformant des hommes en porcs, en cobayes, voire en lycanthropes, renchérit-elle toujours exaltée. Et pour finir, dans certaines confections, si le mage augmente les quantités, la jusquiame peut engendrer à sa victime hallucinations, pertes de conscience, tachycardie, voire un coma profond dont il est presque impossible de s’extirper, conclut-elle en posant sa baguette magique, provoquant l’affaissement de ses sculptures de terre.

Ramania comprenait alors où Bourrier voulait en venir lorsqu'elle disait qu'elle avait changé son programme suite aux événements récents. Et le silence lourd de la salle de classe laissait penser que ses camarades avaient eux aussi compris qu'elle faisait allusion à Jules. Avec un léger espoir, elle leva la main pour interpeller Bourrier.

– Existe-t-il un antidote, un remède dans ce cas ?

– Il n'existe qu'un seul remède : le moly, une plante à la racine noire et à la fleur d'un blanc laiteux. Elle agit tel un antidote végétal naturel à de nombreux sortilèges, envoûtements ou empoisonnements magiques. Mais avant que vous n'y voyiez la moindre lueur d'espoir, je tiens à vous révéler qu'on ne l'a plus revue dans la région depuis presque vingt ans, à mon grand regret.

À la fin du cours, Ramania était bien décidée à aller voir la professeure Bourrier pour lui poser des questions concernant la photo de sa mère avec l'ancien directeur. Qui de mieux placé qu'une enseignante de botanique pour répondre à une question portant sur les plantes contenues dans une potion qui semble avoir disparu ?

– Madame, je voulais vous demander quelque chose, héla la brune déterminée. Je suis tombée récemment sur la photo de ma maman dans la salle des collections. Je voulais savoir si vous pouviez m'en dire un peu plus sur le trophée qu'elle avait remporté cette année-là ?

– Oui, tout à fait, répondit l'enseignante souriante. Je me souviens bien de votre mère, elle était dotée d'un calme et d'un talent impressionnant. Une femme intelligente. Elle avait décroché ce trophée en 1985, avec Mademoiselle Iyar, la mère de votre amie Sophie, indiqua-t-elle tout en désignant du doigt la jeune blonde qui rangeait ses affaires dans son sac à dos.

Mais tout ça, Ramania le savait déjà. Elle tenta donc une approche plus abrupte pour arriver à ses fins.

– Mais pourquoi ce philtre a-t-il remporté le concours ?

– Il existe mille et une plantes pour permettre de rêver, mais on pensait alors qu'il était impossible d'endiguer les rêves. D'ailleurs, ce philtre a dû attirer les convoitises puisqu'il a été dérobé de sa vitrine l'année dernière.

– N'y a-t-il pas une plante qui permettrait d'empêcher de faire des rêves ? interrogea Ramania curieuse.

– Je… euh… non. Ça n'existe pas ! Sur ce, on va s'arrêter là. Mon cours avec les élèves de troisième année va débuter, lâcha-t-elle en la poussant vers la sortie.

Sophie venait tout juste d'arriver, assistant à la scène.

– Décidément, ils sont bizarres les profs en ce moment.

Le repas du midi fut l'occasion de reparler de leur plan pour rendre visite à l'ancien directeur et Ramania en profita pour raconter sa discussion avec sa professeure. Leur volonté d'aller voir Montrigas ne fut que renforcée lorsque Audrey, une élève de leur classe, au milieu du repas, vint leur annoncer que le cours de Nina Stern prévu l'après-midi était annulé. Elle était réquisitionnée par le Rocher Portail pour sécuriser, à l'aide de divers sorts élaborés, les murailles de l'académie de magie.

– T'as réussi à trouver son adresse ? demanda Zita.

– Pas encore, geignit Ramania. Mais je vais essayer de voir si Stanislas n'a pas plus d'infos vu qu'il le connaît.

– Tu t'occupes d'essayer de récupérer discrètement des informations avec Sophie pendant que je vais forcer le placard où sont rangés les balais. J'ai révisé quelques sorts dans le livre que j'ai emprunté à la bibliothèque. On fait comme ça, termina Zita avant de partir de table.

En interpellant des élèves qui sortaient du banquet, les deux filles apprirent que Stanislas était parti dans la salle de jeux juste après avoir terminé son repas et y filèrent. Stanislas était autour du billard, tenant sa quille dans sa main, concentré dans une partie l'opposant à Sylvain.

– Tiens, salut les filles, dit-il en les apercevant. C'est la première fois que je vous vois traîner par ici.

– Oui, on aurait besoin de toi, répliqua Ramania. On voudrait savoir si tu connaissais l'adresse de l'ancien directeur dont tu m'as parlé la dernière fois.

– Pour quoi faire ? demanda-t-il d'un air suspicieux.

– C'est… compliqué, balbutia Sophie. Dis-nous juste si tu as une idée de l'endroit où il réside actuellement ou pas du tout, ça nous fera gagner du temps.

– Bien sûr que je l'sais, ria-t-il. Mon père lui a envoyé une carte pour la bonne année. Mais je ne dirais rien tant que vous ne me mettrez pas dans vos combines. Et puis d'ailleurs, vous comptez y aller comment ?

À cet instant précis, Zita débarqua dans la salle de jeux.

– Bon, bah… j'ai pas réussi à forcer le placard à balais.

Stanislas et Sylvain se mirent à rire, avant de proposer aux filles de venir avec elles, les deux possédant leur propre balai. Les cinq élèves allèrent chercher en douce les balais dans leurs appartements avant de se rejoindre dans un endroit reculé, à l'arrière du grand potager.

– Bon, maintenant c'est quoi le plan ? demanda Sylvain.

– On traverse la forêt jusqu'à la parcelle où se trouve la ferme, puis on enfourche nos balais en direction de la maison de Padrig Montrigas, expliqua Ramania.

Le groupe passa devant l'écriteau « *Forêt interdite* » sans même y prêter attention, s'enfonçant pas après pas dans la végétation épaisse et boisée, ne laissant pas deviner ce que la forêt gardait précieusement pour elle.

Les deux garçons avançaient bien plus vite que les filles, leur permettant de discuter paisiblement de ce qu'elles prévoyaient de demander à l'ancien directeur et de la manière dont elles comptaient procéder pour qu'il parle.

– Moi je pense qu'il faut tout lui avouer, affirma Zita. Surtout que certains professeurs semblent impliqués vu la façon dont ils esquivent la plupart des questions.

– Je pense qu'il faut être plus subtile, contredit Sophie.

Ramania, quant à elle, s'était arrêtée devant un arbre. Dans le creux de ce vieux chêne, une petite musaraigne semblait prise au piège par un animal qu'elle n'avait encore jamais vu de sa vie. Pas plus gros qu'un corbeau, la bête possédait un bec d'oiseau, des ailes et des serres, mais aussi une crinière et des pâtes semblables à un chat. Sans parler du bas de son dos et de sa queue, qui faisaient étrangement penser aux attributs d'un serpent.

– Allez, oust ! Pars d'ici, proféra Ramania à l'étrange animal hybride. Laisse la petite bête tranquille !

À la vue de ces gestes agités, la bête préféra s'enfuir.

Stanislas, ayant entrevu la bête ailée s'envoler de loin, accourut avec un air affolé, accompagné de Sylvain.

– Mais ça va pas dans ta tête ! tonna-t-il d'un air effaré. Qu'est-ce qui t'as pris de faire ça ?

Ramania tenait alors la petite musaraigne dans ses mains et l'éloigna du creux de l'arbre où elle était encore paralysée par la peur puis la déposa à distance, dans les fourrés, juste à côté, où elle serait en sécurité.

– Bah, j'sais pas… J'ai vu cette musaraigne en danger, je n'allais pas la laisser se faire tuer, répliqua Ramania. Tu sais que c'est très bon pour les potagers ces…

– Sauf que l'animal que tu viens de faire fuir, ce n'est pas un simple piaf, coupa le jeune blond. C'est un bébé griffon ! Et ça veut dire que sa mère ne doit pas être loin.

Le groupe se dépêcha dès lors de traverser la forêt, guettant le moindre bruit de peur de croiser le griffon. Ils passèrent devant des huttes en bois en marchant à pas de loup, croisant même de gigantesques œufs dont ils ne voulaient pas connaître l'animal les ayant pondus.

Arrivés au bout de la forêt, les cinq jeunes se rendirent compte qu'un ruisseau séparait la parcelle de l'académie de magie et celle de la ferme du terrain voisin. L'eau y était terriblement trouble et, curieusement, les abords des deux rives étaient jonchés de crânes vaseux. Certainement des bœufs, des vaches ou des moutons peu prudents s'étant aventurés trop près de cette forêt.

– Ramania, tu montes derrière moi. Zita, tu peux aller derrière Sophie et Sylvain, tu feras cavalier seul, dicta Stanislas en chevauchant son balai.

Mais survoler une rivière n'était pas une action si aisée puisqu'il fallait voler aussi haut, pour ne pas effleurer l'eau, mais assez bas pour éviter les branches des arbres. Sophie paraissait avoir du mal et son balai se stationna juste au-dessus des flots, en faisant du surplace. Soudain, un hurlement se fit entendre.

Ramania se retourna et aperçut un immense cheval noir qui venait de sortir de la rivière en attrapant dans sa gueule la botte de Zita. Elle se débattait, hurlait à Sophie d'avancer mais celle-ci semblait avoir son balai paralysé.

– C'est un kelpie ! cria Sylvain. Résiste au mieux Zita, sinon elle t'entraînera au fond de la rivière pour te noyer puis te dévorer. Sophie, lève le manche de ton balai !

Mais Sophie avait beau le lever, la force de la mâchoire du monstre marin était si forte que les deux filles ne réussissaient pas à s'en arracher. Ramania, tentant le tout pour le tout, sortit la baguette de sa poche et la pointa sur Zita. Ne connaissant pas de sorts, elle en chercha un qui pourrait fonctionner.

– *Duobligo*, vociféra-t-elle en visant la botte de Zita.

À l'instant où l'éclair doré toucha sa chaussure haute, cette dernière se transforma en une multitude de paires de bottes, toutes aussi identiques les unes des autres. L'impressionnant kelpie se retrouva alors avec une dizaine d'entre elles dans sa gueule, avant de replonger furieux et bredouille dans son sinistre cours d'eau. Sophie et Zita, quant à elles, furent expulsées par la force de leur balai vers la branche surplombant la rivière avant d'atterrir brutalement de l'autre côté de celle-ci. Légèrement secouées, elles s'en sortaient indemnes.

Après cette péripétie qui aurait pu leur coûter la vie, le vol jusqu'à la demeure de Padrig Montrigas parut des plus paisibles. Vingt minutes plus tard, Stanislas se posa juste devant une grande habitation verdoyante, située en plein cœur de la campagne bretonne environnante.

– J'espère qu'il me reconnaîtra, dit-il en toquant.

La porte de bois s'ouvrit presque aussitôt, comme si le propriétaire des lieux était au courant de la venue des jeunes sorciers ayant échappé à la vigilance de l'école. Un vieil homme entièrement vêtu de bleu, de sa longue robe à son chapeau pointu, apparut dans l'entrée.

– Monsieur Carpentisto, quel plaisir de vous voir ici ! s'exclama-t-il en caressant sa longue barbe blanche. Ne restez pas plantés là, venez donc prendre un chocolat.

Les cinq jeunes pénétrèrent alors dans la demeure de l'ancien directeur, sans que ce dernier leur ait demandé ce qu'ils pouvaient bien faire dans le coin. Il offrit à chacun une boisson chaude, allant du café, au thé, en passant par le chocolat chaud garni de chantilly.

Après avoir bavardé pendant quelques minutes, la fameuse question fit son apparition dans la discussion.

– Dites-moi, que me vaut le plaisir de votre venue ?

Tous les yeux présents dans le salon se tournèrent simultanément vers Ramania, confortablement assise dans un fauteuil moelleux en dégustant son thé chaud.

– En fait, nous voulions vous poser quelques questions. J'ai retrouvé une photo de ma mère il y a quelques semaines maintenant, et je voulais savoir si vous aviez des informations la concernant. Elle s'appelle…

– Esther, je m'en souviens très bien, l'interrompit le vieil homme arborant un petit sourire malicieux.

Il se releva de son fauteuil puis claqua des doigts, transformant en un instant la table sur laquelle étaient posées les boissons chaudes en une grande armoire métallique dans laquelle s'entassaient des dossiers. Il sortit d'un épais album photos un élégant faire-part de naissance avec un petit mot manuscrit à l'intérieur, agrémenté d'une photo de Ramania à sa naissance.

– J'ai l'avantage d'avoir été assez sympathique au cours de ma carrière pour recevoir toutes les nouvelles de mes anciens élèves. Ça me permet de rester informé de ce qui se passe dans leur vie, que ce soit joyeux ou fâcheux.

– Savez-vous pourquoi ma mère ne m'a jamais parlé de ses pouvoirs magiques ? demanda Ramania droit au but. Tous mes camarades qui n'étaient pas au courant de leurs pouvoirs avaient l'intuition d'en avoir, ou leurs parents leur avaient laissé quelques indices. Moi, rien !

– Certaines omissions permettent de temporiser les blessures du passé, expliqua calmement l'ancien directeur en se rasseyant dans son fauteuil en velours. Ta maman était une très grande sorcière, destinée à faire de belles choses de sa magie. Malheureusement, les aléas de son existence en ont décidé autrement.

– Que s'est-il passé, lâcha Ramania qui s'impatientait.

– Lors d'une dispute avec sa sœur, un sort accidentel s'est abattu sur son père, lui ôtant la vie. Depuis, elle n'a plus jamais ressenti la moindre trace de magie en elle…

La jeune brune avait l'impression de s'être pris un coup de massue, hébétée par cette révélation. C'était donc pour cette raison que sa mère ne lui avait jamais parlé de ses pouvoirs... parce qu'elle n'en avait plus.

– Comment est-ce possible ? consulta Sophie en voyant que son amie n'était pas en mesure de le demander.

– Ce sont des choses rares mais qui arrivent parfois lorsqu'une sorcière à la sensation de se séparer d'une partie de son âme, la plus enfouie en nous, la *neshama*. Ce déchirement et cette tristesse extrême amènent quelquefois la magie à s'amenuiser, voire à s'éteindre.

– Et il n'y a pas de remède à ça ? demanda Zita.

– Malheureusement, non, répondit Montrigas en levant légèrement les épaules. Aucune potion, aucune larme, aucune action aussi magique soit elle ne pourra faire revenir parmi nous l'être aimé parti trop tôt. Quand la vie décide de nous enlever notre magie, un proche ou un ami, on ne s'en libère pas par l'oubli, on apprend juste à vivre avec ce vide infini au fil des jours et des insomnies.

– Mais les potions, elles peuvent être réalisées par des sorciers n'ayant plus de magie ? questionna Sophie.

– Tout à fait, mais dans le cas de la maman de Ramania, on serait plutôt sur une question d'envie que sur une question de capacité. C'est d'ailleurs peu après cet événement que vos deux mères ont pris leurs distances. Il n'y a pas que la magie qui en a pâti, il y a aussi l'amitié.

Zita, qui ne perdait pas le nord, prit la relève de ses amies en tentant d'en savoir plus sur le philtre dérobé.

– Je ne sais pas si vous êtes au courant, mais la potion qu'elles avaient créée et pour laquelle vous leur aviez remis un trophée a été volée. Pensez-vous qu'il y a un rapport avec l'affaire de tous ces corps retrouvés ?

– Je ne pense pas, j'en suis convaincu, affirma-t-il. Voyez-vous, ces comas éternels ont commencé il y a maintenant quelques années, au rythme d'une nouvelle victime tous les six mois. Moebius Robert, un bon ami et accessoirement l'ancien secrétaire de l'académie, bien avant Alban, m'avait confié qu'il était sur une piste.

– Vous avez une idée de qui est derrière tout ça ? demanda soudainement Stanislas impatient.

– Peu après m'avoir annoncé cette nouvelle, il y a une dizaine de mois, je devais le retrouver chez lui. Juste après les fêtes de fin d'année, je me suis décidé à lui rendre visite pour lui apporter des chocolats et qu'il m'explique ses trouvailles. Sauf qu'en y allant, je suis tombé nez à nez avec ce pauvre Moebius inanimé dans la courette de son potager. Je l'ai emmené dans l'heure au centre hospitalier des blessures magiques, mais ils n'ont pas réussi à ce jour à ramener son esprit.

– Madame Bourrier avait évoqué l'idée qu'ils aient pu être empoisonnés à la jusquiame, intervint Sylvain.

– Foutaises et balivernes, s'emporta le vieil homme. Ce sont des comas éternels causés par un meurtre spirituel, un acte criminel relevant de la magie noire. Un sorcier a réussi à rentrer dans leur esprit ou leur rêve, puis les a éliminés à l'intérieur de ce dernier. Ne leur laissant que les souvenirs passés d'une conscience inanimée.

– Existe-t-il un remède pour éviter de rêver, à part le philtre tue-rêve que nos deux mères avaient inventé ? demanda Ramania qui reprenait doucement ses esprits.

– Il n'en existe qu'un seul, mais vous n'êtes pas censés le connaître. C'est une plante qui se fait discrète ; le qinah bosom, une sorte de roseau feuillu empêchant de rêver. On en trouve des traces jusque dans la forêt de Scissy. C'est la seule manière de contrer ce sorcier de rentrer dans les profondeurs de l'esprit et de vous tuer.

Il se leva, se dirigea vers sa cuisine, mais plutôt que de revenir avec des cookies, comme il l'avait fait en accueillant chaleureusement les étudiants, il rapporta un bocal en verre contenant des boules d'herbes séchées.

– Voilà qui pourra vous protéger pendant deux mois.

Puis il tendit aux cinq jeunes qui se levaient de leurs places un flacon hermétique renfermant de la poudre.

– Saupoudrez une pincée de cette poudre d'invisibilité sur le bout de votre langue avant d'arriver à l'académie. Ça vous évitera de devoir repasser par la forêt, sourit-il.

8
LA FORÊT DE SCISSY

L'automne s'était installé depuis un mois déjà, parant la cour et les jardins du Rocher Portail de ses plus belles couleurs orangées. Les feuilles, parsemant les allées, s'habillaient de nuances flamboyantes allant du pourpre profond à l'or étincelant. Les arbres autour du château, quant à eux, s'étaient dégarnis de vert pour se préparer tout en douceur à la venue prochaine de l'hiver.

Les tenues des sorciers avaient elles aussi changé. Les vêtements des étudiants se voulaient plus chauds et plus moelleux, pendant que les sweats à capuche et les écharpes aux teintes sombres avaient colonisé les lieux. La routine de l'école s'était installée et les cours avaient peu à peu perdu le charme des jours suivant la rentrée.

Ramania venait de comprendre la raison pour laquelle l'emploi du temps qu'elle avait récupéré à la rentrée était aussi chargé. Si plusieurs leçons s'alignaient sur la même plage horaire, cela signifiait qu'il fallait choisir l'enseignement auquel l'élève souhaitait assister.

Ces enseignements supplémentaires rajoutaient une charge de travail non négligeable, surtout à moins de deux mois des examens achevant le premier semestre. En effet, contrairement à ce que les premières années avaient pu connaître dans leur précédent établissement, ici l'année se divisait en deux parties, se concluant par des examens qui annonçaient la venue des vacances.

Sophie jeta son dévolu sur la paléobotanique, une discipline consacrée à l'étude des végétaux disparus. Sylvain et Stanislas sélectionnèrent l'enseignement de cryptozoologie, l'étude des animaux cachés. Marcelin avait choisi une option sportive, le balaiball, sorte de football à deux mètres du sol avec un ballon lévitant, lui donnant des allures de baby-foot géant. Ramania et Zita, quant à elles, optèrent pour le cours de linguistique.

Les deux filles étaient d'ailleurs déjà en retard pour leur toute première leçon dispensée par Marie-Thé Toulem.

– Nous voilà au complet, sortez vos cahiers, annonça l'enseignante en voyant les deux élèves essoufflées débarquer dans sa salle de classe en haut de la tour sud.

Marie-Thé Toulem était une grande femme élancée, dont la chevelure, oscillant entre le blond et le châtain, se prolongeait élégamment jusqu'au bas de son dos. Mais la première chose que remarqua Ramania, ce fut son style vestimentaire, mêlant un béret, une marinière bretonne, un tweed écossais, ainsi qu'un pantalon en simili cuir serti de deux longues et superbes cuissardes. L'ensemble paraissait original, mais lui allait assez bien.

– Avez-vous appris à jeter les sortilèges de base avec le professeur Taïeb ? interrogea l'enseignante intéressée. Comme le sort d'évitement ? Ou celui de pétrification ? Voire ceux de destruction, d'explosion et de projection ?

Les élèves, apprenant l'existence de tous ces sorts, poussèrent un « non » plaintif en guise de réponse.

– Mes pauvres enfants, compatit-elle. Nous allons remédier à cela en étudiant l'un des sortilèges les plus anciens et les plus emblématiques du monde magique. Pour les élèves qui ont grandi sans connaissance du monde des sorciers, laissez de côté les livres et les séries que vous avez pu voir. Lorsque vous pensez formule magique, laquelle vous vient d'abord en tête ?

Ramania leva la main, ayant une formule à l'esprit.

– Abracadabra ? dit-elle avec la peur de se ridiculiser.

– C'est exactement celle à laquelle je pensais. Bravo très chère, s'exclama la professeure Toulem satisfaite. Ce que vous savez un peu moins, c'est d'où vient ce sort. Cette formule est issue de deux langues différentes, l'araméen et l'hébreu. Suivant la langue utilisée et la prononciation que vous adopterez, les résultats seront diamétralement opposés et peuvent changer la donne.

L'enseignante débarrassa son bureau de toutes les petites babioles, papiers et cahiers qui l'encombraient. Elle installa deux pots en terre cuite avec de jolies fleurs.

– Commençons par l'araméen, expliqua Toulem en dictant à sa craie ce qu'elle devait écrire au tableau. Vous avez le choix entre deux versions.

Elle pointa sa baguette vers le contenu du premier pot, une petite tige commença à pousser, puis prononça de façon distincte la formule « *évra kedebra* ». Aussitôt, sous les yeux émerveillés des élèves, le germe se déplia pour se transformer en une superbe plante aux pétales bleutés et tachetés de ronds dorés.

– Sophie aurait apprécié je pense, chuchota Ramania.

– Mouais, on fait de l'histoire, des sortilèges, de la linguistique et de la botanique. Trop polyvalent pour moi cet enseignement, rétorqua Zita.

Pendant ce temps, l'enseignante continuait d'écrire au tableau, en y traçant quatre parties séparées à la craie.

– Cette première formule signifie « *Je créerai d'après mes paroles* » en araméen. Elle permet de faire naître ce qui n'est encore qu'à l'état de simple développement. Elle possède un équivalent hébreu, « *ha brakah dabra* ».

Aussitôt, la seconde plante, un vieux pissenlit touffu et gris, se transforma en un magnifique bouquet doré et ensoleillé de dent-de-lion, semblables à des tournesols.

– Cette seconde formulation, reprit Toulem, signifie littéralement « *La bénédiction a parlé* » et permet de protéger et de démultiplier la beauté de ce qui a fané.

La classe, ravie de ce spectacle magique, applaudissait en cœur la splendide démonstration de l'enseignante.

– Mais pour que le bien existe, il faut un opposé, sans quoi il serait simplement la norme. Ces deux formules possèdent donc chacune un équivalent issu de la même racine, ne puisant pas leur énergie dans la même magie.

Elle se retourna, l'air beaucoup plus grave et le visage plus serré, vers la première plante qui s'épanouissait, avant de lancer un glaçant « *adhadda kedhabhra* ».

La plante se consuma instantanément en cendres.

– Ce sort, bien que proche de celui de tout à l'heure, signifie « *Que la chose soit détruite* » en araméen. Comme vous vous en doutez, il existe aussi en hébreu.

Marie-Thé Toulem se tourna alors vers le bouquet ensoleillé du pot qui était juste à côté, pointa sa baguette, le visage se fermant une nouvelle fois, puis entonna dans un silence sinistre « *abreg ad habra* », provoquant un éclair qui brûla d'un trait le joli bouquet. Impassible, comme si ce qui venait de se passer était tout à fait habituel, l'enseignante reprit sa baguette pour écrire du bout de sa craie la formule prononcée.

– Ce dernier sortilège signifie en hébreu, je pense que vous l'avez deviné, « *Envoie ta foudre jusqu'à la mort* ».

Les étudiants étaient livides, comme terrorisés par la scène qui s'était passée sous leurs yeux. Eux qui avaient jusqu'alors simplement appris à retranscrire ce qu'ils disaient, à multiplier les objets, puis à les estomper, venaient d'assister à l'une des démonstrations de magie les plus puissantes et les plus terrifiantes de leur vie. Sans savoir à quoi s'attendre, ils venaient en réalité de suivre, dans ce cours optionnel de linguistique un peu particulier, un enseignement éloquent d'une magie redoutable et millénaire utilisant l'hébreu et l'araméen.

– Comme pour tout chemin que vous prendrez dans la vie, vous aurez deux versants à celui-ci. L'un vous mènera vers l'amour et la douceur, l'autre vous entraînera vers le pouvoir et la noirceur. Libre à vous de prendre celui que vous voulez, mais n'oubliez jamais que les conséquences ne s'arrêtent pas seulement à ce que vous pouvez désirer mais peuvent se métamorphoser en un tribut bien plus lourd à payer… Sur ce, belle journée !

En quittant la salle de classe, Zita ne put s'empêcher de contempler Ramania avec un air perplexe et songeur.

– Tu sais, il y a quelque chose qui m'échappe avec l'enseignement de cette académie. Je n'ai pas encore appris comment déverrouiller une porte, que je sais déjà comment anéantir quelqu'un de sang-froid.

Ramania se mit à rire face à cette réflexion pertinente. Les deux filles retrouvèrent ensuite Sophie qui sortait de la serre, son cours venant tout juste de se terminer.

– Bon alors cette option ? sonda Zita en la voyant.

– C'était hyper intéressant, répondit-elle enthousiaste. Nous avons analysé des résidus fossilisés de l'arbre de la connaissance du bien et du mal, l'un des plus vieux de l'Histoire de l'humanité. Et vous, c'était comment ?

– Oula, comment te dire… C'était un cours de zinzin, s'esclaffa Zita. Toi tu as étudié des plantes mortes, nous, on les a vues se faire tuer. Deux salles, deux ambiances.

Les trois amies se posèrent dans l'herbe en attendant que leurs camarades sortent à leur tour de leurs options. Elles en profitèrent pour discuter de sujets qui avaient tendance à les tracasser. Après avoir établi qu'il était bien trop tôt pour parler de révisions, elles en vinrent à un thème qui était beaucoup plus alarmant. Leur stock de qinah bosom descendait à vue d'œil. Elles se sentaient désormais protégées, et en donnaient au passage discrètement à leurs camarades. Mais il allait falloir se résoudre à trouver où cette plante magique poussait avant de se retrouver à sec et de finir dans le même état que ce pauvre Jules qui avait été transporté d'urgence au centre hospitalier des blessures magiques.

– Vous pensez qu'on peut trouver des informations sur cette plante dans les archives ? demanda Ramania.

– Euh… je n'en ai aucune idée, avoua Sophie. L'seul truc que je sais, c'est qu'il n'y a aucun livre qui en parle dans les rayons publics de la bibliothèque. J'ai déjà cherché.

– On a qu'à leur demander, proposa Zita en se levant.

Le trio se rendit ainsi à l'accueil de la bibliothèque afin de savoir comment accéder aux archives de l'académie.

– Navrée jeunes filles. Les archives du Rocher Portail ne sont accessibles qu'à partir de la troisième année, au moment où vous commencerez vos projets groupés, lui répondit la bibliothécaire blonde aux cheveux courts de l'accueil derrière les épais verres de ses lunettes.

Un peu frustrées, les trois filles retournèrent prendre place à l'endroit précis où elles s'étaient assises. On pouvait encore distinguer leurs empreintes dans l'herbe.

– Il faut qu'on entre par effraction dans la bibliothèque de l'académie, cette nuit, annonça Ramania.

– Hein ? Quoi ? s'exclama Zita qui faillit s'étouffer avec la gorgée du jus de kiwi qu'elle venait de prendre.

– Je suis sûre que lorsque Bourrier nous a parlé des archives, c'était pour nous faire passer un message. Si une carte de la forêt de Scissy existe, elle doit y être.

Le soir même, au moment précis où la lune transperçait la nuit et sa lueur éclairait le sommet du château, les trois sorcières marchèrent sur la pointe des pieds jusqu'à arriver devant la grande porte boisée de la bibliothèque. Zita chuchota un discret « *malfermo* » et la serrure retentit, leur donnant accès à tous les livres.

– Pense bien à refermer derrière toi, glissa Ramania.

Le plus dur était fait, ne pas se faire repérer. Il fallait dorénavant mettre la main sur les archives, dont les trois étudiantes avaient juste entendu parler, afin de trouver comment y accéder. Elles se mirent alors à chercher inlassablement pendant plus d'une heure, sans résultat.

– Peut-être qu'elles ne sont pas ici ? proposa Sophie qui commençait à désespérer de ne rien trouver.

Soudain, un bruit retentit et les trois filles se cachèrent. La grande porte de la bibliothèque venait de s'ouvrir et quelqu'un était désormais dans la même salle qu'elles. La voix d'une fille prononçant « *lumo* » se fit entendre et son visage se dessina dans la lueur de sa baguette.

– C'est Ida ! lâcha Zita dans un souffle de stupéfaction. Je comprends mieux pourquoi elle s'absentait en cours ces dernières semaines, elle manigance quelque chose.

Mais l'apprentie sorcière, n'ayant pas entendu Zita, continua son chemin vers le fond de la salle. Puis elle s'arrêta net devant un grand mur de pierre.

– *Arkivo, bonvenon*, prononça-t-elle en le fixant.

Ce dernier se fissura en son centre et s'ouvrit alors de chaque côté, comme des bras carrés voulant l'enlacer. Elle entra à l'intérieur de cette nouvelle pièce avant d'en sortir quelques minutes plus tard, un gros livre à la main. Ida articula « *dankon al vi* » et les parois se refermèrent.

Au moment où leur camarade quittait la bibliothèque, faisant résonner derrière elle les cliquetis de la serrure, les trois filles sortirent simultanément de leur cachette.

– Vous avez vu ce que je viens de voir ? s'exclama Zita.

Mais Ramania était déjà arrivée devant le grand mur, et chuchota à son tour la phrase « *Arkivo, bonvenon* ». La même situation se répéta et les murs s'ouvrirent dans un silence sourd pour laisser apparaître une grande pièce où des centaines de vieux grimoires s'entassaient. Sophie et Zita commencèrent à fouiller parmi tous ces ouvrages, sans savoir réellement par où commencer. Ramania était restée en retrait et cherchait une solution.

– Si seulement je savais quelle langue elle utilisait pour parler avec la salle d'archive, je pourrais peut-être…

À peine avait-elle eu le temps de terminer sa phrase qu'un présentoir apparut en plein milieu de la salle d'archives, arborant un livre qu'elle n'avait pas encore vu. Son titre était sans équivoque, *Magie en Espérantie*. Ramania en était sûre, la salle venait de lui répondre.

– Comment t'as fait ça ? s'étonna Sophie qui n'avait pas encore saisi le fonctionnement de la salle d'archives.

– Je… je crois avoir compris, dit-elle hésitante. J'aimerais trouver la carte de la forêt de Scissy !

Comme elle l'avait imaginé, le présentoir se rétracta, récupérant au passage l'ouvrage qui s'y trouvait, puis reprit sa place mais en exposant cette fois-ci une carte. Sur celle-ci figuraient les côtes bretonnes et normandes. Sophie reconnut le mont Saint-Michel sur le plan, bien que ce dernier fût inscrit sous la mention *Mont Tombe*. Tout autour du mont, le cartographe avait dessiné une forêt à laquelle les filles n'avaient jamais prêté attention. De fines inscriptions calligraphiées indiquaient même le nom de certaines plantes présentes dans cette forêt. *Chênes*, *Burlubans*, *Adonis*, *Moly*, *Qinah Bosom* ainsi que d'autres trésors végétaux parsemaient le parchemin.

– C'est ici qu'il faut qu'on aille, déduit Ramania en roulant leur trouvaille pour la glisser dans son sac à dos.

Détenant ce qu'elles voulaient, les filles s'éclipsèrent.

Le lendemain, pendant le cours de vol de Nakashe, le projet d'escapade jusqu'à la forêt de Scissy était dans la bouche des trois filles. Les apprenties sorcières allaient devoir une nouvelle fois échapper aux radars de l'école.

– Il doit nous rester un peu de poudre d'invisibilité que Montrigas nous a donnée, proposa Sophie qui tentait de tenir son balai d'une seule main pendant qu'elle volait.

– Nan, il n'en reste pas assez, rétorqua Ramania. Il faudrait qu'on réussisse à trouver une autre solution si on veut en garder un peu en cas de besoin.

– Et puis on n'a toujours pas résolu cette histoire de balai, on n'a que celui de Sophie, souffla Zita exaspérée.

À cet instant, Stanislas qui suivait la conversation depuis quelques instants, fit son apparition en volant vers elles. Il avait tellement de facilités à accomplir l'exercice du professeur Nakashe qu'il avait pris la liberté de ne plus tenir son balai qu'avec ses genoux, ses mains étant confortablement placées dans ses poches.

– J'ai peut-être une idée, glissa ce dernier en chantant.

Son beau-père devait passer le lendemain au château pour effectuer une livraison. Ramania ne savait pas de quoi il s'agissait, mais elle avait compris que le groupe pourrait s'infiltrer dans le camion d'Hervé pour passer le barrage mis en place par les enseignants. Suite à l'envoi express du corbeau fait par son fils, il avait même rédigé une lettre pour justifier leur absence durant le week-end en prétextant un besoin urgent de main-d'œuvre. Ramania et ses amis aideraient Hervé à décharger ses affaires, puis pourraient partir en direction du Mont.

– Rendez-vous demain à 10 heures, conclut Stanislas.

Comme prévu, le lendemain matin, tout ce petit monde attendait sagement dans la cour de l'académie.

– Mon beau-père n'devrait plus tarder, annonça au loin Stanislas en apercevant les filles qui arrivaient chargées.

Elles avaient prévu de quoi tenir la journée avec divers outils de botanique, pour couper et collecter les plantes qu'elles trouveraient, ainsi que des sandwichs préparés la veille pour ne pas mourir de faim après leur aventure.

À 10 heures pile, le bruit d'un klaxon se fit entendre et un vieux camion blanc déboula dans l'allée du château, et non sur le parking comme le pensait Ramania, là où elle avait aperçu ses parents pour la dernière fois.

– En route mauvaise troupe, scanda Hervé qui venait d'arriver et qui ouvrait les portes arrière du camion.

Ce dernier, n'ayant que deux places supplémentaires à l'avant, fit directement monter le petit groupe dans le coffre où des assises étaient prévues pour les accueillir. C'est à ce moment que Ramania comprit quel type de produit il livrait au Rocher Portail, constatant que le coffre était plein à craquer de dizaine de balais volants.

– Je ne savais pas que ton père fabriquait des balais, s'étonna Zita en aidant à décharger la cargaison.

– Comment tu crois que j'ai eu le mien, dit-il en riant. C'est lui qui possède le groupe Etsah, basé en Mayenne. Il a fait fortune dans le bois et quand la crise est arrivée, ma mère lui a soufflé l'idée de faire des balais volants. Depuis, il n'a jamais eu autant de commandes.

Les élèves avaient réussi leur tour et étaient désormais à l'extérieur de l'enceinte de l'académie sans que leurs professeurs ne se doutent du plan qu'ils avaient élaboré.

– Il faudrait que tu me déposes à la Magia Banko quand tu passeras par Fougères, demanda Marcelin à travers la petite ouverture creusée dans le bois permettant de communiquer avec les sièges conducteurs et passagers.

– Pas de souci, j'en profiterai dans ce cas pour faire un tour à l'Interlope le temps que vous fassiez vos retraits.

Ramania avait compris qu'il s'agissait d'une banque magique, le nom ne laissait pas de place aux doutes, mais elle ne savait pas réellement à quoi s'attendre. Était-ce comme dans les films, dans un endroit caché où des centaines de gobelins échangeaient des pièces d'or en gardant des coffres protégés par de féroces dragons ? Elle ne tarda pas à le savoir, puisqu'à peine vingt petites minutes après être parti du Rocher Portail, le camion blanc d'Hervé s'arrêta et les portes arrière s'ouvrirent dans un grand fracas pour les laisser sortir. Face à elle se tenait un bâtiment en pierre bien protégé.

À travers les immenses grilles en ferraille, on pouvait facilement apercevoir un vaste parc, à l'arrière de cette banque qui semblait fermée, ainsi qu'une petite maison accolée au restaurant qui se trouvait juste à côté.

– Mais, je reconnais ce bâtiment. C'est là où se trouvait l'ancienne succursale de la Banque de France, expliqua Sophie. Il a été abandonné au début des années 2000.

– Oui… et non, relança Stanislas. La succursale, qui était tenue depuis 1885 par la Banque de France, a bien été abandonnée, mais pas celle de la Magia Banko qui est désormais la seule présente dans ces anciens bâtiments.

Les jeunes prirent balais et fauteuil, puis escaladèrent sans trop de difficulté le grillage de la banque délaissée. En poussant la porte de la petite maison du parc, au lieu de se retrouver dans une bâtisse vide et délabrée, ils furent accueillis par un sorcier en costume, dont la cravate était assortie avec le bandeau de son chapeau.

– Bienvenue à la Magia Banko, annonça-t-il en ouvrant une seconde porte donnant accès à la grande banque.

Contrairement à ce que la devanture laissait penser, l'intérieur de l'édifice grouillait de gens en mouvement. Des sorciers distingués dont les capes traînaient au sol, des personnes habillées plus classiquement et dont la démarche indiquait qu'ils étaient pressés, mais aussi des représentants du petit peuple. Ramania reconnaissait des gnomes, des lutins, des fées et même un immense personnage qui ressemblait fortement à un géant. Mais nulle trace de dragons et de gobelins, le personnel qui travaillait ici ressemblait trait pour trait à des humains. L'intérieur de la banque était simple mais magnifique, les comptoirs étaient en marbre foncé et entièrement montés sur un bois brut. Les sols étaient une succession de carrés beige et marron, allant parfaitement avec le reste de la salle et le quadrillage transparent du plafond.

– J'vais en profiter pour retirer un peu, annonça Sophie. Tu devrais en faire de même Ramania, ça te permettra de te prendre un balai rien qu'à toi au distribalais.

Ramania n'avait pas prévu le coup, elle n'avait pas de compte bancaire magique et juste des euros sur elle.

– Que puis-je faire pour vous ? demanda l'agent qui se trouvait en face de Ramania dans une drôle de tenue.

Son uniforme évoquait un costume traditionnel breton, avec une veste mélangeant du noir, du bleu et de l'or. La seule différence était le chapeau, qui n'était pas rond comme le voulait la tradition mais bien pointu comme celui des sorciers et mages qu'ils côtoyaient.

– Euh… c'est-à-dire que je n'ai que ça, expliqua Ramania en posant quelques billets sur le comptoir.

– Vous préférez les pièces, les billets ou les deux ? répondit simplement l'agent en récupérant les billets.

– Je… euh… peu importe, balbutia la jeune brune.

L'homme revint aussitôt avec une liasse de billets neufs que Ramania n'avait jamais vus de sa vie et de pièces étincelantes, les mêmes que celles que Romain Taïeb avait dupliquées lors du cours de sortilèges.

– Je vous ai mis des spesmilos, des stelos et des monos. En vous souhaitant une agréable journée, conclut l'agent du guichet avant de s'adresser à un autre client.

Ramania contempla cette étrange monnaie, avant de les ranger dans son sac et de rejoindre les autres qui l'attendaient à l'arrière du bâtiment, près des grillages. Le groupe redécolla du parc derrière la banque. Stanislas volait seul, pouvant ainsi mieux se tourner lorsqu'il fallait prévenir des directions, Zita était derrière Sylvain, Ramania s'agrippait à Sophie et Marcelin fendait les airs en solitaire sur son superbe fauteuil volant.

Le vol en direction de la baie du Mont-Saint-Michel paraissait plus long que celui jusqu'à Fougères, bien qu'en balai, ça ne représentait que cinq minutes de plus. Une fois arrivés face à la huitième merveille du monde, les jeunes sorciers ne possédant pas leur propre balai en profitèrent pour en acheter un dans le distribalais, une machine fascinante enfouie derrière un buisson touffu.

– Au moins, maintenant, on pourra se passer de vous, taquina Zita en toisant du regard les trois garçons qui avaient l'air de ne pas trop apprécier la blague.

– Allons chercher cette forêt, tempéra Sophie. Qu'est-ce qu'il ne faut pas faire pour trouver une plante en vrai.

Mais en regardant l'endroit indiqué par la carte trouvée dans les archives, les jeunes savaient qu'ils touchaient au but et qu'ils pourraient récupérer la plante.

– Les balais volent vachement mieux qu'ceux de l'école, s'étonna Sophie en fendant l'air aux embruns marins.

– Ils commencent à se faire vieux, c'est pour ça que mon père en a apporté de nouveaux, cria Stanislas.

Pour ne pas se faire remarquer, et approchant du point défini par la carte, les six jeunes sorciers et sorcières se posèrent en bas d'une grande côte, derrière laquelle ils pourraient voir la forêt dans toute son étendue.

– Vous êtes sûrs qu'on ne peut pas le faire en balai ? demanda Zita qui commençait à s'essouffler.

– Il ne reste plus que cinquante mètres, n'abuse pas, rétorqua Sylvain qui portait le balai de Zita et le sien.

Le haut de la pente venait enfin d'être gravi, les jeunes s'avancèrent les uns derrière les autres pour contempler ce paysage, puis reculèrent en découvrant que la plaine était déserte, vaseuse, sans le moindre arbre à l'horizon.

9

LES ARCHIVES DU MONT

Les jours passèrent mais l'amertume des jeunes sorciers ne redescendait pas, toujours déçus de n'avoir trouvé, là où la carte indiquait une immense forêt, que quelques touffes d'herbe parsemant l'horizon vaseux.

– Peut-être qu'elle a été rasée récemment, tenta Zita.

– Ça m'étonnerait, sinon mon beau-père m'en aurait parlé durant les repas de famille, lui répondit Stanislas.

– En même temps, ça m'surprenait, j'ai beau venir d'ici, je n'ai jamais entendu parler d'une forêt qui entourerait le Mont-Saint-Michel, compléta Sophie dubitative.

– Et pourtant, c'est Montrigas qui en a parlé, conclut Ramania dans un murmure légèrement agacé.

Devant le regard insistant de Nina Stern qui tentait d'expliquer, malgré le brouhaha de leurs chuchotements résonnant dans le fond de sa classe, la confection d'une énième potion dénuée d'intérêt, les quatre étudiants comprirent qu'il était plus prudent de se taire avant de terminer dans l'une de ses préparations bouillonnantes. Ils durent attendre le repas du midi pour continuer cette discussion, sans pouvoir y apporter beaucoup plus de réponses que ce qu'ils savaient déjà.

– Et si Montrigas nous avait menti ? Ou qu'il avait omis de nous dire quelque chose ? proposa Marcelin en se dirigeant vers la farandole de plats pour se servir.

– Fa m'étonnerait, f'est pas fon genre, dit Stanislas en maintenant du bout des dents la part de pizza qui ne tenait pas sur le monticule érigé dans son assiette.

Ramania venait tout juste de se servir, prenant la même chose que Sophie, lorsqu'elle eut une hypothèse qu'elle s'empressa de partager à ses amis déjà assis.

– Et s'il nous avait simplement menés vers une piste ?

– Qu'est-ce que tu veux dire par là ? questionna Zita.

– Que si Montrigas nous a dirigés sur cette piste, ce n'est peut-être pas pour ce que le Mont a à nous montrer, mais plutôt pour ce qu'il a à nous cacher. Quel aurait été le but d'un ancien directeur de mener de jeunes étudiants vers une plante si taboue ? Et d'ailleurs, pour quelle raison est-elle si dure à trouver ?

La discussion continua mais la question resta en suspens puisque le repas touchait à sa fin. Les élèves quittaient le réfectoire afin de rejoindre leurs cours. Pour les premières années, c'était Histoire de la magie.

– J'ai eu vent, dernièrement, que vous aviez été quelque peu choqués par l'enseignement de Madame Toulem pour celles et ceux qui ont pris l'option linguistique, entama Sharansky en retirant son écharpe.

Un murmure d'étonnement se fit entendre de la part des étudiants ayant récemment assisté à son cours, et des interrogations émanèrent silencieusement de la part des élèves qui avaient choisi une autre option.

– Certains sont même allés demander à mon collègue Romain Taïeb si les sorts qu'ils avaient appris étaient… comment dire… autorisés, continua-t-il en s'asseyant. Tout ce remue-ménage me laisse à penser qu'il est l'heure de vous parler d'un chapitre important de l'Histoire de la magie, le remplacement de tous les anciens sortilèges, qui a été opéré le siècle dernier.

Ramania prenait note de tout ce qui sortait de la bouche de Sharansky. Sa préférence pour les cours d'histoire était au moins une chose qu'elle n'avait pas perdue de l'ancienne vie, avant la révélation de la magie.

– Jadis, chaque pays, voire chaque académie, possédait ses propres sorts provenant de l'hébreu, de l'araméen, du latin, voire, suivant les régions, des langues nationales et locales. Mais certains sorciers se sont rendu compte qu'ils pouvaient être désavantagés par rapport aux sorts d'autres langues. Par exemple, le sortilège de désarmement se disait *caijun* en Chine, pendant qu'il s'énonçait *bolongoli bibundeli* au Congo. Quatre syllabes qui changent tout. L'utilisation de la langue locale rend le sort congolais deux fois plus long que le même sortilège lancé par un sorcier chinois, alors qu'ils sont techniquement tous les deux aussi efficaces. Résultat, le premier magicien a déjà été frappé par le sort de son homologue chinois avant même qu'il n'ait terminé de prononcer son incantation. Pour résoudre cette problématique, lors du congrès magique de 1800, des sorciers proposèrent de n'utiliser les sorts que d'une seule langue, comme c'était le cas avant Babel. Mais laquelle ? Chaque région, chaque continent, chaque académie défendait l'idée que soit retenue la langue qui venait de chez eux, qu'ils maîtrisaient au mieux. Cette journée de débats fut si agitée que quelques sorciers en arrivèrent même à s'affronter au milieu de l'assemblée, forçant les organisateurs à mettre un terme au congrès. Cet événement n'a fait que diviser les communautés de sorciers du monde entier, soucieux de ne pas perdre leur patrimoine culturel. Il faudra attendre l'année 1887 pour qu'une solution se présente à eux, avec la création par Ludwik Zamenhof d'une langue universelle, l'espéranto.

– Vous voulez dire que le créateur de l'espéranto était un sorcier ? demanda subitement Marcelin en levant la main et rompant le calme monotone de la classe.

– Pas directement lui, mais l'un de ses amis de lycée, un certain Jozefo Divenistof, à qui il présenta lors de son dix-neuvième anniversaire l'ébauche d'une langue universelle, qu'il nomma d'ailleurs *Lingwe Uniwersala*. Après le lycée, Ludwik Zamenhof partit à Moscou pour faire des études de médecine pour satisfaire son père. Mais la linguistique l'intéressait toujours et il rédigea la première grammaire yiddish, un projet pharaonique. Jozefo Divenistof, de son côté, partit à l'académie de magie de Sanok. Il y apprit la magie mais fut tout de même frustré par l'apprentissage qui y était inculqué. En effet, malgré des bases hébraïques teintées de yiddish et d'une pointe de latin, la plupart des sortilèges enseignés étaient en allemand. La Pologne ayant été annexée par divers pays, Sanok se trouvait désormais en Galicie, une province de l'Empire autrichien. Mais les sorciers de cette académie venaient des quatre coins de l'ancienne

Pologne, ne maîtrisant pas les sorts. Certains parlaient russe, d'autres allemand, là où d'autres parlaient encore polonais, voire yiddish. Tout ceci finit par créer tout un tas de problèmes de compréhension, des discriminations et des conflits au sein de l'académie. Divinistof repensa alors à cette langue universelle proposée par son ancien camarade de lycée et y vit l'occasion de faciliter l'entente entre les sorciers. Mais il faudra attendre son retour à Varsovie, ses retrouvailles avec Zamenhof, qui travaillait désormais d'arrache-pied sur l'écriture d'un ouvrage sur une langue universelle, ainsi que la rencontre d'un troisième protagoniste, pour que naisse l'idée d'unifier, non plus seulement les sorciers, mais aussi tous les sorts utilisés. En 1885, il accueillit chez lui un certain Isaak Boudedeof, touriste passant par là et cherchant pour la nuit un endroit où dormir, à qui il raconta, aidé par la vodka, le souci rencontré à son académie de magie et le projet formidable de son ami Zamenhof. Boudedeof finit alors par lui souffler l'idée d'écrire un livre de sorts universels.

– Comment ça se fait qu'on n'entende pas plus parler d'Isaak Boudedeof durant notre enseignement sorcier ? interrogea Stanislas qui n'avait jamais entendu ce nom.

– À vrai dire, on ne sait rien sur lui, expliqua Sharansky. Les historiens n'ont pas réussi à retracer son origine, son âge et encore moins à retrouver des traces de lui après cet événement et son départ de Pologne. Tout ce qu'on sait, c'est qu'il portait une longue barbe brune, qu'il s'aidait d'un grand bâton pour marcher et qu'il réclamait parfois à des habitants, sur le seuil de leur maison en pleine soirée, un lieu où crécher et manger.

– Il n'a pas aidé Divenistof à écrire son livre ? demanda Sophie qui n'avait pas perdu le fil de l'explication.

– Non, il lui a juste soufflé l'idée avant de repartir sur les routes au petit matin. Après ça, Ludwik Zamenhof publiera en juillet 1887 son ouvrage *Una Libro* sous le pseudonyme de Doktoro Esperanto, et Divenistof, aidé par les travaux de son ami, publiera à son tour en 1890 la première version du manuel *Sorts élémentaires pour sorciers et sorcières* sous l'alias de Doktoro Magiicio.

En sortant du cours d'Olivier Sharansky, le groupe échangea son ressenti sur ce qu'il venait d'apprendre.

– Je trouve ça super intéressant de se rendre compte qu'il existe une forme de magie contemporaine, avec des sortilèges inventés il y a un peu plus d'un siècle et une magie bien plus ancestrale, que Toulem peut utiliser durant son cours, lâcha Ramania d'un ton passionné.

– Mouais. Moi, tout ce que je retiens, c'est que nous utilisons au quotidien des sorts venant d'une langue créée par un miyog, grommela Marcelin dans son coin.

À cet instant, un corbeau se posa sur l'épaule de Stanislas, heureux de voir la lettre accrochée aux serres.

– J'avais envoyé une lettre à Montrigas après notre échec au Mont-Saint-Michel, expliqua-t-il au groupe.

Mon cher Stanislas,

Merci pour ton petit mot, auquel je n'ai qu'une phrase à ajouter : tout se révèle à qui sait chercher. Si les portes pouvaient écouter, les murs renfermeraient la clef du passé. Courage pour tes futures semaines de révision.

– Tu penses que ça veut dire qu'il faut qu'on retourne dans la baie du Mont-Saint-Michel ? questionna Sophie.

– Nan, mieux que ça, je pense que signifie qu'il faut qu'on se rende directement au Mont-Saint-Michel.

Ramania était déjà impatiente à l'idée de retourner à l'aventure, à la recherche de cette plante mystérieuse. Elle souhaitait se rattraper de leur précédent échec. C'est ainsi qu'au premier enseignement annulé –celui de la professeure Bourrier, réquisitionnée pour protéger les alentours du château avec diverses plantes –, les six camarades se regroupèrent pour établir leur plan.

– Hors de question de repasser par la forêt, insista Zita.

– Et pas question non plus de prendre la poudre d'invisibilité, il n'en reste pas assez pour nous six...

– Hein ? Comment ça d'la poudre d'invisibilité ? répéta Marcelin qui découvrait que ses amis en possédaient. Ça serait super utile pour les prochains examens...

– J'ai une meilleure idée, suivez-moi, coupa aussitôt Sophie. Il va falloir se faire tout petits pour sortir d'ici.

Suivant Sophie, les cinq compères marchèrent jusqu'au potager du Rocher Portail, ne sachant pas réellement ce que leur amie avait comme idée derrière la tête, jusqu'à ce qu'elle s'arrête et se mette à enlever des branchages qui cachaient partiellement une énorme motte de terre.

– C'est quoi ça ? demanda Sylvain interloqué.

– C'est une taupinière de Talpa Gigas. Il en reste peu en France et comme l'hiver approche, elles s'aventurent en dehors des zones inhabitées pour trouver de quoi manger. L'école voulait l'enlever, mais Bourrier a refusé, expliquant que ça permettait de retourner la terre, de drainer le sol et que d'ici quelques jours, cette taupe géante serait repartie dans un coin plus reculé.

Le groupe s'avança au sommet de la taupinière géante pour contempler sa profondeur. L'obscurité y régnait.

– Et donc, tu veux qu'on fasse quoi avec ça ? interrogea Marcelin, inquiet de la réponse que Sophie lui donnerait.

– Bah on va rentrer dedans, dit-elle en souriant. Une taupe peut créer jusqu'à vingt mètres de galerie par jour, bien assez pour qu'on puisse partir d'ici sans être repérés par les enseignants ou détectés par leurs sorts. Je pars en éclaireuse si ça vous rassure, conclut Sophie en allumant d'une lueur blanche le bout de sa baguette.

Après avoir parcouru difficilement la galerie pendant près de cinq minutes, les jeunes sorciers aperçurent la lumière du jour et purent ressortir de terre, en profitant au passage pour absorber un bon gros bol d'air frais.

– C'est un coup à finir claustrophobe, lâcha Zita.

Mais ce plan leur permit d'échapper à la surveillance de leurs enseignants. Après avoir essuyé la terre qui s'était déposée sur leurs genoux, ils enjambèrent les balais et prirent leur envol en direction du Mont-Saint-Michel. Une fois arrivé, le groupe se divisa pour quadriller le village du Mont, ses jolies allées et ses divers remparts. Au bout d'une heure de recherche, et sans avoir réussi à trouver où pouvaient être entreposées les archives, le groupe décida de se réunir devant l'abbaye, comprenant qu'il n'y avait plus la bibliothèque des moines sur place.

– Une guide m'a dit que la bibliothèque était désormais entièrement numérisée, il n'y a plus rien ici, expliqua Marcelin avec une petite moue de déception.

– Pourtant je suis persuadée que la réponse se trouve ici, murmura Ramania en pensant au mot de Montrigas.

– T'as essayé le zoom sur la carte ? demanda Stanislas.

Ramania se rendit alors compte qu'elle n'y avait même pas pensé. Elle avait perdu les réflexes numériques et ne s'était pas imaginé que la magie pouvait le faire. Elle attrapa la carte enroulée dans son sac à dos, la déplia sur une table en pierre où les touristes devaient probablement prendre leurs encas, avant de sortir sa baguette magique de sa poche et de la pointer dessus.

– Tu as quelque chose sur un sort d'agrandissement ? questionna Ramania en regardant Zita qui venait, à l'instant, de sortir le manuel de sortilèges de son sac.

Retentit alors, entre les cris des mouettes et le doux son des vagues, un bref « *pligrandigo* » avant que le plan ne se mette à agrandir le Mont, révélant ses détails.

– Ça doit être ça, annonça Stanislas en pointant le dessin d'une toute petite tour en pierre portant la mention manuscrite « *secretorum bibliothecarum* ».

Aussitôt, les six enquêteurs en herbe partirent à la recherche de cette tour. Une tâche qui s'avéra plus compliquée qu'ils ne l'avaient imaginé, le Mont-Saint-Michel ayant grandement changé depuis l'année où avait été faite cette carte. Ils purent néanmoins se fier à certains éléments qui avaient su traverser les siècles, terminant ainsi devant un pan de mur coincé entre deux boutiques, sans porte, ni pancarte, ni aucune indication.

– Je ne comprends pas... lâcha Stanislas en contemplant la carte. Ça devrait se trouver là normalement.

– Il doit y avoir une entrée cachée, proposa Marcelin.

– Mais oui, c'est ça, s'exclama Stanislas en sortant la lettre de Montrigas de sa poche. Il explique que « *Si les portes pouvaient écouter, les murs renfermeraient la clef du passé* », dit-il en la relisant. Il doit donc y avoir une formule pour que la porte se révèle. Tu aurais ça, Zita?

Zita s'empressa de ressortir le manuel qu'elle avait rangé depuis un moment, tout en cherchant à une allure folle une page parlant d'un sortilège pour faire apparaître une porte qui serait rendue invisible.

– Euh… il y a peut-être *ombrado*, qui permet de faire disparaître l'enchantement magique fait par un sorcier.

– Ça ne marche pas, quoi d'autre ? demanda Stanislas la baguette pointée vers le mur qui restait identique.

– Peut-être *malfermo*, il sert à ouvrir une porte. Là elle n'apparaît pas mais ça pourrait peut-être l'ouvrir…

– Non plus… Autre chose ? s'agaça Stanislas.

– Il reste plus que *pordo*, qui permet de matérialiser une porte. Après ça je n'ai plus rien, annonça Zita en continuant de chercher sur toutes les pages du manuel.

Mais le sortilège ne fonctionnait pas non plus. Stanislas tenta plusieurs fois tous les sorts que Zita avait trouvés, avec différentes intonations et diverses prononciations. Mais rien n'y faisait, le mur n'avait pas bougé d'un iota et était resté exactement le même qu'à leur arrivée.

– Il doit forcément y avoir un moyen de la révéler, grommela Stanislas qui cherchait une autre solution.

– À moins qu'il n'y ait pas de porte… souffla Marcelin.

Face à cette possibilité, le groupe ressentit une baisse de moral après tous ces efforts. La bibliothèque avait pu être déplacée, voire détruite, depuis des siècles. Ramania s'assit par terre, les mains portées sur sa tête.

– Nimass li, lâcha-t-elle en soupirant.

Soudain, Sylvain remarqua qu'une fois ces paroles prononcées, l'une des pierres du mur se mit à changer. Une inscription « ꓔ » venait d'apparaître dessus.

– Qu'est-ce que tu viens de dire ? demanda-t-il en se tournant vers Ramania, toujours la tête baissée.

– Euh… rien de spécial. C'est une expression que ma mère utilise parfois. Ça exprime le ras-le-bol, la fatigue.

Il releva alors Ramania pour lui montrer la gravure qui venait d'apparaître sur la pierre à la suite de sa phrase.

– Tu sais ce que ça signifie ? Une direction ? Un plan ?

– Nan, c’est une lettre, répondit Zita. C’est la quatrième de l’alphabet hébreu, l’équivalent de la lettre D. Ça se prononce *daleth* et elle renvoie à un point de passage décisif, une porte ouvrant sur un nouveau monde.

Stanislas se releva, semblant de nouveau motivé par cette découverte inattendue. Il tenta d’appuyer sur la pierre comme s’il s’agissait d’un bouton d’ascenseur, puis la frotta. Mais une nouvelle fois, rien ne se passa.

– Les portes peuvent écouter… prononça-t-il en relisant la lettre et en insistant sur chaque mot. Il n’a pas écrit que les portes pouvaient sentir, toucher… Nan, il parle bien d’écouter. Donc on doit lui parler ? Sésame, ouvre-nous, entonna-t-il en toquant sur le mur.

Ramania tournait en rond, cherchant une solution. Puis elle se retourna subitement vers le mur, une réflexion venant à l’instant de jaillir dans son esprit.

– Mais on est bêtes ! Si la bibliothèque est présente sur le plan, c’est qu’elle date de plus d’un millénaire !

– Oui… et ? relança Stanislas sans trop comprendre.

– Mais oui, s'exclama Sophie qui venait de saisir où Ramania voulait en venir. On a vu en début de semaine que Divenistof a implanté l'espéranto dans la magie à la fin du 19e siècle, soit bien plus longtemps après.

– Ce qui veut dire que les magiciens qui ont protégé cette bibliothèque ont dû le faire en hébreu ou en araméen, les langues les plus répandues dans la magie ancestrale, termina Zita qui suivait la logique de l'idée.

Stanislas se tourna vers Ramania, le regard brillant.

– Tu saurais dire ouverture, entrée ou porte?

– Je peux essayer, répondit-elle sans être convaincue.

Elle se dressa face au mur qui possédait désormais une gravure de différence par rapport à leur arrivée, puis pointa sa baguette magique sur cette fameuse lettre. Elle prononça un « *pethach* » si audible que même les touristes de la rue avoisinante auraient pu l'entendre, même s'ils n'y prêtèrent pas la moindre attention, continuant d'enchaîner les achats et les photos du lieu. Et bien heureusement, puisqu'une porte était apparue.

– C'était donc ça, s'étonna Marcelin en poussant la porte en bois donnant accès à la bibliothèque secrète.

La pièce était sombre et exiguë. Elle sentait le renfermé et des toiles d'araignées semblaient la décorer depuis des milliers d'années. Seule une légère ouverture en hauteur permettait de répandre un fin trait de lumière. Juste assez pour voir les documents qui s'y trouvaient.

– Ça serait l'œuvre d'une communauté bénédictine qui s'est installée au Mont en l'an 966, expliqua Sophie qui tenait dans ses mains un ouvrage vieilli par le temps.

– Mais comment ça se fait que les parchemins n'aient pas été détruits au fil des siècles ? interrogea Marcelin.

– On dirait bien que ce n'est pas du papier… Rien qu'au toucher, je pencherais plutôt pour dire que c'est de la peau animale, conclut Sophie d'un air un peu dégoûté.

– J'ai peut-être trouvé quelque chose !

Les sorciers se rassemblèrent alors autour de Stanislas qui tenait entre ses mains un imposant bouquin marron.

– Par contre, je n'comprends rien, ça doit être du latin.

– Pas du tout, s'étonna Sylvain. C'est du gallo. Mais c'est étonnant, les premières traces écrites historiques remontent au 12e siècle, soit 200 ans après ce texte.

– Du quoi ? demanda Stanislas perdu par l'explication.

– Du gallo, c'est la deuxième langue de Bretagne. J'ai appris à la parler avec mes grands-parents et à la lire à l'école, quand j'étais encore en primaire.

– Ah, bah moi j'peux pas aider, on n'a pas ça dans le sud, rétorqua Stanislas en tendant le livre à Sylvain. Par contre, je pense que ce paragraphe pourrait nous aider.

Sur la page qu'il désignait, on pouvait observer une superbe représentation du Mont entouré d'une forêt. Sylvain s'attela alors à résumer ce que disait ce passage.

– Il fut un temps où le Mont était entouré d'une épaisse forêt qui maintenait le rivage maritime à quelque six miles du rocher, soit à dix kilomètres de là. Cette forêt s'étendait du Cap Fréhel jusqu'à Granville. Dans celle-ci, en plus de villages et de bêtes, on pouvait trouver des druides, des sorciers, mais aussi des fées.

– Une forêt de Brocéliande locale, commenta Marcelin.

– Mais au fil des décennies, l'harmonie qui régnait laissa place à des mésententes entre ces divers groupes, continua Sylvain. Notamment lorsqu'en 700, les sorciers normands apprirent que les fées des houles, qui étaient alors tenues en haute estime, enseignaient dans des écoles la magie à des humains venant du village voisin.

– Humains, genre… des miyogs ? l'interrompit Marcelin.

Sylvain, imperturbable, continua la lecture du récit.

– Les sorciers locaux, furieux de savoir que des non-sorciers pourraient maîtriser l'art ancestral de la magie entrèrent alors en conflit avec les fées des houles. Une grande guerre magique éclata, ravageant les horizons, détruisant la richesse du paysage local puis peu à peu, faisant fuir les derniers habitants des villages de la forêt. Les sorciers locaux, voyant la résistance ardue des fées, appelèrent en renfort des milliers de sorciers venus de tout le continent, se joignant à eux, espérant la victoire. Ce déchaînement de rage fut si violent qu'en 709, l'amas concentré de magie propulsée par les deux camps provoqua simultanément une forte tempête, de grandes marées et un séisme dévastateur. L'accumulation de ces éléments amènera à ce que l'Histoire retiendra sous le nom de raz-de-marée de mars 709, engloutissant à tout jamais l'intégralité de la verdoyante forêt de Scissy.

– Que se passe-t-il après ? interrogea Sophie.

– Rien de fou, les pages suivantes parlent de châtiment divin et des fées des houles qui prirent la fuite par centaines, accueillies en Bretagne par les druides et les sorciers de la région qui avaient condamné cette guerre.

– En gros, si je comprends bien, ça veut dire que la forêt qui abrite la plante dont on a besoin n'existe plus depuis plus de 1300 ans, résuma Zita d'un air dépité.

– Ça veut surtout dire que la magie n'est pas exclusive aux sorciers et qu'à l'époque… des miyogs ont pu la pratiquer, reprit Marcelin sous le choc de la nouvelle.

– Quoi qu'il en soit, il va falloir qu'on retrouve ces fées des houles, conclut Ramania en emportant l'ouvrage.

10

TRÊVE HIVERNALE

Les semaines suivantes, les jeunes sorciers, profitant du fait que la taupinière n'ait pas été rebouchée, allèrent rendre visite plusieurs fois à Montrigas, qui semblait heureux de voir que leur quête avançait à grands pas. Ce dernier, au détour d'un énième chocolat chaud, confia aux étudiants qu'il pensait lui aussi toucher au but. Mais en dehors de ces escapades chez l'ancien directeur, ils n'eurent pas trop le temps de reparler de cette découverte, bien que celle-ci restât dans leurs esprits. En effet, les examens avaient commencé et la réussite de leur année scolaire semblait bien plus urgente que de rechercher les fées. Les révisions et la préparation aux examens occupaient d'ailleurs toutes les têtes, puisque les élèves avaient déserté les bancs, l'herbe et les couloirs pour se rassembler en masse dans les salles de classe, la bibliothèque, et même sur les grandes tables du réfectoire. Manuels scolaires et fiches de révision étaient devenus les nouveaux accessoires de mode des élèves. Même les plus dissipés s'étaient mis à potasser.

– Vous avez réussi à réviser toutes les dates pour l'histoire ? demanda Zita en regardant ses deux amies qui sortaient tout juste de la bibliothèque de l'académie.

Mais Sophie n'entendit pas la jeune sorcière, trop occupée à réciter à voix haute les dates qu'elle avait pu mémoriser depuis la semaine dernière. Elle avait, en revanche, beaucoup plus de facilité pour la botanique, dont l'épreuve aurait lieu en fin de semaine, juste avant celle de maniement du balai volant dans la grande cour. Marcelin, quant à lui, était occupé avec les camarades de son option, au-dessus des jardins du Rocher Portail, à renvoyer le plus loin possible la balle via son fauteuil. Stanislas et Sylvain, confiants, préféraient réviser les potions pour éviter de se tromper et de faire exploser la salle lors des épreuves comme ça avait dû arriver les précédentes années si on en croyait les bruits de couloir.

– Il me manque juste deux dates, lui répondit Ramania.

Décembre était la seule période de l'année où le Rocher Portail était aussi calme, faisant presque oublier les récentes affaires qui avaient secoué le monde des sorciers. L'enjeu était énorme pour les étudiants puisqu'ils devaient avoir un maximum de points à leurs épreuves, afin d'avoir une chance d'obtenir leur année. Néanmoins, si de jeunes sorciers ne réussissaient pas à avoir leur moyenne, ils pourraient compter sur le second semestre pour compenser de plus faibles résultats.

– Dépêchez-vous, on va réussir à être en retard pour nos premières épreuves, pressa alors Sophie.

Le ton de la semaine était donné, du stress, des nuits blanches, des fiches de révision en pagaille et des pages se perdant dans les sacs de cours et les allées du parc.

Les récentes aventures des six jeunes sorciers avaient porté leurs fruits puisqu'ils s'en étaient très bien sortis durant l'évaluation de sortilèges de Romain Taïeb, ainsi que lors du maniement de balai de Nesher Nakashe, qui les soupçonnait au fil de l'épreuve de vol d'avoir eu recours à l'utilisation proscrite de balais personnels.

– Et toi, tu as mis quoi comme date de création de l'espéranto ? questionna Zita inquiète. 1878 ou 1887 ?

Le contrôle d'Histoire de la Magie, dernier de la semaine succédant l'examen de vol de balai, venait de s'achever. La semaine était passée si vite qu'aucun élève n'avait remarqué que la température de la campagne bretonne avait grandement chuté en à peine six petites journées. Les tests terminés, la pression des étudiants commençait doucement à redescendre, laissant peu à peu place aux préparatifs des fêtes de fin d'année et à leurs parents qui viendraient les chercher.

– Ça me fait bizarre de savoir que je vais retrouver mes parents, confia Ramania au reste du groupe. Ils m'ont tellement manqué, mais en même temps j'appréhende la conversation sur la magie avec ma mère.

– Au pire, t'en parles pas, simplifia Marcelin qui portait encore sur lui le maillot de balaiball. Surtout si c'est pour remuer les souvenirs douloureux du passé, c'est pas trop le moment les fêtes de fin d'année. Vide-toi la tête et laisse la magie des fêtes te faire penser à autre chose.

Pour une fois, le jeune sorcier avait peut-être raison. Mais ça semblait bien plus facile pour lui, qui passerait les fêtes dans une famille composée que de sorciers. Aucun tabou ne plomberait sa conversation et il pourrait raconter librement ce qu'il avait appris durant les cours. En passant dans le couloir, Ramania salua Anselme qui se dirigeait vers la bibliothèque de l'école, lui rappelant qu'elle n'était pas la plus à plaindre dans sa situation. Cette camarade passerait les fêtes au château, comme quelques autres étudiants, certains habitaient trop loin ou n'avaient pas les moyens de rentrer si souvent. Pour Anselme, c'était bien différent. Ses parents avaient pris la décision radicale de la mettre dehors lors de sa transition magique, ne pouvant accepter sa différence. Mais elle n'en parlait jamais, préférant rester discrète.

Marcelin soupçonnait néanmoins ses parents d'être des miyogs et de l'avoir adoptée, rejetant son identité lorsqu'elle s'est révélée avec la lettre de l'académie. Tout ceci poussait Ramania à prendre du recul sur sa situation. Elle ne ferait pas de vague durant les fêtes.

– Tiens, il neige, s'exclama Sophie en sortant de leurs appartements où les filles avaient récupéré leurs valises.

– Ça fait tellement longtemps que je n'avais pas vu de neige tomber dans la région, s'étonna alors Ramania.

Et le paysage se transforma peu à peu, couvrant la totalité du château, du parc et des jardins d'une fine couche de blanc immaculé, poudreuse, craquant sous les pas des élèves qui sortaient de l'enceinte magique. Tout ce beau monde salua les professeurs qui s'étaient réunis pour leur souhaiter de joyeuses fêtes, avant de se diriger vers le parking en retrait du Rocher Portail.

– Ramania ! On est juste là !

Légèrement enrouée par le temps glacial, la jeune sorcière reconnut la voix chaleureuse d'Esther, sa mère.

Elle était sortie du véhicule pour lui faire de grands signes pendant que son père l'attendait tenant le volant. En rentrant dans la voiture, elle prit dans ses bras sa petite sœur, Noa, qu'elle n'avait pas vue depuis 3 mois. En fait, le temps lui avait semblé aussi rapide que lent.

– C'est parti, annonça son père en démarrant.

En quittant le parking du château, Ramania en profita pour faire un signe de la main à travers la fenêtre embuée de la voiture dès qu'elle apercevait ses amis. Zita était déjà plongée dans son téléphone portable, Stanislas lui fit un grand sourire la saluant du bout de ses énormes moufles, Sophie leva sa main droite tout en chargeant sa valise volumineuse dans son coffre, Sylvain était imperturbable avec ses écouteurs dans les oreilles et Marcelin s'attachait pendant que son père rangeait son fauteuil roulant plié à l'arrière de leur véhicule. Ramania aperçut même Ida, la tête baissée, à l'arrière de la voiture de ses parents lorsqu'elle quitta enfin le parking pour s'enfoncer dans l'épaisse brume hivernale.

– Alors, comment était ce début d'année ? demanda son père. Tu as réussi à apprendre des tours de magie ? Et tu as pu te faire de nouveaux amis à l'académie ?

– C'était super en vrai ! J'ai encore du mal à manier les jeux de cartes, mais j'ai réussi à faire des rencontres… comment dire… magiques, répondit sa fille en souriant.

Les jours qui suivirent furent beaucoup plus calmes que tout ce que Ramania avait pu vivre durant ce premier semestre à l'académie de magie. Mais c'était aussi le rôle des vacances, établir une coupure entre deux semestres mouvementés, se remettre des émotions de ce qu'ils avaient vécu, dont la révélation de leur identité. En bref, permettre aux apprentis sorciers de se reposer. Et quoi de plus calme en hiver que le bord de mer ? Dinard enneigée avait des allures de carte postale en noir et blanc, où mouettes et goélands avaient laissé place à des habitants dissimulés sous écharpes et gants. Ramania s'était néanmoins motivée à sortir. Cela faisait bientôt cinq jours qu'elle était rentrée chez elle et ne faisait que repenser à ses amis qui profitaient en famille.

Certains fêteraient Noël, d'autres Hanoukka, et d'autres se réuniraient simplement avec leurs proches et parents. Mais pour les remercier de tous ces moments passés ensemble, à parcourir des endroits incongrus, enquêtant comme s'ils étaient les dignes héritiers d'un détective anglais, Ramania voulait leur trouver de jolis cadeaux.

– Je vais faire un tour, je reviens, clama la jeune brune en passant la porte de chez elle pour affronter le froid.

Avec le temps hivernal qui était tombé sur la région, les stands de vin chaud avaient fleuri de partout à Dinard. Il suffisait de les suivre pour arriver jusqu'à la place où s'étaient posés les chalets du marché. Durant cette période, Dinard s'était vêtue aux couleurs de Noël, le rouge et l'argent étant plus qu'omniprésents. De nombreuses animations égayaient la petite ville, des illuminations jusqu'aux spectacles en intérieur, sans oublier les échassiers qui traversaient Dinard pour saluer ses habitants et les touristes qui y passaient les fêtes. L'odeur des vins chauds, des chocolats sucrés et des marrons grillés venait embaumer l'air et chatouiller le nez de Ramania, qui avait pour objectif de dénicher un cadeau pour tous ses amis, sans exception.

– Bonjour, vous avez des plantes ? demanda la jeune fille à une vendeuse emmitouflée dans sa parka rouge.

– À cette période, à part les sapins, il n'y a pas trop de plantes sur les marchés, répondit la dame ennuyée.

La jeune vacancière continua donc son chemin en direction d'un autre petit chalet où elle pourrait trouver un présent correspondant à Sophie. L'inconvénient de vivre reculée des sorciers, c'est qu'elle ne savait pas où trouver des cadeaux magiques, ses amis devraient se contenter d'objets tout ce qu'il y a de plus basiques. Mais après avoir passé l'après-midi à parcourir la ville, ses boutiques et les chalets du marché de Noël, Ramania était plutôt fière de ce qu'elle avait réussi à dégoter.

– Mince, déjà 18 heures, s'alarma Ramania.

Elle remit sa frange en place puis s'empressa de rentrer. Arrivée chez elle, la chaleur du logis l'accueillit à bras ouverts et elle s'attela aussitôt à aider son père qui préparait la table avant que sa famille ne débarque.

– T'as pensé à prendre le saumon ? demanda son père.

Elle fit un hochement de tête puis installa les serviettes. Sa mère, quant à elle, était en cuisine, se dépêchant de préparer une montagne des sufganiyot, ces délicieux beignets fourrés traditionnels des fêtes de fin d'année.

Ce soir-là, le festin fut au rendez-vous. Les convives enchaînaient un succulent houmous, un délicieux caviar d'aubergine, le saumon mariné grillé aux herbes fines, avant de terminer par les beignets et la brioche tressée. Malgré cette ambiance festive, la jeune sorcière n'était pas totalement relâchée. Elle était convaincue que sa mère la fuyait du regard depuis quelques jours, comme si elle savait que planait dans l'air la discussion qu'elles devaient avoir toutes les deux sur la magie. Même si Ramania s'était promis de ne pas l'évoquer, pour ne pas gâcher le moment des fêtes, elle ne voyait plus que ça. Pas une seule fois du repas sa mère n'avait daigné jeter le moindre regard sur elle, comme si elle avait peur que sa fille ne se mette à discuter de ses cours sans raison. Décidée, elle attendit que sa mère soit seule dans la cuisine, à la fin du dîner, pour tenter de lui en parler.

– Maman, à propos de la lettre que tu m'as envoyée il y a quelques semaines, j'voulais savoir… commença-t-elle.

– Désolée mon cœur, je suis crevée, on en reparlera plus tard si tu veux bien, dit-elle avant de s'échapper.

Au moins, la situation était claire : sa mère fuyait bel et bien cette discussion. Au-delà de toutes les questions sur le passé de sa mère, l'histoire avec sa tante et les raisons pour lesquelles elle cachait tout ça à son mari, la jeune sorcière aurait aimé pouvoir raconter simplement son année. La seule personne de cette maison qui aurait pu l'écouter, la comprendre et la croire n'était même pas en mesure de lui accorder la moindre minute. Déçue, mais le ventre bien plein, Ramania monta dans sa chambre et ne prit pas plus de dix minutes avant de s'affaler dans les bras duveteux de Morphée.

– Attends… mais cette pièce… je la connais ?

L'étudiante était de nouveau dans cet espace familier, aseptisé, où seule l'horloge lui rappelait qu'elle rêvait.

– Mince, j'ai pas pris de qinah bosom, s'horrifia-t-elle.

Par la fatigue et les tracas de la soirée, elle n'avait pas pensé à avaler sa préparation avant de se coucher. Alors qu'elle s'apprêtait à se réveiller pour la boire et se protéger, elle s'arrêta net. Une idée lui vint en tête.

– Quelle porte ça pourrait bien être ?

Elle était arrivée dans le couloir blanc et son alignement parfaitement symétrique de portes, voulant surgir dans le rêve de la personne à qui elle pensait.

– Ramania, pourquoi tu sors de la bonnetière ?

La jeune sorcière avait réussi son coup, apparaissant au beau milieu du rêve de sa mère. Elle pourrait enfin lui parler sans que celle-ci trouve une excuse pour partir.

– Maman, je m'excuse d'faire ça comme ça, mais j'avais besoin de te parler. Pour commencer, compte tes doigts.

Une fois qu'Esther comprit qu'elle était dans un rêve et que sa fille avait le pouvoir des voyages oniriques, elle put enfin se poser pour répondre à toutes ses questions.

– En effet, ce que Padrig Montrigas vous a raconté est vrai, avoua-t-elle après que sa fille lui eut tout expliqué.

– C'est ton sort qui a tué grand-père ?

– Nan, absolument pas, rétorqua Esther. C'est celui que ta tante m'a lancé et que j'ai malheureusement évité…

– Dis pas ça, si tu ne l'avais pas esquivé, on ne serait pas là en train de discuter toutes les deux, la coupa Ramania. C'est pour ça qu'elle ne vient jamais ici ?

– Je ne veux plus jamais la voir, encore moins chez moi. Je sais qu'elle habite dans le Trégor, elle avait tenté de m'envoyer des lettres il y a quelques années. Mais de mon côté, j'ai définitivement fait une croix sur elle.

– Pourquoi tu ne m'as jamais raconté tout ça avant ?

– Par honte, sûrement. Tu me vois vraiment t'avouer que tu es une sorcière parce que tu as hérité de la magie de ta mère ? Magie qu'elle a justement perdue il y a bien longtemps. Tu étais une enfant, tu m'aurais demandé de te faire une démonstration en guise de preuve… et j'en aurais été incapable. Alors à quoi bon ?

– Ne t'en veux pas, viens dans mes bras, conclut sa fille.

Un tourbillon noir vint alors mettre un terme à cette conversation, plongeant Ramania dans la multitude de rêves classiques et habituels que le cerveau tricotait et que son esprit ne contrôlait pas, continuant ainsi sa nuit.

– Ramania, réveille-toi, il y a du monde pour toi.

La voix de son père la fit émerger de son sommeil. Ouvrant un œil, Ramania s'aperçut qu'il était 10 h 15. Qui pouvait bien la déranger pendant les vacances ? Elle espérait simplement que ce n'était pas encore sa voisine qui avait besoin de son aide pour coiffer le chat. Elle l'avait déjà fait il y a deux jours et les griffures sur son bras lui rappelaient de ne pas y retourner de sitôt. Mais en regardant par la fenêtre de sa chambre, elle découvrit alors ses cinq amis sorciers dans son jardin.

S'habillant en deux temps trois mouvements, elle dévala les escaliers si vite qu'elle avait l'impression de voler.

– Genre, tu dormais encore ? demanda en souriant Zita qui venait de l'apercevoir depuis le pas de la porte.

– Qu'est-ce que vous faites tous ici ? s'étonna Ramania.

– On s'est concertés et on s'est dit que c'était plutôt une bonne idée de venir te voir tous ensemble pendant les fêtes, expliqua alors Sophie. C'est notre petit cadeau.

– C'est mon beau-père qui nous a amenés ici pour qu'on évite de se faire repérer en venant en bal...

Ramania mit aussitôt la main sur la bouche de Stanislas, de peur que son père n'entende leur discussion, puis le groupe d'amis s'en alla faire un tour de la ville. La Dinardaise en profita pour montrer les endroits où elle avait grandi, pendant que chacun racontait les festins et les cadeaux qu'ils avaient pu avoir durant ces fêtes.

– J'voulais t'ramener des friandises à la violette, mais je suis resté en Mayenne pour les fêtes, s'excusa Stanislas.

– Ah bah tiens, justement, tu fais bien de m'y faire penser. J'ai des cadeaux pour vous, annonça Ramania.

En arrivant, elle récupéra l'enveloppe qui dépassait de sa boîte aux lettres. Elle lui était destinée mais, chose surprenante, ne possédait ni timbre ni oblitération.

– Si je reçois le moindre courrier, je vous fais signe.

Ramania reconnaissait la voix de son père, mais au moment d'ouvrir le petit portail de l'entrée, un homme dévala les escaliers en baissant la tête. Il semblait pressé et n'avait pas l'air d'avoir trouvé ce qu'il cherchait.

– C'était qui ? demanda Ramania en arrivant chez elle.

– Oh, rien de spécial, juste un monsieur qui pensait que le facteur avait livré son courrier chez nous, répondit-il.

Le temps que ses amis retirèrent blousons, écharpes et gants molletonnés, Ramania constata que le salon avait été rangé et que ses présents avaient été préparés.

– Je suis désolé, nous n'avons pas de sapin ici, mais j'ai pris soin de mettre les cadeaux de ma fille autour d'un cactus, nous n'avions que ça comme plante.

Sa fille souriait, cette petite attention lui faisait plaisir. Il avait dû comprendre, en voyant les cadeaux emballés dans sa chambre, qu'ils étaient prévus pour les amis qu'il avait accueillis ce matin. Ramania les ramassa puis les distribua à ses camarades. En les ouvrant, tous les cinq furent surpris et ravis de voir que leur amie avait su viser juste, même avec des objets ne venant pas du monde de la magie. Sophie avait eu le droit à un superbe porte-clefs artisanal contenant un brin d'aubépine, Zita à un collier et Stanislas se mit à rire en découvrant un livre intitulé *Le gallo pour les idiots*. Sylvain était heureux en déballant une petite boîte à musique jouant l'air de la marche turque, pendant que Marcelin avait déjà enfilé son vieux maillot de football de l'équipe de France.

– C'est qui Zidane ? demanda-t-il en contemplant le dos de son maillot floqué d'un 10, dans le miroir du salon.

Les quatre jeunes se mirent à rire, se souvenant que les familles de sorciers n'avaient pas les codes culturels des enfants ayant grandi aux côtés des non-sorciers. Le reste de la journée fut tout aussi agréable, les jeunes continuèrent de discuter de tout et de rien, profitant des restes sucrés succulents de la soirée festive de la veille. Puis ils repartirent groupés en fin de journée, lorsque le beau-père de Stanislas vint les chercher, afin qu'aucun miyog ne se méfie en les voyant partir sur les balais.

– Ils étaient très sympas tes amis, lui confia son père en souriant. Je suis content que tu aies réussi à te faire de bons amis dans ton établissement cette année.

Ramania lui sourit, heureuse de voir que son père était rassuré, puis monta dans sa chambre pour découvrir ce que contenait la lettre qui lui avait été adressée. En l'ouvrant, elle ne trouva qu'un grand parchemin plié en quatre. Le retournant dans tous les sens, elle ne put que constater, à son grand désarroi, qu'il était vierge.

Seule la petite carte blanche, accompagnant ce drôle de cadeau, était dotée d'écritures manuscrites, révélant enfin à la jeune sorcière qui était son expéditeur.

Voici un petit présent qui pourra, je l'espère, te servir. Prends-en soin, il se révélera à toi quand tu en auras le plus besoin. En attendant de te revoir pour un chocolat. Je te souhaite de très belles fêtes de fin d'année.

Padrig Montrigas

Même si ce parchemin l'intriguait, Ramania était ravie et flattée de voir que l'ancien directeur avait pensé à elle en lui envoyant un petit quelque chose jusqu'à Dinard. Elle proposerait à ses amis de passer le voir une fois les fêtes de fin d'année terminées, histoire de lui souhaiter la nouvelle année et de voir s'il avait pu avancer sur son enquête depuis la dernière fois qu'elle était allée le voir. Elle rangea alors ce mystérieux parchemin et n'eut pas réellement le temps d'y repenser, les jours qui suivirent étant tout aussi chargés. Les festins furent de plus en plus grands et tous les membres de la famille passèrent.

Elle put même revoir son cousin Raphaël qui vivait encore chez son oncle et sa tante. Il en profita pour lui demander si elle avait enfin trouvé ce qu'elle voulait faire dans la vie, ce à quoi elle répondit qu'elle était partie dans la bonne direction, mais qu'il lui faudrait encore quelques années avant de véritablement trouver.

Lui, confiant pour l'avenir, se voyait plutôt à la télévision en train de parler de politique, l'analyser, la décrypter, voire un jour, qui sait, embrasser cette carrière. Loin de ces ambitions, Ramania préférait retourner à son train-train quotidien tout en profitant de ces fêtes de fin d'année qui s'éternisaient, pour son plus grand plaisir. Cette période durait huit jours dans sa famille, avec tous les soirs l'allumage d'une nouvelle bougie annonçant un enivrant festin à la hauteur du talent de ses parents.

– Je vais chercher le courrier, informa Ramania.

Au matin de la nouvelle année, la neige avait déjà fondu et seule la carotte servant de nez au bonhomme de neige des voisins, gisant sur le sol mouillé, laissait supposer que Dinard avait troqué son manteau blanc.

Mais là où la jeune fille s'attendait à trouver des factures et un ou deux courriers, Ramania fut surprise de devoir retenir la pile d'enveloppes qui était à deux doigts de tomber tant la boîte aux lettres était pleine à craquer. Six lui étaient adressées, quatre autres pour ses parents, en plus d'un épais journal, de quelques brochures publicitaires et tracts culturels pour Dinard. S'empressant de les ouvrir, elle se rendit compte qu'il s'agissait de chacun de ses amis qui lui avaient envoyé, individuellement, une lettre pour la nouvelle année. Certains avec la méthode classique, des timbres figurant sur les enveloppes, d'autres avec des techniques un peu moins conventionnelles, puisque seules les traces des serres d'oiseaux, hiboux ou corbeaux, laissaient imaginer que ces courriers n'avaient pas été déposés à la main. Sur la dernière enveloppe qui lui était adressée, Ramania put constater qu'un sceau apparaissait, reconnaissant aussitôt le blason majestueux de l'académie de magie. Déchirant la lettre dans un empressement soudain, elle voulait savoir si elle y retournerait dans quelques jours.

Toutes les matières dont elle avait passé les épreuves il y a quelques semaines étaient écrites dans un tableau récapitulant le nombre de crédits que rapportait l'examen passé, la session, le nom, puis la note reçue. Ramania sentit sa tension se relâcher et fut rassurée lorsqu'apparut en bas de celle-ci la mention en gras :

« *Résultat d'admission : 16.00/20 / Admise* ».

Elle se précipita pour l'annoncer à ses parents. Elle n'avait pas le souvenir d'avoir obtenu un aussi bon bulletin durant toute sa scolarité, s'étonnant elle-même. Elle était surtout heureuse de savoir qu'elle continuerait d'apprendre de nouvelles choses d'ici quelques jours sur les bancs de l'académie de magie du Rocher Portail.

– Nous sommes tellement fiers de toi ma chérie, exprima alors sa mère en la prenant dans ses bras. J'étais sûre que tu trouverais ta voie en t'épanouissant.

Et sa mère avait raison. Ce simple relevé de notes du premier semestre lui confirmait qu'elle était bien à sa place là où elle était, s'affirmant en tant que sorcière.

Lorsque Ramania revit tous ses amis le lendemain, elle eut la joie d'apprendre qu'ils avaient tous été admis. Ramania proposa d'aller l'annoncer à Montrigas et ils chevauchèrent leurs balais volants et partirent rendre visite à l'ancien directeur, afin de fêter cette nouvelle.

– Il va faire une de ces têtes quand il va apprendre que j'ai eu une meilleure moyenne que ma mère, confia Stanislas en atterrissant délicatement de son balai.

– J'espère qu'il lui reste quand même de la poudre d'invisibilité, compléta Marcelin. Ça peut toujours être utile pour le second semestre, qui sait.

Mais au moment de s'approcher, Ramania constata quelque chose d'anormal. La porte était déjà ouverte. Un pressentiment envahit son esprit et elle se précipita à l'intérieur, espérant que pour une fois, elle se trompait. La maison était mise à sac, des bouts de verre jonchant le sol, le tout accompagné d'une forte odeur de brûlé. Elle recula d'un coup. Juste en face d'elle, les vêtements bleutés de Montrigas semblaient habiller un amas de cendres encore fumantes. En découvrant la scène, les jeunes sorciers eurent un violent mouvement de recul. Tous reconnurent avec horreur les contours de la silhouette de l'ancien directeur : il avait été assassiné.

11
LES FÉES DES HOULES

Suite à cette triste découverte, les jeunes étudiants avaient tous été interrogés individuellement par des enquêteurs de la police magique pendant des minutes qui leur avaient paru interminables. La découverte de deux corps en quelques mois les plaçait directement en tête de la liste des complices, voire des suspects.

Face à cette situation exceptionnelle, une réunion de crise avait été décidée par Zéphanie Meihendor, rassemblant les enseignants la veille de l'enterrement.

– Si je vous ai réuni aujourd'hui, c'est pour statuer sur le cas de Ramania et de son groupe d'amis sorciers. La police vient de les relâcher pour manque de preuves.

– Manque de preuves ne veut pas dire innocents, lança Nina Stern. Je trouve ça étrange que ces cinq-là soient toujours au mauvais endroit, au mauvais moment.

– Accuserais-tu nos propres étudiants de meurtres ? rétorqua Nakashe en fusillant sa collègue du regard.

– Je dis qu'il serait inconscient de laisser une élève qui a pénétré l'esprit d'un camarde comateux et découvert le corps de notre défunt ancien directeur se balader librement où bon lui semble avec sa bande d'amis qui semble l'encourager dans tous ses délires.

– Je ne pense pas qu'ils aient de mauvaises intentions, répliqua la druidesse. Je connais la jeune Sophie Iyar, elle ne ferait pas de mal à une mouche, sauf quand il s'agit de nourrir une dionaea muscipula…

– Ce n'est pas de ça qu'il s'agit Viviane, compléta Émilie Aharoni, la professeure de cryptozoologie. Je ne crois pas qu'ils soient coupables, mais je ne crois pas non plus au hasard. S'ils étaient à tous ces endroits, c'est qu'ils cherchaient quelque chose, tu le sais comme moi.

Et la professeure de botanique savait parfaitement à quoi sa collègue faisait allusion, puisque depuis le début d'année, les apprentis sorciers s'étaient fait remarquer pour avoir posé diverses questions en fin de cours, sur des sujets qu'ils n'étaient même pas censés connaître.

– Je pense qu'ils mènent leur propre enquête, dit Stern.

La directrice décida de faire un vote à main levée afin de trancher la question et de passer à autre chose.

– Qui pense qu'il serait bon de renforcer les défenses de l'académie et de surveiller ce groupe de sorciers ?

Tout le monde leva la main, à l'exception de Toulem, Taïeb et Sharansky. Ce dernier, effaré de voir que la druidesse qui défendait Sophie quelques instants auparavant levait la main, l'interpella pour comprendre son choix.

– Je suis désolée Olivier, mais les autres ont raison. On ne peut pas les laisser enquêter alors qu'il y a eu des morts. Ce ne sont que des jeunes, notre rôle est de les protéger, pas de les encourager à prendre des risques.

– Mais vous oubliez que la police a retrouvé sur eux des lettres de Padrig qui leur donnait des indices, s'irrita Sharansky. Vous n'allez pas me faire croire qu'il ne savait pas ce qu'il faisait ? S'il croyait en eux, je ne vois pas pourquoi on ne le ferait pas nous aussi.

Voyant que Taïeb semblait en accord avec ce discours, Zéphanie se tourna vers la dernière enseignante qui n'avait pas levé la main, Marie-Thé Toulem.

– Et toi, Marie-Thé, tu penses comme tes collègues ?

– Ah non, je pense surtout qu'il est bon à leur âge de savoir prendre des risques. Ça ne peut que les fortifier.

Meihendor pivota vers tous ses confrères présents dans la salle des professeurs, puis annonça que le vote avait été accepté à la majorité, sous les soupirs de Taïeb et de Sharansky, et la moue déçue de Toulem. Les tours de surveillances furent alors distribués, et les deux professeurs récalcitrants écopèrent des gardes le vendredi soir, le week-end et un jour aléatoire dans la semaine. Le reste était réparti aux autres enseignants.

– Le débat est clos. Ce n'est pas simplement Padrig Montrigas qui a été attaqué, c'est toute l'académie. Je compte sur vous pour respecter notre accord, annonça solennellement la directrice avant de quitter la pièce.

Attendant que tout le monde soit parti, Taïeb rattrapa Olivier Sharansky par l'épaule pour l'isoler dans un coin.

– Je pense qu'il serait bon de donner un coup de main aux jeunes, chuchota-t-il à ce dernier.

– Que proposes-tu ?

– Il faut qu'on garde un œil sur eux pour les protéger et intervenir s'ils ont besoin d'aide, expliqua Taïeb. Mais en attendant, on fait en sorte de fermer les yeux lorsqu'ils tenteront de s'échapper pendant nos tours de garde.

– Ça me va, on fait comme ça, approuva Sharansky.

Les deux professeurs se serrèrent la main d'une poigne motivée, prêts à finir ce que Montrigas avait commencé.

– On se retrouve demain, pour un dernier au revoir à notre bon vieux Padrig, lâcha Taïeb avant de s'éclipser.

Des obsèques dignes de l'ancien directeur avaient été mises en place par le corps enseignant de l'académie. Tous les élèves, peu importe leur niveau, ainsi que les anciens étudiants du Rocher Portail, avaient été conviés. Cet événement fut la triste occasion pour les mères de Sophie et de Ramania de se retrouver, souhaitant toutes les deux accompagner le convoi funéraire de Montrigas.

– Tu vas bien Esther ? demanda Hebna le visage fermé.

– Un peu abattue, je ne pensais pas le revoir dans de telles circonstances. Une page de notre passé vient définitivement de s'achever.

Puis les deux sorcières avancèrent, une rose à la main.

– J'aurais aussi espéré un meilleur contexte pour les retrouvailles de nos mères, confia Ramania à Sophie.

La jeune sorcière aperçut au loin sa mère lui adresser un bref sourire pudique, pour lui faire comprendre qu'elle était de tout cœur avec elle. Leur relation semblait apaisée depuis l'explication onirique durant les fêtes. Mais Ramania s'en voulait puisqu'en regardant sa mère avancer, elle ne pouvait s'empêcher de se demander quelle excuse elle avait trouvée pour justifier à son mari la fermeture de la librairie pour la journée. Elle s'extirpa de cette pensée, regardant autour d'elle.

La foule, silencieuse, accompagna le cercueil jusqu'au lieu où l'ancien directeur de l'académie serait enterré. Ramania n'avait jamais vu de sa vie autant de magiciens réunis au même endroit, tous vêtus de longues robes et de chapeaux pointus d'un noir profond. Elle remarqua néanmoins que nombre de ces robes de magiciens étaient légèrement déchirées près du col, pour signifier la peine ressentie par la perte du sorcier. La triste cérémonie continua avec la lecture de psaumes, triés et entonnés solennellement par un grand religieux. Certains enseignants, comme Taïeb, Sharansky ou encore Nakashe, ainsi que d'autres mages plutôt âgés, se rassemblèrent autour de l'enfeu, ce trou béant où avait été déposé le cercueil sans ornements du défunt, puis jetèrent, chacun à leur tour, quelques pelletées de terre dans ce vide assourdissant afin de combler la fosse.

Pas un seul bruit ne vint perturber cet instant, ni un chuchotement, ni même un dernier petit croassement.

Les jours d'après, les jeunes reprirent place dans leurs chambres étudiantes au Rocher Portail, mais l'académie décida de reporter les cours d'une semaine en accordant sept jours de deuil en mémoire de leur ancien directeur. Le groupe de six sorciers, encore marqué par cette triste découverte, tenta alors de comprendre qui avait bien pu faire quelque chose d'aussi horrible à Padrig Montrigas.

– Moi, j'pense qu'il était à deux doigts de trouver le responsable derrière tous ces comas éternels, supposa Stanislas toujours sous le coup de l'émotion.

– Encore faut-il savoir s'il s'agit de la même personne. Pour le moment on n'en sait rien, laissons la police magique effectuer son enquête, tenta d'apaiser Sophie.

Zita, tournant en rond devant ses camarades, essayait d'y voir plus clair dans toute cette affaire de meurtre.

– Et en même temps, si c'était la même personne ou le même groupe, ça n'explique pas pourquoi ils ne l'ont pas simplement plongé dans un coma artificiel... La seule façon de le savoir c'est de retourner sur le lieu du crime.

C'est ainsi que les six enquêteurs en herbe étaient de retour dans l'habitation de Montrigas. Il leur semblait plus facile depuis la rentrée de quitter le Rocher Portail. Les protections du château étaient alors sous la garde de Taïeb qui, sans que le groupe s'en doute, les laissa sortir bien plus simplement que prévu de l'académie.

– On cherche quoi exactement ? demanda Marcelin en baissant la tête pour passer sous le ruban de protection.

– Tout ce qui ferait office d'indice, répondit Zita.

Soudain, la porte de la demeure de Montrigas s'ouvrit et les sorciers eurent tout juste le temps de s'enfoncer dans les énormes buissons encadrant la belle maison. Deux agents de la police magique sortirent de chez l'ancien directeur, achevant leur visite routinière.

– Le commissaire Jansac pense que tous ces comas sont l'œuvre du fou qui avait tué sa fille dans le Trégor...

Les deux policiers passèrent devant les buissons sans y prêter la moindre attention avant de disparaître.

– C'est pas passé loin, souffla Marcelin en s'extirpant du buisson et en rejoignant les autres dans la maison.

Chacun inspectait les pièces de l'habitation, cherchant des traces de lutte, un morceau de vêtement arraché, voire de potentielles empreintes qui auraient été oubliées comme dans les moins crédibles films policiers. Mais la maison avait été mise sens dessus dessous et il n'était pas aisé de savoir ce qui aurait pu être un indice. Dans les placards de la cuisine, Ramania tomba nez à nez avec le récipient en cristal qui contenait les bouts séchés de qinah bosom que Montrigas leur avait offerts.

– J'ai trouvé pourquoi le meurtrier n'a pas réussi à plonger Montrigas dans un coma éternel, cria Ramania.

Les autres la rejoignirent dans la cuisine et comprirent aussitôt où elle voulait en venir en voyant l'état du pot. L'intérieur avait été intégralement carbonisé, comme pour empêcher des sorciers de se protéger à l'avenir.

– Vous pensez qu'il avait une planque où il cachait ses stocks ou pas ? demanda Sylvain aux autres jeunes.

Les heures d'après furent donc consacrées à trouver une hypothétique planque dans tous les recoins du domicile. Seuls la pièce du fond et le grenier étaient condamnés, ou bloqués, puisqu'ils étaient verrouillés. Ramania rapporta une échelle qu'elle avait aperçue dans un arbre du jardin de Montrigas, et la plaça pile sous la trappe du grenier dans l'espoir de l'ouvrir à la main, aucun sortilège n'ayant alors fonctionné. Mais arrivée au dernier barreau de l'échelle, celle-ci se déroba sous ses pieds, tombant dans un grand fracas et laissant la jeune sorcière agrippée à la poignée de la trappe, le corps entièrement suspendu dans le couloir.

– J'aurais besoin d'un petit coup de main si possible, appela-t-elle fermement suspendue à la poignée de fer.

Le temps que ses amis arrivent en courant dans la maison, un bruit de bois craquant se fit entendre, suivi d'un cri. La porte de la trappe venait de lâcher, s'ouvrant d'un seul coup et projetant par la même occasion la pauvre Ramania encore sonnée à l'autre bout du couloir.

– Je n'vois que de vieux cartons, annonça Sylvain la tête dans le grenier éclairé par la lumière de sa baguette.

Mais en descendant de l'échelle, il remarqua qu'un cadre avait été éjecté sur l'armoire lors de l'ouverture. Il l'attrapa du bout des doigts, puis le tendit à Ramania, juste en bas, qui attendait pour réceptionner l'objet. Tout le groupe voulait savoir ce qui figurait sur le cliché. Le cadre s'était cassé dans la chute et Ramania le secoua pour que les derniers éclats de verre puissent tomber. Sur l'image, on reconnaissait Montrigas, bien plus jeune, qui tenait fièrement un superbe plant de qinah bosom. À droite de la photo, un autre homme, petit et barbu, tenait lui aussi la plante dans sa main en souriant. Tournant l'image, elle découvrit la mention manuscrite de la main de Montrigas « *à mon ami magiculteur* ».

En fin de semaine, après avoir présenté la photo aux élèves plus âgés qu'ils avaient pu croiser à l'académie, les six jeunes ne savaient toujours pas qui était l'homme qui se tenait aux côtés de Montrigas.

– Je sais à qui on l'a pas montré, tilta soudain Sylvain. S'il y a bien quelqu'un qui a croisé de nombreux sorciers et qui a une bonne mémoire des visages, c'est Médard.

C'est ainsi que le groupe se retrouva accoudé, en cette fin d'après-midi, au comptoir du bar sorcier l'Interlope. Suite au deuil de Montrigas, de nombreux magiciens étaient venus rendre un ultime hommage à la taverne.

– Je paye la tournée en la mémoire de ce vieux sorcier de Padrig, leur annonça Médard en essuyant un verre.

Ramania sortit à cet instant la photo de sa poche, puis la tendit en direction de ce dernier, qui s'approcha alors en fronçant les sourcils pour y discerner les deux visages.

– Dites, ce visage vous dit-il quelque chose ? demanda Ramania qui avait plié la photo pour cacher Montrigas.

– Évidemment, c'est ce bougre de Mandrinus.

Le groupe s'échangea de vifs regards, surpris de voir que Médard semblait le connaître. Face à leur moue interrogative, le tavernier donna quelques explications.

– Il nous livrait une liqueur gazeuse à base de coca, la vraie plante, pas le soda chimique qu'on trouve en commerce. Ça fait quelque temps qu'il ne donne plus de nouvelles, je ne l'ai pas revu depuis fin décembre.

– Et vous savez où le trouver ce Mandrinus ?

– Autrefois il vivait dans le Trégor, mais depuis qu'il a eu des problèmes avec la police, il s'est isolé dans une petite cabane au centre de la forêt de Fougères.

Ramania s'empressa de sortir une feuille et un stylo de son sac pour y gribouiller l'adresse, avant de les ranger dans le fond de sa poche.

– Le Trégor ! Mais c'était lui le fou dont ils parlaient, s'exclama Zita en repensant aux policiers magiques.

– Ah ça, pour être fou, il l'était, s'amusa Médard. Mais quand vous le verrez, bottez-lui le derrière de ma part. Il ne m'a jamais livré ma dernière commande de liqueur.

Zita, Sylvain et Sophie passèrent dire bonjour à Diane, toujours occupée avec ses clepsydres, pour lui souhaiter la bonne année et son anniversaire qui était en décembre. Ils purent constater qu'elle avait désormais une superbe chevelure rose qui lui allait parfaitement. Stanislas, Marcelin et Ramania étaient, quant à eux, restés au comptoir, préparant la virée chez Mandrinus.

Dès l'aube du lendemain, les étudiants s'enfonçaient dans la forêt de Fougères. La cabane du magiculteur Mandrinus se trouvait, si l'on en croyait les indications données par le tavernier, en plein milieu de celle-ci.

– Il ne pouvait pas habiter en pleine ville ou dans la campagne comme tout le monde, pesta Zita qui devait traverser un amas de ronces et d'orties.

Sylvain et Stanislas ne cessaient de repousser du bout de leur baguette les plantes qui obstruaient le passage. Ramania et Sophie parcouraient les alentours du regard, cherchant ce qui ressemblait à une cabane en bois. Marcelin, quant à lui, survolait la zone sur son fauteuil volant, espérant voir où le logis de Mandrinus se cachait.

– Tu penses vraiment qu'il aurait pu se faire tuer par son propre ami ? demanda Sophie légèrement attristée.

– J'en sais rien, avoua Ramania. Tout est possible. Mais s'il est innocent, il pourra toujours nous aider à trouver du qinah bosom pour nous protéger.

Bien que Médard eût indiqué que Mandrinus se situait en plein milieu de la forêt, il fallait néanmoins parcourir une bonne partie des 1500 hectares de hêtres et de chênes avant d'atteindre sa petite habitation. Le groupe passa d'ailleurs près de lieux qu'ils avaient évoqués durant les cours d'Histoire de la Magie, comme le Cordon des Druides, un alignement mégalithique connu.

– Je crois que je vois la cabane en bois, s'écria Marcelin. Vous y êtes bientôt mais... c'est bizarre, ça fume.

Stanislas lui fit signe de redescendre. Il fallait garder l'avantage de la surprise au cas où le sorcier veuille fuir.

– Si sa cheminée fume, c'est qu'il doit être là, dit-il.

L'important était de pouvoir le cueillir chez lui afin qu'il réponde aux questions qu'ils avaient à lui poser. Au vu des récents événements, il n'aurait pas été surprenant que le magiculteur se méfie des visiteurs, se cachant soit du meurtrier, soit des policiers.

– Vous sentez ? Il y a une odeur étrange, déclara Zita qui humait le fin filet d'air arrivant jusqu'à elle.

– Dépêchons-nous, pressa Ramania le visage inquiet.

La jeune sorcière sentait que cet effluve n'avait rien à faire au cœur d'une forêt et que ce n'était pas bon signe pour la mission pressante qu'elle se devait d'accomplir. Le temps n'était pas vraiment dans leur camp et s'ils ne voulaient pas arriver trop tard dès qu'ils suivaient une piste, il allait falloir être soit plus rapide, soit plus malin.

– Trop tard… lâcha Sophie dans un souffle de désespoir.

Face à eux, l'habitation boisée finissait de se consumer. Zita chercha alors un sortilège pour éteindre les flammes et tout le groupe se mit à crier « *akvojeto* » en espérant sauver ce qu'il restait de la cabane du vieux magiculteur. Après avoir arrosé les derniers foyers récalcitrants, ils ne purent que constater que rien n'avait résisté au brasier.

– Au moins on sait que ce n'était pas l'tueur, lâcha Zita.

– Sauf s'il voulait effacer les preuves, ajouta Marcelin.

Mais ce n'est pas ce nouvel échec qui tracassait Ramania. Elle tournait en rond, cherchant une solution.

– Le problème, c'est que si c'était bien la victime et pas le tueur, il faut qu'on prévienne la police magique. On ne peut pas laisser son souvenir s'éteindre dans ses cendres et cette forêt. Peut-être qu'il avait une famille.

– Ouais bah vu l'coup de pression que les flics nous ont mis après la découverte de ce qu'il restait de Montrigas, j'avoue que j'suis pas chaud pour réitérer l'expérience, annonça Marcelin qui s'inquiétait pour sa scolarité.

– Il a pas tort, compléta Zita. Jules, Montrigas, puis maintenant Mandrinus, ça commence à faire beaucoup.

– Mais on ne peut pas le laisser là, s'outra Stanislas. C'était l'ami de Montrigas, on lui doit bien ça…

– Sauf s'il l'a tué, coupa alors Marcelin.

Ramania, pensive, continuait de faire les cent pas.

– Si on n'en parle pas à la police magique, je pense qu'il faut quand même le dire à quelqu'un de confiance qui pourrait le faire à notre place, suggéra-t-elle.

– J'peux en parler à mon beau-père, proposa Stanislas.

– Nan, pas les proches, on serait toujours suspectés.

– Médard, peut-être ? soumit Sylvain sans conviction.

– Sans blague, ricana Marcelin. On avoue au type qui nous a passé l'adresse de son client qu'on l'a retrouvé cramé et que ça serait top s'il l'annonçait à la police à notre place. T'en as d'autres des idées comme ça ?

Les sorciers cherchaient vivement qui pourrait porter la responsabilité quand Stanislas sembla avoir une idée.

– Et les profs ? proposa-t-il d'un air enjoué.

– Pas bête, acquiesça Sophie. Madame Bourrier semble m'apprécier, je pourrais essayer de lui en parler ?

Mais Ramania ne semblait pas convaincue par ce choix.

– Mouais, depuis qu'elle a menti sur le qinah bosom, je m'en méfie. J'voyais plutôt quelqu'un comme Sharansky.

C'est ainsi que le lendemain, une fois son bol de céréales englouti, la jeune brune s'en alla trouver le professeur d'Histoire de la Magie dans son bureau.

– C'est pour quoi ? demanda-t-il en entendant toquer.

– Bonjour Monsieur, j'voulais vous faire part d'un souci.

Elle expliqua alors toute la situation à ce dernier, en insistant bien sur le fait qu'ils étaient innocents et qu'ils avaient peur que la police les suspecte encore plus.

– Personne ne vous a vu ? demanda Sharansky.

– Euh... non, il n'y avait personne dans cet endroit de la forêt, lui répondit Ramania. Il est bien trop reculé.

Après un long blanc, l'enseignant regardant au loin par la fenêtre finit par revenir s'asseoir en face de son élève.

– C'est bon pour moi, je préviendrai la police magique.

La jeune sorcière était surprise qu'il ait accepté aussi facilement, mais n'insista pas, de peur que Sharansky ne change d'avis. Elle le remercia une dernière fois puis partit rejoindre ses amis jusqu'à la serre de l'académie.

La rentrée fut d'autant plus compliquée après tous ces événements. Plus les jeunes sorciers avançaient sur une piste, plus cette dernière se dérobait sous leurs pieds. Professeure Bourrier donnait son cours comme s'il ne s'était rien passé les précédentes semaines, de la façon la plus professionnelle qui soit, alors que les étudiants l'avaient vue en larmes lors des obsèques de Montrigas. Pourtant, imperturbable, elle présentait joyeusement la plante qu'ils étudieraient durant la leçon du jour. C'était une véritable plante carnivore grande comme un enfant que Bourrier nourrissait avec des bouts de merguez.

– Contrairement à sa cousine, l'inoffensive Dionaea muscipula, cette plante ne se nourrit pas d'insectes mais bien de viandes animales, voire humaines si elle n'est pas domestiquée et alimentée par des druides.

Ramania trouvait cette étrange plante fascinante. Elle abolissait la limite entre le règne animal et le règne végétal. Seule la parole – et peut-être l'âme et la conscience –, différenciait alors Ramania de cette plante qui réclamait déjà un autre morceau de merguez.

– Ça va ? T'as l'air ailleurs, demanda la jeune sorcière en constatant que Sophie avait le regard plongé au loin.

– Ouais, ça va, lui répondit aussitôt Sophie. Regarde plutôt là-bas, la plante dans l'angle au fond de la serre.

Ramania chercha du regard la plante dont son amie lui parlait, avant de tomber sur une sorte de lierre tenant sur un long bâton planté dans un pot. Ses tiges, telles des lianes agiles, cherchaient à attraper les boules en bois du porte-manteau qui était fixé juste au-dessus.

– C'est normal ce qu'elle fait ou tu penses qu'il faudrait qu'on prévienne Bourrier ? l'interrogea Ramania.

– Nan, c'est tout ce qu'il y a de plus normal. C'est une Hedera Pessulus, un lierre grimpant dont la particularité est de s'accrocher aux loquets, clenches et poignées. Les serruriers s'en servaient, à l'époque, pour ouvrir des portes coincées ou claquées sans avoir besoin des clefs.

Sophie, qui n'avait pas arrêté de fixer la plante, se tourna alors vers sa camarade de classe assise à côté.

– Tu vois où je veux en venir, dit-elle d'un air malicieux.

Ni une ni deux, le dimanche matin suivant, les jeunes sorciers étaient de retour dans la maison de Montrigas. Sophie et Ramania avaient attendu le week-end afin de forcer la serrure de la serre de Bourrier, récupérant au passage la plante grimpante qu'elles avaient repérée. C'est Marcelin qui était chargé de la tenir, bien que celle-ci tentât de s'agripper à ses roues, l'empêchant d'avancer aussi rapidement et discrètement qu'espéré.

– Tiens, Ramania, prends la plante, chuchota-t-il.

Les six amis venaient d'arriver dans le fond du couloir, là où une porte leur avait fait de la résistance. La jeune sorcière plaça alors le pot en terre juste devant le seuil, attendant que les branches qui cherchaient un endroit où s'accrocher viennent se fixer sur la poignée. Mais, à la surprise générale, les lianes grimpantes ne prirent pas cette direction, préférant, semble-t-il, passer sous l'espace en bas de l'épaisse porte fermée. Sophie, l'oreille collée contre le bois, suivait le chemin de la plante de l'autre côté grâce au bruit que faisaient les branches, semblable à des griffures.

– Ça y est, j'entends le loquet, s'écria-t-elle ravie.

Et, en effet, la porte ne tarda pas à s'ouvrir, avant que Sylvain ne la pousse, emportant le pot avec. Les six sorciers purent alors découvrir une pièce toute tapissée, remplie d'étagères débordant de divers livres. Mais ce qui attira l'attention de Ramania, c'était cette immense carte qui couvrait tout le mur face au bureau. Celle-ci représentait une mappemonde des terres magiques, d'académies cachées et de lieux mystérieux se trouvant partout sur Terre, sur tous les continents.

– Il manque un morceau, constata alors Zita.

Au niveau de la Bretagne, un énorme carré avait été laissé béant sur la carte, comme s'il avait été découpé.

– Tu penses que c'est l'meurtrier qui l'a volé ? demanda Stanislas en regardant Ramania qui contemplait ce vide.

Soudain, elle retira le sac de son dos, puis se mit à fouiller dedans frénétiquement avant d'en faire sortir l'énigmatique parchemin que Montrigas lui avait offert.

– C'est quoi ça ? posa Marcelin face au papier vierge.

Mais Ramania ne l'écoutait pas, s'affairant déjà à voir comment installer le fameux parchemin dans la brèche.

– Zita, tu peux regarder dans le manuel s'il existe un sort pour recoller un bout de carte ou un truc du genre ?

À peine avait-elle terminé sa phrase que le papier, au contact du reste de la carte, se mit à faire apparaître des inscriptions, des tracés, des forêts et des côtes. Ramenant vers elle le fragment de carte, elle s'attendait à ce que ces indications disparaissent. Pourtant, ce ne fut pas le cas, le plan ayant vraisemblablement activé pour de bon la partie qui avait été confiée à Ramania.

– Mais si cette carte vient de Montrigas, tu penses qu'il savait ce qui allait lui arriver ? questionna Stanislas.

Ramania n'en savait rien, mais la situation donnait la vague impression de suivre un plan établi par Montrigas.

– Il dit quoi de beau ton GPS archaïque ? demanda Zita.

En parcourant la carte, Ramania décrypta les mentions indiquant des fées des houles tout le long de la côte.

– C'est pas chez toi ça ? l'interpella soudainement Zita.

Et cette dernière avait raison, puisque parmi tous les endroits où des habitats de fées étaient répertoriés, aux côtés de la Houle de la Corbière de Saint-Cast, de la Goule de Galimoux d'Erquy et de la Houle du Groin, Ramania pouvait lire en toutes lettres « *Goule-ès-Fées, Dinard* ». Trop effrayée à l'idée de croiser son père sur les côtes dinardaises, Ramania préféra désigner Erquy.

– C'est là-bas qu'on va se rendre, la Goule de Galimoux.

À l'unanimité, les six jeunes aventuriers décidèrent de faire un crochet à l'Interlope pour prévenir Médard de ce qui était arrivé à Mandrinus et sa cabane. Ils en profiteraient pour faire un point sur ce qu'ils pouvaient dégoter comme précisions utiles sur les fées. Aussitôt le groupe arrivé, la triste nouvelle fut annoncée.

– Oui, j'ai vu ça dans le journal de cette semaine… Ce pauvre bougre de Mandrinus, lâcha le tavernier qui ne s'était pas remis de cette annonce. Il avait beau être menteur et voleur sur les bords, de là à souhaiter sa mort… J'espère qu'ils retrouveront le tueur.

– Peut-être qu'il a réussi à fuir, proposa Marcelin qui le voyait toujours comme un potentiel assassin.

– Il n'aurait abandonné sa cabane pour rien au monde.

Laissant Médard se remettre de ses émotions, Ramania ressortit de son sac à dos le livre qu'elle avait découvert dans la bibliothèque secrète du Mont-Saint-Michel. Sylvain, une nouvelle fois, était au poste de traducteur.

– Essaye de voir si l'ouvrage parle d'une méthode pour trouver, ou simplement apercevoir, les fées des houles, demanda Ramania en découpant sa galette au sarrasin.

Après avoir feuilleté une dizaine de pages, il tenta de se faire un rapide résumé puis releva la tête.

– Alors… si j'ai bien compris, il faut attendre la tombée de la nuit pour espérer repérer les fées des houles.

Regardant l'horloge de la taverne, Ramania calcula qu'il restait au moins cinq heures avant que la nuit ne tombe.

– Sinon, vous pouvez toujours vous appliquer un peu d'onguent sur les paupières, annonça Diane qui venait de sortir de sa pièce pour prendre place derrière le bar.

Face aux mines déconcertées mais intéressées des six sorciers, la vendeuse de potions termina son explication.

– L'onguent est une sorte de pommade magique faite à base de graisse animale et qui vous permettra de voir ce que vous n'êtes pas censés voir, notamment les fées des houles en pleine journée. Mais il ne m'en reste qu'un petit pot, ce qui serait insuffisant pour vous six…

Stanislas, qui voulait mettre toutes les chances de son côté, acheta ce dernier pot d'onguent avant de le passer à Ramania pour qu'elle le range dans son sac à dos.

– Si vous voulez passer le temps, vous pouvez aller dans la petite cour juste derrière le bar, confia Médard.

En s'y rendant, les jeunes découvrirent un petit coin où les habitués du bar venaient jouer entre eux. Sur des tables en bois, certains étaient occupés avec des jeux de cartes, pendant que d'autres préféraient s'affronter au palet. Stanislas, venant du sud, découvrait ce jeu consistant à lancer des palets en fer sur une planche.

– C'est de la pétanque mais avec des boules plates.

Le temps que Ramania avait calculé passa à une vitesse impressionnante. Dès lors que les premières lueurs du soleil commencèrent à faiblir, les six sorciers écourtèrent une énième partie de palets pour s'envoler dans les airs. En moins d'une heure, après avoir survolé Combourg et Dinan, le groupe d'amis sorciers était arrivé à Erquy. Il ne restait plus qu'à trouver ces fameuses fées cachées. Une fois sur place, la bande se posa dans l'herbe au sommet des falaises, face aux vagues qui frappaient la roche. Le paysage était abrupt et d'une naturelle beauté, mêlant les parois verdoyantes à la grisaille des rochers. Mais pas la moindre trace de fées ou d'autres créatures. Chaque jeune était posté à un emplacement différent, donnant toujours sur une vue imprenable de la houle. Dès que la marée se retirerait, ils pourraient tenter d'apercevoir les fées sortant des cavités de la falaise. Après plus d'une heure d'attente, tapis dans l'herbe, les apprentis détectives commençaient à perdre patience. Sophie, dégoûtée, plongea son bras dans le sac à dos de Ramania pour en sortir l'onguent et dévissa le capuchon.

– Aïe, aïe… purée ! Mais c'est quoi ça ? s'inquiéta Zita qui semblait se faire attaquer par des insectes invisibles.

Ces attaques précises et douloureuses n'épargnèrent personne, chacun se retrouva alors agressé par des centaines de picotements sur toute la surface du corps. D'un geste de la main, Marcelin réussit à attraper l'un de ces étranges insectes et l'approcha pour l'observer. Stupéfait, il se rendit compte que ce n'était ni un moustique ni une guêpe, mais un tout petit lutin, pas plus grand qu'un pouce, entièrement vêtu d'habits de guerrier, avec casque, cape, épée, ainsi qu'un bouclier. Sylvain se fit briser en deux sa baguette magique, puis réussit à attraper un combattant, avant de remarquer que ce dernier ressemblait beaucoup à ce qu'il avait pu observer sur l'ouvrage écrit en gallo. C'étaient des fions. Soudain, il se mit à genoux puis cria de toutes ses forces.

– Nous sommes six sorciers venant en paix ! Nous souhaitons simplement rencontrer les fées des houles.

Aussitôt, la nuée de piqûres s'arrêta net et le lutin dans la main de Marcelin lui indiqua de le suivre.

Roulant doucement sur l'étroit chemin de la falaise, de peur de tomber, Marcelin suivi de ses compagnons arriva devant l'entrée de la grotte désormais émergée. Une femme d'une grande beauté, entièrement vêtue de blanc, apparut devant leurs yeux ébahis. Sans dire un mot, elle se retourna et s'engouffra dans la caverne maritime, marchant avec une telle délicatesse qu'elle donnait l'impression de flotter sur le sable. Lorsqu'elle put contempler l'intérieur de la houle – le nom qu'on donnait à ses grottes maritimes –, Ramania fut frappée par la grande richesse qu'elle pouvait contenir. Des meubles raffinés, une décoration de goût, mais aussi des ustensiles et divers objets pour tisser, jouer de la musique, confectionner des sculptures et faire du pain. Dans la vaste pièce qui faisait office de salon, une dizaine de fées étaient assises, attendant les sorciers.

– Bienvenue à la Goule de Galimoux, annonça une fée.

– Vous vouliez nous parler ? demanda une autre.

Ramania, intimidée, s'avança pour s'expliquer, pendant que le reste du groupe prenait place sur des fauteuils.

La jeune brune raconta tout leur périple, du coma éternel de Jules à la carte affichée chez Montrigas. Sortant le livre de son sac, elle leur montra l'illustration.

– C'était il y a bien longtemps cet événement, entama alors l'une des fées qui regardait de loin les sorciers. Nous avions été chassées pour avoir voulu partager la connaissance de la magie avec tous les humains, et pas simplement une poignée d'entre eux. Si nous voulions continuer de faire ce que nous faisions et d'être qui nous étions, il nous fallait trouver un nouvel endroit où aller. Que voulez-vous savoir de nous exactement ?

– Nous voudrions connaître votre rapport aujourd'hui avec le monde de la magie, se lança Ramania en regardant la fée qui lui avait parlé.

– Notre magie est bien plus ancienne et puissante que la vôtre. Le pain qui ne diminue pas et qui nourrit votre académie depuis des décennies vient d'ici. Tout comme vos bâtons ensorcelés et vos baguettes magiques. Mais nous restons en retrait, préférant nettoyer notre linge, enseigner et faire paître nos troupeaux dans les champs.

Marcelin, abasourdi par cette nouvelle, contempla sa baguette magique. Lui qui avait toujours pensé que cet objet avait été créé par des sorciers pour des sorciers. Sylvain sortit alors sa baguette toute cassée de sa poche.

– Mince, tu vas faire comment ? chuchota Sophie. L'académie a bien précisé qu'ils n'en passeraient qu'une.

La fée des houles continua son explication à Ramania.

– Pour ce qui est de la plante que vous cherchez, vous pourrez la trouver dans le bois longeant la pointe du Grouin. Mais utilisez-la à bon escient. S'empêcher de rêver n'est jamais la solution pour échapper à ses soucis.

La discussion continua et les jeunes sorciers finirent par prendre le repas dans la houle, invités par les fées. Lorsqu'ils ressortirent d'ici, ils furent accueillis par les reflets de l'aube. Bien qu'ils eussent l'impression que seulement quelques minutes s'étaient écoulées, ils étaient en réalité restés plus de sept heures à parler, à leur grande stupéfaction. Au sommet de la falaise, une fée des houles s'approcha de Sylvain.

– *Sem ta moli caun tu vódras, an catr meiz tu le quoedras*, lui confia-t-elle en tendant quelques graines.

Elle en profita pour lui donner une nouvelle baguette magique, à son grand étonnement puisqu'il n'avait pas osé en parler de peur de les importuner. Puis la fée s'échappa en silence, se laissant glisser dans le vent comme si elle avait abandonné toute consistance.

– Elle t'a dit quoi, en fait ? demanda Ramania à Sylvain tout en réinstallant les sangles de son sac à dos.

– C'était du gallo. Elle m'a conseillé de semer ces graines quand je le voulais et que d'ici quatre mois je pourrai cueillir une fleur de moly, sans réellement que je sache pourquoi, expliqua-t-il en lui montrant le petit sachet en toile. Et elle m'a offert une nouvelle baguette.

– Bon, bah maintenant, tu n'auras plus d'excuse pour lancer tes sortilèges correctement, le taquina Zita.

Les six sorciers, ravis mais exténués, repartirent sur leurs balais avant de s'éclipser dans les rayons du soleil qui sortait de son sommeil. La nuit risquait d'être courte.

12
LES LOUVETEAUX DU GROUIN

Cette rencontre intense avec les fées des houles marqua profondément les six sorciers. Si ces derniers n'étaient pas encore sous l'effet du qinah bosom, ils en auraient probablement rêvé les nuits qui suivirent. Mais les semaines passèrent et les cours reprirent le peu de place qu'il restait de disponible dans leurs esprits. Ramania nota néanmoins que le meurtre de Montrigas avait légèrement modifié l'enseignement de l'académie. Elle ne savait pas pourquoi, mais la professeure Stern semblait les avoir à l'œil, comme si elle les soupçonnait de manigancer quelque chose, voire pire, d'être, de loin ou de près, responsable du décès de Padrig Montrigas. Taïeb, quant à lui, avait axé ses cours sur la défense.

– Restez droit, prenez votre respiration, concentrez-vous sur la baguette de votre adversaire, puis dites haut et fort *Malamardo*, expliqua le professeur en désarmant d'un jet étincelant la baguette de Stanislas, qui servait de cobaye pour sa démonstration de défense magique.

Et ces changements touchèrent aussi les options, en témoignait le revirement de Toulem qui avait dû revenir sur le cours où elle avait parlé des sortilèges ancestraux. Afin de rassurer certains parents, inquiets par la relative dangerosité de prodiguer ce type d'enseignement au sein du Rocher Portail, elle avait dû prouver aux élèves qu'ils n'avaient ni la capacité, ni les pouvoirs nécessaires pour maîtriser des sortilèges anciens aussi puissants.

– Fixez bien la jeune pousse qui se trouve devant vous, puis entonnez l'incantation avec toute la force, l'énergie et la volonté dont vous disposez au fin fond de votre être, jusqu'à ressentir un profond épuisement mental, annonça-t-elle pour tenter de justifier ce qu'elle disait.

Sa démonstration permit de calmer les peurs, puisque aucun élève ne put griller plus qu'un bout de feuille.

– L’avantage de cette démonstration, c’est qu’elle aura au moins réussi à retarder la leçon sur la conjugaison en shuadit, se réjouit Zita en sortant du cours de Toulem.

La linguistique s’étant terminée plus vite que prévu, Ramania et Zita purent rejoindre Marcelin qui était en plein cours d’option sportive. Le balaiball du premier semestre avait laissé place à des courses de balais. Contrairement à ce qu’aurait pu laisser penser le poids de son fauteuil volant face à des balais aussi fins qu’élancés, Marcelin était loin d’être le dernier arrivé.

– 153 kilomètres-heure, annonça fièrement Marcelin en venant se poser à côté des filles à la fin de sa séance. Si vous saviez la fraîcheur qu’il fait à cette vitesse…

Puis ce fut au tour de Sophie, Stanislas et Sylvain de rejoindre le joyeux groupe sur l’herbe du Rocher Portail. Leurs cours du jour portaient sur le thème des loups-garous. Bourrier parla de l’Aconitum Lupinotuum, une plante disparue avec laquelle on empoisonnait ces créatures. Coïncidence fortuite, ce jour-là, Stanislas et Sylvain avaient le droit à un exposé sur les lycanthropes.

– Bon, plus sérieusement, nos réserves de qinah bosom sont presque terminées. Les deux prochaines nuits risquent d'être les dernières où nous pourrons faire l'infusion. Il est urgent qu'on parte à la recherche d'un nouveau plant si nous voulons rester en sécurité.

– Dans ce cas-là, nous partirons demain, dès l'aube, avant que son effet s'estompe et ne nous protège plus, reprit Sophie qui approuvait l'idée de Ramania.

Le reste du groupe était d'accord avec la proposition, même si ça impliquait de devoir faire une croix sur le repos mérité du lendemain que certains avaient prévu.

C'est ainsi qu'au petit matin, les rayons sortant à peine de l'horizon embrumé, les six sorciers se retrouvèrent dans les allées baignées de rosée de la cour du château. Le groupe avança, les balais dans les mains, vers la porte principale du Rocher Portail, avec pour projet de quitter les lieux avant que les enseignants n'ouvrent les yeux. D'un seul bloc, la bande matinale longea chacun des buissons afin de s'y cacher s'ils venaient à être repérés. Soudain, l'un d'entre eux se mit brusquement à bouger.

– Qu'est-ce que vous faites ici ? interrogea Ida qui venait de bondir du bosquet dans lequel elle se cachait.

La jeune étudiante au visage fermé pointait sa baguette magique sur ses camarades d'un air froid et déterminé. Les six autres élèves, face à elle, avaient eux aussi sorti les baguettes qu'ils visaient également sur son buste.

– C'est plutôt toi, qu'est-ce que tu fais là ? renchérit Zita qui dévisageait Ida avec un regard des plus méfiants.

Les sept jeunes continuèrent de se fixer, sans un mot, leurs baguettes pointées vers leurs cibles immobiles.

– Je veux vous empêcher de vous en prendre à une nouvelle victime, révéla leur camarade de classe.

Zita lâcha alors une brève grimace d'étonnement.

– Nous empêcher d'quoi ? Tu déraillles complètement !

– Expliquez-moi pourquoi vous êtes les premiers à avoir découvert le corps de Jules ? Ou encore celui de Montrigas ? Ou simplement ce que vous faites dehors à cette heure-ci, alors que l'académie l'interdit ? Ça commence à faire beaucoup de coïncidences, je trouve…

Soudain, Ramania comprit que les soupçons portés à l'encontre d'Ida étaient exactement les mêmes que ceux que cette dernière portait envers tout son groupe.

– Je peux te renvoyer la même question. On peut savoir ce que tu fais ici en pleine nuit ? Ou ce que tu faisais dans les archives de la bibliothèque ? Ou encore pourquoi après avoir été heurtée, insultée par Jules, comme par hasard, il est retrouvé comateux ?

La réaction d'Ida changea, son visage passant de la méfiance à la surprise de se voir dans cette position. À en croire son effarement, la jeune sorcière ne s'attendait pas à se retrouver sur le banc des accusés.

– Je suis allée chercher ça, expliqua-t-elle en sortant un épais ouvrage de son sac, parce que je me sentais responsable après ce qui était arrivé à Jules. C'est un Kodeo, le livre de la connaissance magique. Je pensais qu'il pourrait m'aider à trouver du moly pour le sauver.

Stanislas, en guise de preuve, sortit de sa poche le mot de Montrigas, puis le tendit à Ida pour qu'elle le lise.

– Mince… lâcha Ida en lisant la lettre. J'étais persuadée que vous étiez responsables de tout ce désordre. Ça vous tente de m'accompagner pour chercher le moly ? J'ai peut-être une piste et ensemble on ira plus vite.

Les jeunes sorciers rangèrent les baguettes, remirent les sacs à dos en place et reprirent le chemin de la sortie.

– Pourquoi pas, marmonna Zita toujours méfiante.

– Laisse tomber le moly, on a déjà trouvé des graines et Sophie essaie de les faire germer dans sa chambre, répondit Stanislas. Remets ton sac, on part sur les traces d'une autre plante qui a su faire ses preuves.

Assis sur leurs balais, les désormais sept sorciers prirent leur envol en direction de la pointe du Grouin que leur avaient conseillée quelques semaines plus tôt les fées. Arrivée sur place, la petite bande ratissa le moindre mètre carré de la côte dans l'espoir de trouver le fameux plant de qinah bosom pouvant les protéger. L'horizon offrait un magnifique panorama sur la mer et les vagues salines s'écrasaient sur les falaises séculaires.

– Vous entendez ? demanda Sylvain qui releva la tête.

Les sorciers levèrent alors le nez de leurs buissons, de leurs fourrés et de leur parcelle, pour tendre l'oreille. Mais seuls les bruits des vagues rencontrant les falaises, et ceux des mouettes chantant fièrement la fin de l'hiver, venaient troubler le calme plat de la pointe du Grouin. Ils se remirent donc à la recherche de la fameuse plante. Soudain, le vent tourna, changeant de sens. Il se dirigea vers eux et laissa entendre, se greffant aux sons marins qui les entouraient, une infime mélodie lointaine.

« *Qui peut faire de la voile sans vent…* »

– Vous avez entendu là ? renchérit alors Sylvain.

« *Qui peut ramer sans rames…* »

Le reste du groupe scruta l'horizon, ayant cette fois-ci entendu la musique qui se déplaçait dans l'air. Chacun avança, doucement, afin de trouver d'où pouvait bien provenir cette mélodie résonnant dans les environs.

« *Et qui peut quitter son amie, sans verser de larmes ?* »

Plus ils s'avançaient, plus la mélodie devenait audible.

« *Je peux faire de la voile sans vent* »

En s'enfonçant dans le bois qui longeait la pointe, la musique donnait l'impression de venir de plusieurs voix, toutes basées sur la même octave, toutes à l'unisson.

« *Je peux ramer sans rames* »

Sylvain était le plus avancé du groupe, ouvrant la voie pour les autres sorciers qui le suivaient. Ils savaient qu'ils s'approchaient de l'endroit d'où émanait cette mélodie.

« *Mais n'peux quitter mon amie sans verser de larmes* »

En poussant un énième buisson, l'équipe savait qu'ils mettraient enfin un visage sur ces voix envoûtantes. Craignant un piège ou redoutant des sirènes, Sylvain tenait fermement sa baguette devant ses yeux, prêt à l'utiliser. Une branche craqua et le buisson que Sylvain venait de pousser vers sa droite dévoila un groupe d'enfants vêtus de chemises orange, accompagné de deux adultes eux aussi habillés avec ces mêmes tenues, décorées d'un superbe foulard bicolore et de tout un tas d'insignes colorés et d'une médaille brillante et dorée.

– Halte-là, qui êtes-vous ? s'écria aussitôt le grand brun à lunettes et à la barbe mal rasée qui leur faisait face.

Il pointait sa baguette magique, similaire à celle des sorciers, dans leur direction, tout en protégeant derrière lui de jeunes enfants dont l'âge ne dépassait pas 11 ans. À ses côtés, une grande blonde dont la tresse venait se perdre dans son foulard bicolore avait aussi pointé sa baguette en direction des sept sorciers venant d'arriver. Ramania avança et doubla Sylvain en levant les mains.

– Nous sommes aussi des sorciers, nous ne vous voulons aucun mal. Nous cherchons juste une plante.

Les deux groupes baissèrent alors simultanément leurs baguettes, poussant de brefs soupirs de soulagement.

– Vous êtes une classe de sorciers en sortie ? demanda Zita en scrutant les deux adultes et le groupe d'enfants. Et pourquoi ces uniformes, vous venez d'une académie étrangère ? Angleterre ? Ou quelque chose du genre ?

– Ah non, pas du tout, répondit le barbu à lunettes en souriant. Nous sommes simplement des scouts.

Ramania comprit alors, en voyant l'un des enfants ranger ce qui ressemblait à une baguette dans son sac, qu'elle n'avait nulle crainte à se faire en leur compagnie.

– Vous savez où l'on pourrait trouver du qinah bosom ? Une connaissance nous a dit qu'il y en avait dans le bois longeant la pointe du Grouin, éclaira-t-elle.

– La saison débute à peine, mais vous pourrez dénicher de jeunes pousses près du grand rocher, tout au bout. En attendant, si ça vous tente, vous pouvez rester, on ne va pas tarder à préparer le repas, proposa le chef scout. D'ailleurs, je ne m'suis pas présenté ; Martial, enchanté.

Le groupe de sorciers passa le reste de la journée en présence de ces scouts. Ils préparèrent le repas du midi, puis les aidèrent à construire un vaisselier en bois pour faire sécher tous les ustensiles de cuisine, ainsi qu'une table à feu, sorte de support en hauteur permettant de faire un feu de camp qui ne touche pas la végétation. Enfin, le soir venu, tous s'attelèrent à installer les tentes et les sept sorciers du Rocher Portail décidèrent alors de rester dormir avec le groupe des louveteaux-jeannettes.

– Bien dormi ? demanda Martial au petit matin.

Ramania ouvrit difficilement les yeux, sa tête repassant en boucle la chanson de la ronde de nuit après laquelle ils étaient tous partis se coucher. Elle se rendit compte qu'autour d'elle, tous les enfants étaient déjà réveillés, habillés et avaient commencé diverses activités.

– Ça va bientôt être le service de bois, leur annonça Martial. Les enfants iront chercher de quoi rallumer le feu, ils pourront vous accompagner jusqu'à votre plante.

Ramania, Sophie, Zita, Stanislas et Marcelin se mirent alors à suivre un groupe de cinq jeunes en chemise orange s'enfonçant dans le bois, pendant que Sylvain et Ida étaient en retrait du groupe en train de s'esclaffer. Ils s'étaient pas mal rapprochés pendant la veillée.

– Voilà, ça, c'est votre plante qui commence à pousser, annonça un louveteau en désignant une tige verte.

Les jeunes scouts adressèrent un drôle de signe de la main, levant l'index et le majeur tout en repliant le pouce sur le petit doigt, puis se volatilisèrent.

– Ils étaient vraiment trop cool en vrai, avoua Sophie.

– Mouais, lâcha Marcelin. Ils étaient surtout flippants. Quelle idée de leur laisser des canifs à cet âge-là, ils passaient leur temps à aiguiser tous les bouts de bois qui leur venaient sous la main. Des chasseurs de vampires.

Ramania, Stanislas et Zita étudiaient déjà la jeune pousse verte de qinah bosom qui sortait de terre. Qu'allaient-ils bien pouvoir en faire? S'il fallait la mettre en pot, comme le moly, ils devraient attendre des mois. Zita, ayant une nouvelle fois extrait le manuel de sorts de Jozefo Divenistof, chercha un sortilège de croissance.

– *Akcelo*, sortit-elle en pointant sa baguette vers le sol.

Aussitôt la plante se développa, grandit et fit tout un tas de beaux boutons. Heureux, les jeunes lâchèrent des cris de joie face à la formule réussie de Zita. Mais la plante continua sa croissance, jusqu'à perdre tous ses bourgeons, en commençant à se tasser, brunir, avant de faner et de disparaître dans un amas terreux. Seul un autre plant était à côté, il ne fallait pas se louper.

– J'vais tenter un truc, annonça Ramania qui voyait que Zita était légèrement tendue après son premier essai.

La jeune brune prit une profonde respiration, se mit dans un état intense de concentration, ferma les yeux et focalisa son esprit sur le sortilège qu'elle allait jeter.

– *Ha brakah dabra*, lança-t-elle alors qu'une gerbe dorée émergeait du bout de sa baguette avant de venir frapper la jeune tige verte qui dépassait à peine du sol.

Le résultat fut immédiat et la plante se transforma en un immense plant de qinah bosom touffu et verdoyant. La tige regorgeait et débordait des bourgeons dont ils avaient besoin pour faire leur fameuse préparation. Les sept sorciers, satisfaits de cette mission réussie, remplirent pleinement le sac à dos de Zita, avant de remonter sur leurs balais et de repartir à l'académie. Arrivant au château, cinq des étudiants firent un crochet par les cuisines pour glaner un morceau à manger, pendant que Zita et Ramania se dirigèrent directement vers leurs chambres, épuisées par les sorts importants qu'elles avaient dû lancer dans la journée.

– Bonne nuit Zita, lâcha Ramania qui laissa son amie devant sa porte et continua de marcher vers la sienne.

À peine le temps de se laver les dents que cette dernière s'était déjà blottie dans son lit. Elle se fit alors la réflexion qu'elle n'avait plus de préparation à base de qinah bosom et que les nouveaux bourgeons étaient restés dans le sac de Zita. Ça devait sûrement être le cas pour les autres, donc elle ne s'inquiéta pas. Vu l'heure qu'il était et la fatigue qui l'assommait, ce n'était certainement pas ce soir qu'elle aurait le courage de retourner voir Zita, puis de sortir le miel, le lait et la bouilloire pour concocter leur fameuse préparation. Et puis, de toute manière, la mixture de la veille devait probablement faire encore effet et tous les protéger. C'est donc rassurée que Ramania s'assoupit dans son lit. Pourtant, contrairement à ce qu'elle avait imaginé, la plante ne faisait plus effet et les rêves se succédèrent tout au long de la nuit, repassant en revue tous les récents événements que la jeune sorcière avait vécus. Jusqu'à ce qu'elle se retrouve dans un rêve tout blanc.

– Qu'est-ce que je fais ici ? se questionna la jeune fille.

Elle savait qu'elle était déjà venue dans cette pièce, mais ne se souvenait pas à quelle occasion. Les souvenirs lui revinrent en tête, lorsqu'en tournant la sienne, elle put apercevoir une porte sur l'un des murs. Soudain lui vint l'idée de regarder sa main avant d'avoir un mouvement de recul en constant qu'elle avait désormais six doigts. Elle prit conscience qu'elle rêvait. Ouvrant la porte, elle se trouva confrontée une nouvelle fois à ce couloir d'alignement de portes se faisant face. Ayant l'impression d'entendre une légère mélodie, elle tourna l'une des poignées sans savoir où elle arriverait.

– Ramania, qu'est-ce que tu fais là ?

Elle regardant autour d'elle, remit sa frange et constata qu'elle était dans le rêve de Sylvain. Les effets du qinah bosom avaient aussi dû s'estomper pour lui. Elle avait atterri en plein milieu d'une estrade, devant des milliers de spectateurs venus applaudir Sylvain qui avait le rôle d'un célèbre chanteur. Ramania, oppressée par la foule qui la huait, courut vers une autre porte.

– Ouch, lâcha Ramania qui venait de chuter de deux mètres de haut avant d'atterrir sur une motte de terre.

Elle n'était pas ressortie par la porte par laquelle elle était rentrée, mais s'était précipitée vers une nouvelle qui était apparue de l'autre côté de l'estrade du concert.

– Où est-ce que je suis ce coup-ci ? se demanda-t-elle.

Ses yeux commencèrent à s'habituer à l'obscurité, elle discernait les éléments qui l'entouraient. Elle était en plein milieu d'une forêt. Ou plutôt, elle était de retour dans les bois ayant hanté ses nuits il y a quelques mois. S'en rendant compte, elle sortit sa baguette et partit en direction de l'endroit où elle savait qu'un drame allait se produire. Au moment où elle entendit les plaintes, les cris, les appels à l'aide de la jeune fille, elle se mit en tête qu'elle allait enfin pouvoir stopper cette tragédie. Mais son rêve commençait déjà à s'estomper. Ramania sentait que si elle ne faisait rien, elle allait se réveiller.

– Concentre-toi, tu peux le faire, se répéta-t-elle.

Mais le temps de se focaliser, le cri avait déjà résonné.

– Nan, pas encore… pas cette fois, se lamenta-t-elle.

Déterminée à en finir avec son rêve, elle se concentra de toutes ses forces pour tenter d'avancer dans la forêt. Elle sentait qu'elle pouvait réussir à retarder le moment d'émerger de son rêve, qu'elle pouvait aller plus loin. Mais c'était plus difficile qu'elle ne l'imaginait, ayant l'impression de faire du sur-place, le sol reculait sous ses pas. Elle clignait des yeux pour atténuer l'obscurité qui commençait à envahir sa vision, comme si elle s'apprêtait à tomber dans les pommes. Et elle avançait. Soudain, d'un seul bon, elle franchit le dernier buisson qui la séparait de la vision du coupable de l'infanticide. Elle pouvait le voir. Il se trouvait juste en face d'elle.

– Nan, hurla-t-elle en s'extirpant de son sommeil.

Peu importe, elle avait enfin pu discerner le visage du sorcier qui assassinait cette jeune fille lui ressemblant. L'homme portait une longue cape rouge sur sa robe de sorcier orangée. Chauve et barbu, son regard était froid. Ramania en était sûre. C'était l'individu qui était venu récupérer du courrier chez ses parents au Nouvel An.

13

COUPABLES ET KORRIGANS

Un mois s'écoula et la décoction faisait son effet. Ramania, qui avait raconté ses rêves à ses amis, n'en avait pas refait depuis qu'ils concoctaient leur breuvage. Mais ce n'était pas le cas de tous les élèves du Rocher.

– Vous avez entendu la nouvelle ? interrogea Sylvain en rejoignant les autres dans une salle de la bibliothèque.

– Nan, mais je sens que tu vas nous l'dire, lâcha Zita en levant la tête du livre de sortilèges qu'elle parcourait.

– Il y a un élève de deuxième année qui aurait aperçu un inconnu dans son rêve qui voulait lui jeter un sort. Il a réussi à se réveiller à temps mais il en a parlé aux profs et il est persuadé qu'il s'agit d'une intrusion onirique. Ils lui ont répondu qu'il s'agissait d'un rêve influencé par tout ce qu'on pouvait lire dans les journaux.

Ramania prit une mine grave face à cette annonce.

– Ça veut dire que le tueur a essayé de refaire le même coup qu'avec Jules, il faut qu'on trouve une solution.

– L'idéal, ça serait de donner du qinah bosom à tous les étudiants de l'académie, proposa alors Sophie.

– J'en ai distribué qu'aux élèves de première année, avoua Zita. Les autres, j'les connais pas, ça serait bizarre.

– J'ai peut-être une idée, lança Stanislas en souriant.

Le soir même, il collait sur les murs une invitation à se réunir tous les matins pour prendre le petit-déjeuner.

– C'est le seul moment où on peut regrouper tous les étudiants sans les profs, se réjouit-il. Le réfectoire est vide tous les matins, ça serait un peu plus cool si on se réunissait tous ensemble. Et ça permettrait de mettre notre potion dans les bouteilles de lait, de café et de jus.

– Niveau consentement, c'est pas terrible, tiqua Sophie.

– C’est vrai, accorda le jeune blond, mais si ça permet de les protéger. Un mensonge salvateur vaut mieux qu’une vérité qui nous mette tous en danger.

Et le lendemain matin, le charme semblait opérer. Plus les journées avançaient, plus les élèves remplissaient le réfectoire pour prendre ce petit-déjeuner entre amis. Les jeunes sorciers avaient réussi leur pari. Désormais, tous les étudiants de l’académie étaient enfin protégés. Ce second semestre, quant à lui, semblait passer bien plus rapidement que le premier. Les examens arrivant à la fin du mois, les enseignements s’intensifiaient un peu.

– Étant donné que nous avons vu tous les sortilèges de défense, nous allons entamer les sortilèges d’attaque, il y en a moins, annonça Taïeb au début du cours.

Les élèves sortirent simultanément leurs baguettes puis les pointèrent en direction d’un mannequin fait de foin.

– Le tout premier à connaître, c’est *projekcio*, expliqua Taïeb pendant que la brindille tenue par le mannequin se mit à voler à l’autre bout de la pièce. Il permet de désarmer votre adversaire et, si vous avez mal visé, peut aussi permettre de le projeter quelques mètres plus loin. Ensuite, vous devez maîtriser *attako*, qui a pour but de blesser votre ennemi, sans pour autant l'occire. Et si tout ça n'a pas l'effet escompté et que le voyou qui vous fait face continue de vouloir vous éliminer, il vous reste à finir la partie avec un sublime *detruo* et *eksplodo*.

Lorsque ces deux derniers sortilèges furent prononcés, le mannequin de foin explosa littéralement dans un nuage de pailles séchées, sous l'étonnement général.

– Mais… c'est un sort pour tuer ça ? souleva Zita en se souvenant de la polémique provoquée par Toulem.

– Non, face à un sorcier, vous réussirez tout au plus à l'expulser à cent mètres avec quelques égratignures.

Néanmoins, certains n'étaient pas encore convaincus.

– Et si on sait que l'attaque est perdue d'avance, il n'y a pas de moyens pour l'éviter sans avoir à se défendre ? questionna Zita qui ne se voyait pas cheffe de guerre.

– Outre le *defendo*, qui permettra de contrer le sort qui vient de vous être jeté, vous avez en effet l'option de la fuite qui reste envisageable. Dans ce cas-là, je vous conseille de lancer un efficace *blindeco*, aveuglant le temps de quelques minutes votre adversaire, avant de lancer un dernier *liko*, qui vous attirera alors en un souffle vers la sortie la plus proche du lieu où vous êtes.

Ramania, ayant toujours le souvenir du cours de Toulem en tête, leva la main pour éclaircir un point.

– Mais du coup, contrairement aux sorts ancestraux, il n'y a plus de sortilèges invoquant directement la mort ?

– Très bonne remarque. Eh bien, voyez-vous, lorsque Divenistof s'est attelé à la rédaction de son manuel, il a pris la décision de ne pas traduire certains sortilèges, notamment ceux liés de près ou de loin à la magie noire. Il avait ainsi l'espoir de partir sur des bases plus saines.

Le cours étant arrivé à sa fin, les élèves prirent leurs affaires et partirent gentiment, pendant que Taïeb lança un dernier *rekonstruo* pour reformer le cobaye de paille.

Le vendredi, une fois la leçon de Nakashe terminée, le groupe des sept sorciers se retrouva près du potager.

– J'ai découvert quelque chose, annonça Ida aux autres. En interrogeant le Kodeo, j'ai appris qu'il y avait une tour de téléportation pas loin d'ici, dans la ville de Fougères.

Les jeunes s'observèrent, connaissant un peu l'endroit.

– Que peux-tu nous dire sur le beffroi de Fougères ? demanda Ida en ouvrant la première page de son livre.

Soudain, contre toute attente, le livre qui se composait jusqu'alors de pages blanches se remplit d'inscriptions.

– D'après ce que je lis, on y trouverait des korrigans qui gardent la cloche ensorcelée du beffroi. Si on réussit leur défi, ils peuvent nous emmener là où on le désire, même si nous n'savons pas exactement où ça s'trouve, dit-elle.

Peu convaincu, le groupe décida de suivre Ida le soir même et en peu de temps, ils étaient déjà dans les nuages. Une fois sur place, ils prirent l'escalier qui donnait accès au jardin de la maison accolée au beffroi, le traversèrent, puis forcèrent la grande porte en bois.

– La vache, qu'est-ce qu'il fait sombre ici, grommela Marcelin en allumant le bout de sa baguette magique.

À l'aide des balais et siège volants, ils prirent leur envol jusqu'à arriver dans la partie supérieure du beffroi, évitant ainsi les escaliers, délaissés depuis des années. Face à eux, un spectacle plutôt improbable se déroulait. Une dizaine de korrigans, des petits lutins au teint vert, aux yeux marron et noirs, coiffés de chapeaux rapiécés, étaient en train d'accomplir une ronde, dansant et chantant, sur les lattes de bois qui entouraient la cloche. D'un seul coup, l'un d'eux repéra les sorciers et s'arrêta net, coupant dans leur élan tous les autres korrigans.

– Qui êtes-vous ? Pourquoi venez-vous nous déranger ?

Ramania, voyant qu'Ida était devenue rouge écarlate, décida d'expliquer la raison de leur venue au beffroi.

– Nous avons entendu dire que vous pouviez nous transporter là où nous avions besoin d'aller, dans des endroits pouvant, par exemple, apporter des réponses.

Le korrigan la fixa en se grattant son oreille pointue.

– Mouais, lâcha-t-il, ça va le faire pour cette fois. Comme toute chose a un prix, il faudra répondre à une énigme. Si vous réussissez, vous irez dans l'endroit qui vous offrira une réponse que seul le futur connaît. Mais si vous échouez, nous vous enverrons là où le temps n'existe pas et où votre unique ami sera votre voix.

Les sept sorciers se jetèrent des regards, comprenant que l'enjeu était énorme et qu'il n'y avait pas de marche arrière possible. Faisant simultanément un hochement de tête, le korrigan, sourit et posa alors son énigme.

– On peut en compter deux dans l'heure, mais aussi deux dans la journée. On en voit deux dans la semaine et toujours deux dans l'année. De quoi puis-je bien parler ?

Les sorcières se scrutèrent en cherchant de l'aide dans les yeux de leurs amis. Les méthodes de réflexion étaient différentes pour chacun. Marcelin et Ida avaient le regard perdu au loin, pendant que Stanislas et Sylvain répétaient inlassablement la devinette dans leur tête. Sophie, Zita et Ramania la détaillaient à voix basse, entre elles, en espérant ainsi trouver une solution commune.

Les korrigans énonçaient chacun à leur tour le décompte qui filait au fil des secondes. Plus le temps passait, plus les petites créatures se rapprochaient.

– Je crois que je l'ai, annonça soudain Sophie. Ce n'est ni une personne ni un événement, c'est une lettre, je crois. Les mots année, heure et journée contiennent, tous les trois, deux fois la lettre E. C'est donc la lettre E !

– Dommage, lâcha le korrigan qui feignait une moue.

Tout le groupe retint son souffle, ne sachant pas où ils atterriraient si la réponse de Sophie était erronée.

– C'est pas ça ? demanda Sophie en se décomposant.

– Ah si. C'est juste dommage pour nous, ricana le lutin.

Le groupe, ayant donné la bonne réponse, pouvait voyager. Le korrigan qui avait posé l'énigme déclara qu'ils disposeraient d'à peine cinq minutes pour explorer le lieu où ils atterriraient, avant d'être automatiquement renvoyés au Rocher Portail : « *là où de jeunes étudiants devraient se trouver à cette heure si tardive* ».

Tous les petits êtres se rassemblèrent autour de la cloche, puis se mirent à tourner autour en sautillant, en dansant joyeusement et en scandant une incantation.

– *L'an 1306 et 1308 me firent faire les bourgeys de Fougères et me nomma Rolland Chapelle*, scandaient-ils.

Sylvain se tourna vers Ida, frappé d'incompréhension.

– C'est ce qui est écrit sur la cloche, chuchota-t-elle. Rolland Chapelle, c'est comme ça qu'ils l'appellent.

Au même moment, un vent violent et chaud frappa l'intérieur du beffroi, emportant sur son passage les sept sorciers qui tentaient de se rattraper les uns aux autres. En ouvrant les yeux, ils n'étaient plus en haut de la tour.

– On est où exactement ? demanda Stanislas en parlant tout bas. Quelqu'un a déjà vu cet endroit dans sa vie ?

Ils venaient d'atterrir dans une pièce sombre en pierre et décorée de tapis et de meubles prestigieux. Les lumières sortant de leurs baguettes, ils parvinrent à distinguer des épées, des hallebardes, des armures et des boucliers exposés sur des socles de verre et d'acier.

– J'crois qu'on est dans l'une des demeures de Gilles de Rais, expliqua Ida en éclairant au loin l'écriteau fixé sous le tableau d'un homme brun, barbu, à la coupe au carré.

– Gilles de qui ? demanda Stanislas qui fixait le portrait.

Ida s'apprêtait à sortir le Kodeo de son sac pour en savoir plus, quand Ramania lut une autre plaque dorée.

– Gilles de Rais, baron-chevalier né et mort dans les Pays de la Loire, est entré dans l'Histoire en combattant avec Jeanne d'Arc, réussissant à lever le siège anglais d'Orléans avant d'être promu maréchal de France en 1429. Il tomba en disgrâce après les 141 sacrifies qui devaient lui permettre d'obtenir des pouvoirs magiques.

– On est donc dans la demeure d'un miyog qui rêvait de devenir sorcier et qui est tombé dans la magie noire, résuma Marcelin face au portrait de l'alchimiste Prelati.

– Je pense surtout qu'on est dans un musée, confia Zita en voyant toutes ces plaques, ces objets sous vitrines et ces portraits encadrés à côté de notes explicatives.

– Et que quelqu'un vient juste de passer avant nous…

Face à Sophie, une plaque en cuivre semblait désigner l'endroit où se trouvait l'athanor noir du baron. Cet instrument d'alchimiste, sorte de fourneau magique, se fit connaître dans la confection de pierres philosophales, mais aussi au sein de divers rituels de magie noire, avec notamment l'extraction de sang et d'âmes humaines.

– Si celui que nous cherchons est en quête de pouvoirs magiques, il a désormais les moyens de les avoir. Il va falloir qu'on le trouve, et d'urgence, annonça Ramania.

Au moment où elle s'approcha de l'athanor pour tenter de glaner des indices, tout le groupe fut aussitôt ramené de force à l'académie. Les cinq minutes étaient finies.

Le reste du week-end, les jeunes tâchèrent d'éclaircir tout ce qu'ils avaient pu découvrir dans ce musée.

– J'imagine que si les korrigans nous ont envoyés là-bas c'est qu'il y a un lien avec Gilles de Rais, théorisa Zita.

– Un descendant peut-être ? proposa Sylvain.

– Ou un gérant du musée un peu trop fasciné par son histoire ? tenta une nouvelle fois la petite brune.

– Et quel aurait été l'intérêt pour lui de voler l'athanor qui s'y trouve ? la rembarra Sophie.

– Rien ne nous dit qu'il a été volé, précisa Sylvain.

– Il y a peut-être plusieurs coupables, suggéra Marcelin.

Soudain, Ida débarqua avec un journal à la main.

– Nous avions raison, dit-elle essoufflée.

La première page qu'elle tendait illustrait un bel athanor en pierre avec, derrière, des alambics en verre. Le titre annonçait qu'il avait été dérobé la nuit dernière.

– Nous n'avons plus le choix, déclara Ramania. Ce n'est plus après la plante qu'il faut courir, mais le coupable.

Au cours des moments libres de la semaine, entre les enseignements et le début des révisions, le petit groupe commençait à mettre en place un plan pour découvrir le ou les responsables derrière les comas éternels et le vol. Zita avait emprunté une dizaine de livres sur diverses affaires judiciaires sorcières, et Stanislas avait acheté des polars grâce à un service de ventes par correspondance magique effectué par des corbeaux plutôt costauds.

Mais ils en venaient à la même conclusion : avant d'enfin trouver un coupable, il fallait comprendre son mobile.

– Pourquoi cibler ces personnes ? Et pourquoi de cette manière ? questionna à voix haute Zita en tenant divers journaux relatant toutes les victimes dans cette affaire.

– Il faut essayer d'voir s'il a un mode opératoire précis, ou s'il s'inspire d'un autre criminel, proposa Stanislas.

Le groupe continua de se poser des questions, espérant y voir plus clair, au moment où ils entrèrent en classe.

– Et si c'était juste un sorcier ? interrogea Ida tout bas.

– Qu'est qu'il ferait avec un athanor ? releva Marcelin.

Sharansky entra dans la pièce, posa sa tasse de café sur la table, et commença aussitôt son enseignement.

– Aujourd'hui, nous allons parler des miyogs, annonça-t-il en dépliant devant ses étudiants l'édition du matin.

La une annonçait qu'une nouvelle victime avait été retrouvée inconsciente dans la ville de Vannes, précisant que l'enquête semblait se tourner de plus en plus vers la piste d'un seul criminel sorcierophobe d'origine miyog, toutes les attaques étant commises sur des sorciers.

– Pour commencer, est-ce que quelqu'un peut me dire à quand remonte cette haine entre sorciers et miyogs ?

– Au Moyen Âge ? tenta Ramania en levant la main.

– C'est vrai qu'on a cette image des mages brûlés sur d'immenses bûchers mais, en réalité, c'est bien plus vieux, commença à expliquer le professeur Sharansky. Il fut un temps où les sorciers vivaient unis et rassemblés au sein d'une seule et même contrée. Après quelques siècles, ils furent attaqués par des armées ennemies, leurs terres furent brûlées, leur Temple fut détruit.

– Simplement parce que nous étions des sorciers ? demanda Marcelin, révolté par la situation historique.

– Par peur, mais aussi par jalousie, les rois voisins nous craignaient tout autant qu'ils enviaient notre magie. Les terres des sorciers ayant été volées, nombreux d'entre eux furent contraints de s'exiler à travers le monde, pendant qu'une autre partie fut déportée jusqu'aux différentes régions du royaume babylonien.

– C'est pour ça que les chanteurs de reggae s'attaquent à Babylone dans leurs sons, chuchota Sylvain à Ida.

– En 1795 avant notre ère, une fois les sorciers arrivés à Babylone, le roi babylonien fit rédiger sur une immense stèle en basalte 282 lois, dont certaines interdisaient la pratique de la magie et de se revendiquer sorcier. Cette pierre noire sera appelée le Code de Hammurabi et marquera les premières persécutions issues des miyogs. Plus tard, ce sont les Romains qui s'attaqueront à ce qu'il restait de notre royaume, détruisant nos dernières villes, nos derniers monuments, entraînant la fuite de la quasi-totalité des sorciers sur toute la surface du globe.

– Et c'est pour ça que nous retrouvons des mages dans différents pays du monde aujourd'hui ? demanda Zita.

– Exactement, acquiesça Olivier Sharansky. C'est ce que les historiens de la magie nomment la *granda diasporo*. Depuis cet événement majeur, les relations entre magiciens et miyogs n'ont jamais cessé d'être tendues et compliquées, empêchant toute paix. Notre histoire fut dès lors marquée par les massacres, les lynchages, les pogroms, les condamnations, le rejet. Du 12e au 17e siècle, on parlera même de chasse aux sorcières pour parler de cette traque et de ces massacres. En plus de modifier notre rapport à la société, cette période modifiera aussi nos coutumes vestimentaires, puisqu'à partir de 1215, le chapeau pointu, aussi nommé pileus cornutus, est alors imposé à tous les mages pour que les miyogs puissent les reconnaître dans la rue. C'est à cette époque qu'apparaîtront les caricatures de sorcières au nez crochu et de sorciers à la barbe pointue. Et cette représentation nauséabonde n'a pas encore totalement disparu de la culture populaire des miyogs.

– Ils ont vraiment honte de rien, chuchota Marcelin.

Ramania n'en revenait pas. Elle n'avait jamais vraiment fait le lien entre toutes ces images stéréotypées de sorcières qu'elle pouvait voir à Halloween, et la triste histoire des siècles de massacres à laquelle ça renvoyait. Sophie, assise juste à côté d'elle, leva alors la main.

– Comment ça s'fait, malgré cette chasse aux sorcières, qu'il reste des communautés magiques en Bretagne ?

– En 1236 ont lieu des massacres bretons coûtant la vie à plus de 3000 mages de la région. Leurs livres ont été brûlés, leurs maisons pillées et tous les mages sur le chemin des croisés ont été massacrés, peu importe leur âge ou leur genre. Les seules localités où ils furent épargnés sont les zones hors du contrôle direct de Jean le Roux, comme Fougères, dont le seigneur Raoul s'était rebellé contre le duc, et le comté de Penthièvre, fief breton allant de Saint-Malo jusqu'à Saint-Brieuc.

– Mais tous ces massacres n'ont jamais été punis ? questionna Marcelin qui commençait à s'offusquer.

– Malheureusement non, répondit Sharansky. Le 10 avril 1240, Jean le Roux, duc breton, ordonne l'expulsion immédiate des mages de tout le duché, ainsi que l'interdiction de les accueillir sur les seigneuries. L'ordre d'expulsion précise que « *Personne ne sera accusé ou mis en jugement pour avoir tué un mage avant ce jour* », laissant la boucherie de 1236 totalement impunie. Les mages se réfugieront donc, pour ceux qui réussissent à fuir, à Fougères, dans le comté de Penthièvre et dans la forêt de Brocéliande, sous la protection des druides.

– Ils ne peuvent pas fuir en France ? demanda Audrey.

– En France ils ne sont pas plus acceptés et la pandémie de peste noire de 1347 à 1351 n'arrange pas les choses. Par exemple, le 14 février 1349, 2000 mages seront brûlés vifs sur la grande place de Strasbourg. Dans le monde ce n'est d'ailleurs pas mieux. Débutent en 1391 les grandes persécutions de mages en Catalogne, à Valence et dans les îles Baléares. 70 000 mages sont contraints de fuir le pays, trouvant refuge dans tout le Maghreb, aux Pays-Bas et dans l'Empire ottoman.

– Mais il y a eu des mages qui se sont battus pour la France au cours des siècles, ajouta Ramania perplexe.

– En effet, mais ça n'aura pas duré très longtemps. On pense notamment à un miyog passionné par la magie, Gilles de Rais, qui décida en 1429 d'accompagner la célèbre Jeanne d'Arc. Mais le 30 mai 1431, Jeanne d'Arc est brûlée pour sorcellerie à Rouen par les Anglais. Et le 26 octobre 1440, c'est au tour de Gilles de Rais d'être lui aussi pendu et brûlé à Nantes, toujours pour sorcellerie.

Arrivant là où elle voulait en venir, Ramania put donc poser une question sur ce qu'elle avait pu voir dans la demeure de Gilles de Rais, il y a une semaine à peine.

– Quand vous dites que c'est un miyog passionné par la magie, ça veut dire qu'il était capable de la pratiquer ?

– Non et c'est pas faute d'avoir essayé, dit Sharansky. Comme vous le savez déjà, seuls les sorciers peuvent pratiquer la magie. Mais ça n'a pas empêché des tas de miyogs de tenter, à travers divers rituels obscurs, de récupérer les pouvoirs de sorciers, parfois enfants.

– Il faisait ça avec des potions ? demanda Zita curieuse.

– Nan, pour extraire la magie du corps d'un sorcier, les alchimistes avaient recours au même instrument qui permettait de confectionner la pierre philosophale, une sorte de petit fourneau appelé athanor. Au sein de celui-ci, on pouvait chauffer et transformer la matière, et sur sa surface, on pouvait récupérer le sang et les larmes des sorciers, dans lesquels la magie était supposée être. Le rapport au sang a toujours été important au cours de l'histoire dans toutes ces pratiques de magie noire, c'est là qu'est censée couler l'âme des êtres vivants. C'est d'ailleurs pour ça que certaines religions retirent au préalable le sang de leur viande avant de la manger.

– Alors qu'il suffirait d'être végé', grommela Sophie.

– Bon, sur ce, il va être l'heure de vous laisser, annonça Olivier Sharansky. On se retrouve jeudi prochain pour la suite du cours sur le Moyen Âge. Et dans deux semaines, nous parlerons Renaissance et mages devenus pirates.

– *Yoh, oh, oh, et une bouteille de rhum*, chanta Sylvain.

La journée du samedi, un soleil agréable sut convaincre les étudiants de se poser dans l'herbe pour réviser. La bibliothèque étant fermée le week-end, même Ida les avait rejoints pour ce potassage improvisé. Seule Sophie manquait à l'appel, personne ne savait dire où elle était. C'est à cet instant qu'elle débarqua tout heureuse.

– Venez voir, lança-t-elle, j'ai un truc à vous montrer.

Ramania et Zita la suivirent, pendant qu'Ida et Sylvain roucoulaient sur l'herbe, et que Stanislas et Marcelin étaient pris dans un féroce débat pour savoir s'il fallait mettre les céréales avant ou après le lait.

– Regardez-moi cette beauté, annonça la jeune blonde.

Mais les deux filles avaient beau plisser les yeux et chercher dans le potager, elles ne comprenaient pas ce que leur amie essayait de leur montrer.

– Ah oui, mince, j'ai oublié, s'excusa-t-elle.

Résonna aussitôt un « *ombrado* » et un jeune pied de qinah bosom fit alors son apparition devant leurs yeux ébahis. Un pied ici, au cœur du potager de l'académie.

– Comment t'as fait ? sonda Ramania fière de son amie.

– Les bourgeons qu'on a récupérés sur la baie du Grouin, j'ai réussi à en faire pousser un en extérieur. Avec une pointe de magie et un peu de terre venant de la nouvelle taupinière qui est apparue il y a deux semaines, j'ai réussi à faire pousser ce joli bébé. Ensuite j'ai jeté un sortilège de dissimulation, comme ça seuls ceux qui savent où elle est peuvent la retrouver.

– Tu réussiras toujours à m'épater, s'amusa Ramania.

Les deux sorcières se mirent à plaisanter ensemble, retournant gentiment voir le reste du groupe et laissant leur amie s'occuper du pied qu'elle bichonnait. Mais les rires cessèrent aussitôt qu'un cri strident se fit entendre.

– Ça venait du potager, s'affola Ramania. Sophie !

En revenant à l'endroit où se trouvait leur amie, elles aperçurent un homme grand, chauve, avec un bouc grisonnant, qui braquait sa baguette sur la jeune blonde. Dégainant la leur, elles se mirent à la pointer vers l'intrus avant que celui-ci ne jette des sorts dans leur direction.

– Qu'est-ce qu'il se passe ? s'écria Stanislas qui arrivait avec les autres. On a entendu un cri qui venait d'ici.

Les sorciers se joignirent aux salves d'*eksplodo*, sortant de tous les coins du potager, qui fusaient sur l'inconnu. Sharansky, Taïeb et Bourrier débarquèrent à leur tour, alertés par les éclairs lumineux provenant de l'enceinte de leur établissement. Prêtant main-forte aux élèves, ils réussirent à faire fuir l'intrus qui se sauva dans la taupinière, suivi presque aussitôt par les professeurs.

– C'était qui ça ? lâcha Zita encore sous le choc.

– Vous vous rappelez du sorcier qui revient dans mes rêves pour tuer un enfant ? C'était lui, annonça Ramania sans trop comprendre ce que ça impliquait.

Sophie était bouleversée, éclatant en sanglots face au pied de qinah bosom réduit en cendres par un sortilège.

– Vous pensez qu'il savait quelque chose ? demanda-t-elle d'un air perdu. Et si c'était lui le responsable de tous ces comas, je suis sûre que c'est ce qui est arrivé à Jules.

– Depuis l'début, ça serait un sorcier ? s'interrogea Ida.

– Vous n'avez pas retenu ce que racontait Sharansky ? interpella Zita. Cet homme ne peut pas être le coupable sur qui on enquête si c'est un miyog qui a volé l'athanor.

– Alors, qui était cet intrus et que voulait-il ? demanda Ramania. Et pourquoi il apparaît dans mes rêves, lançant un sort mortel à une représentation enfant de moi ?

Les autres se mirent à réfléchir, cherchant une réponse.

– Soit ton cerveau essaye de t'faire passer un message, soit l'miyog que nous traquons a un complice sorcier. Il y aurait donc deux coupables à débusquer, exposa Sophie.

Marcelin avança alors son fauteuil au milieu du groupe.

– Ça veut donc dire que si on découvre l'identité du sorcier, on pourra mettre la main sur son complice et l'arrêter avant qu'il réalise son projet. Et je crois peut-être savoir où nous pourrions dénicher ces informations.

C'est ainsi que le dimanche matin, à l'heure où le Rocher Portail était encore plongé dans un profond sommeil, les sept amis partirent dans les airs pour rejoindre ce fameux endroit auquel Marcelin pensait et où ils pourraient trouver des renseignements sur le magicien recherché : les archives de la police magique. Ces dernières se trouvaient à Redon, dans l'ancienne succursale de la Banque de France qui, comme pour Fougères, avait été réaffectée par les sorciers lorsque la fermeture fut annoncée le 28 juin 1990. Huit ans plus tard, les archives de la police magique y furent stockées.

– Bon, qui veut y aller ? demanda Marcelin. Il ne reste pas assez de poudre d'invisibilité pour tout le monde, donc il va falloir nous séparer en deux groupes distincts.

La pression était immense, puisqu'il fallait envoyer au moins trois des jeunes sorciers dans ce bâtiment qui, malgré le calme de ce dimanche matinal, était sûrement truffé d'une multitude de sécurités pour le protéger.

– Je me dévoue, annonça Ramania en confiant son sac, suivie aussitôt après par Sophie et Stanislas.

Mais en s'approchant de l'édifice, plutôt que de devoir trouver une solution pour escalader discrètement le grand portail en ferraille, les trois jeunes sorciers furent étonnés de le voir ouvert sans pièges supplémentaires.

– Peut-être que les coupables sont arrivés avant nous ? proposa alors Stanislas en avançant prudemment.

– Comme s'ils avaient eu la même idée, douta Sophie.

Mais en cheminant, ils constatèrent que l'intérieur du bâtiment était gardé par deux policiers magiques, laissant supposer que personne n'était passé avant eux.

– Maintenant, annonça Ramania en saupoudrant une pincée de poudre d'invisibilité sur le bout de sa langue avant de sortir du buisson derrière lequel elle se cachait.

Les trois étudiants étaient désormais invisibles et purent passer sans encombre devant les agents en uniforme. Faisant attention à bien rester discrets, ils foncèrent vers les sous-sols, dans la salle où étaient classées toutes les archives de l'administration magique.

– Comment tu sais où ça se trouve ? interrogea Sophie.

– Ils organisaient des portes ouvertes avec les écoles.

Au moment de pousser la porte de la salle inférieure du bâtiment, ils eurent un mouvement de recul et se plaquèrent tous les trois en arrière, contre le mur blanc.

– Jansac est furieux, il est sûr de la piste qu'il suit, mais rien ne confirme sa théorie. Il attend un indice…

Deux policiers magiques venaient de passer à quelques centimètres de Ramania, qui retenait alors son souffle. La poudre d'invisibilité semblait faire effet. Les policiers n'avaient même pas remarqué leur présence et encore moins que la porte n'avait pas eu le temps de claquer, Sophie ayant tendu la main juste à temps pour la retenir. Ils n'étaient pas totalement arrivés dans les archives de la police que, face à eux, un immense coffre se dressait.

– J'pense que ça ne vaut même pas l'coup d'essayer de l'ouvrir à la main, déduisit Sophie en auscultant la porte.

– Le mieux, ça serait de combiner nos forces, proposa Stanislas en sortant sa baguette magique de sa poche. Ramania, tu t'occupes du sortilège qui protège la porte. Sophie, tu essaies de forcer la serrure. Et simultanément à vos sorts, je vais tenter de tourner la grande roue qui bloque la porte, avant de l'attirer vers nous pour ouvrir.

La pièce fut alors rapidement emplie des incantations « *ombrado* », « *malfermo* », « *turno* » et « *altiro* » qui étaient répétées en boucle, avec force, par les sorciers. La pièce s'éclairait des étincelles sortant des baguettes, jusqu'à ce que la sécurité finisse par lâcher, ouvrant la porte et donnant enfin accès aux archives policières.

– Je ne m'attendais pas à autant de paperasse, lâcha Stanislas à la vue de tous les cartons empilés devant eux.

La tâche allait s'avérer bien plus compliquée que ce que les trois sorciers n'avaient pu imaginer. Ils se mirent à chercher de façon aléatoire, scrutant toutes les photos agrafées en haut des dossiers, espérant apercevoir le crâne chauve et le bouc de l'intrus du Rocher Portail. Tout d'un coup, Sophie eut une illumination.

– J'crois savoir où chercher. Il y a quatre mois, avant de fouiller chez Montrigas, la police parlait d'un fou ayant tué sa fille dans le Trégor. Et si c'était pas Mandrinus ?

Pas une minute n'était à perdre et les jeunes sorciers se mirent aussitôt à chercher un document qui pourrait les aider, inspectant la moindre inscription sur les cartons.

– Je crois que j'ai quelque chose, annonça fièrement Sophie en exhibant un carton poussiéreux.

Sur ce dernier, on y distinguait à peine la mention de la région Trégor peinte en lettres dorées sur le devant du carton. Ramania s'empressa de parcourir l'intérieur. Feuilletant rapidement tous les dossiers, la jeune brune ne prenait même pas la peine de les sortir, puisque la photo des accusés se trouvait en haut de chaque feuille. Soudain, elle s'arrêta net, tirant le feuillet d'un trait.

– Je l'ai ! s'écria-t-elle en montrant le dossier archivé à ses deux amis qui avaient arrêté de chercher. C'est l'homme que j'ai vu dans mon rêve la dernière fois !

Mais au même moment, un grand bruit se fit entendre. Stanislas, Sophie et Ramania sursautèrent. La grande porte métallique qu'ils avaient réussi à ouvrir venait tout juste de se fermer, les piégeant dans la salle d'archives.

– Qu'est-ce qui se passe ? s'inquiéta Ramania.

À peine avait-elle posé la question que de l'eau se mit à sortir du sol, grimpant peu à peu jusqu'à leurs genoux.

– Faut qu'on trouve une sortie, annonça Sophie affolée.

Mais Ramania avait beau chercher du regard partout dans la pièce, elle ne voyait pas par où ils pourraient s'enfuir et échapper au funeste destin qui les attendait. Sa phobie de l'eau commençait à ressurgir. En à peine quelques minutes, la pièce était presque entièrement submergée, seul un petit espace subsistait encore au niveau du plafond, laissant tout juste de quoi émerger leurs visages à la surface pour tenter de respirer. Elle commençait à sentir sa poitrine se compresser, l'eau venait d'atteindre le haut du plafond de la pièce, elle savait qu'il ne lui restait plus qu'une poignée de minutes avant de s'évanouir, le liquide envahissant ses poumons. Les battements rapides de son cœur résonnaient dans ses tempes, pendant que les frissons parcouraient son échine. Chaque muscle de son corps se contractait, ses mains cherchaient vainement un endroit où s'accrocher.

Puis Ramania relâcha l'étagère qu'elle avait empoignée, ferma ses paupières et laissa son corps inerte sombrer, ressentant à peine le courant qui l'aspirait.

– Ramania ? Ramania, réponds-moi, s'écriait Sophie.

La jeune brune commençait tout juste à émerger lorsqu'elle entendit Marcelin proposer de lui mettre des claques pour la réveiller. Elle se dépêcha d'ouvrir les yeux avant qu'il ne mette à exécution sa technique, se releva brusquement pour évacuer l'eau qui s'était immiscée dans ses poumons et qui lui brûlait la gorge.

– Qu'est-ce qu'il s'est passé ? lança-t-elle aux autres.

– L'ancienne banque dispose d'un système qui permet de noyer la salle des coffres en quelques minutes. C'est pour ça qu'elle est située en dessous du niveau du ruisseau du Thuet, canalisé sous la rue. Stanislas a réussi à lancer un sortilège *liko*, qui vous a permis de vous échapper par les égouts où on vous a récupéré, expliqua Sylvain en se bouchant encore le nez. Et vous, vous avez réussi à trouver quelque chose d'intéressant ?

Ramania se souvint alors du dossier qu'elle avait trouvé et de l'eau qui l'avait très certainement endommagé. Elle n'avait eu le temps de voir que la photo de l'homme chauve qui figurait sur la fiche et espérait que le papier n'était pas devenu illisible pour savoir où se cachait le sorcier recherché. Ressortant le dossier de l'intérieur de sa veste, elle fut étonnée de le voir à peine mouillé.

– Comment ça se fait qu'il soit aussi sec ?

– Petits, quand on faisait la visite scolaire des archives, les employés administratifs expliquaient qu'ils jetaient des sorts d'imperméabilité sur les documents officiels, précisa Marcelin. Ça permet de protéger les fiches. C'est le même sort qu'utilise ma mère pour ses tissus.

– Oh, toi aussi t'as fait la visite ? s'amusa Stanislas.

Zita coupa les deux jeunes pour savoir ce que son amie, qui feuilletait en face d'eux le dossier, avait trouvé.

– Bon, tu trouves quelque chose sur notre intrus ?

– Le sorcier qu'on cherche s'appelle Haman. Et il habite là où vit ma tante… celle qui a tué mon grand-père.

14
LE PLAN B DE DOUARNENEZ

15 jours passèrent après cette découverte, sans que Ramania et ses amis aient le temps de rendre visite à sa tante. Cela arrangeait la brune qui appréhendait ce face-à-face avec celle qui l'avait privée du bonheur de pouvoir prendre dans ses bras son grand-père maternel. Le reste du groupe était plus motivé pour résoudre cette affaire, mais les deux dernières semaines de cours et la préparation d'examens finaux accaparaient leur temps.

– Vous m'en voyez flatté d'être le dernier professeur que vous verrez durant cette année scolaire, fanfaronna Sharansky au début de son cours d'Histoire de la magie. Comme promis, nous allons terminer le programme avec les relations entre miyogs et mages après le Moyen Âge.

Ramania était à la fois heureuse et attristée de se dire que ce cours – certainement son préféré s'il ne fallait en garder qu'un –, serait l'ultime de cette première année scolaire riche en apprentissages à l'académie de magie.

– À partir de 1500, la traque des sorciers par les miyogs commença à s'intensifier, poussant ces derniers à renoncer à l'utilisation de la magie, à mourir, ou à fuir, expliqua Sharansky en notant les dates avec sa baguette. De nombreux mages prirent alors la mer en direction du Nouveau-Monde, s'installant dans les Caraïbes, avec une présence importante en Jamaïque et sur la fameuse île de la Tortue, aussi nommée Tortuga, avant de rejoindre, plus tard, ce qui deviendra les États-Unis d'Amérique. Mais cette soif de se rebeller par la piraterie prit également forme en Méditerranée, avec notamment un pirate ottoman d'origine espagnole, désireux de venger les massacres perpétrés par l'Espagne. Sinan Reis, appelé Sinan le magicien par son équipage, il était le capitaine du navire d'un autre célèbre pirate, Khizir Khayr Al-Dîn, plus connu sous le nom de Barberousse.

– La fusion pirate-sorcier, j'aime trop, chuchota Zita.

– Et ce type de résistance, bien que minoritaire, semble fonctionner à son échelle, reprit Sharansky. En 1538, Sinan réussit, lors de la bataille de Prévéza, à détruire une grande partie de la flotte espagnole. Vers 1550, il fut même gouverneur d'Alger, avant de terminer kaptan pacha, titre donné au commandant de la flotte turque. La rencontre entre la piraterie et la magie ne s'arrête pas ici, puisqu'on retrouvera quelques décennies plus tard deux autres pirates, sous pavillon marocain cette fois-ci, les frères Samuel et Joseph Palache, avec cette même volonté de récupérer l'or des navires espagnols…

– On peut dire que les pirates ont été des alliés des sorciers persécutés, proposa Sylvain en levant la main.

– Tous les pirates ne sont pas du côté des mages. C'est ce que constatera Gracia Mendès Nassi, une riche mécène magicienne, qui achètera des terres au sultan ottoman pour accueillir les mages persécutés. Cette tentative de recréation d'un foyer échouera, le premier bateau migrant étant arraisonné par des pirates, ses passagers se feront dépouiller et massacrer, ne touchant jamais la terre tant espérée qui devait enfin les protéger. Les années qui suivirent ne furent pas meilleures pour les mages. De 1560 à 1630, c'est l'apogée des massacres sorciers en Europe, avec plus de cent mille condamnés à mort sur des bûchers individuels ou collectifs en public. Cette période modifiera profondément certaines de nos pratiques n'étant, à l'époque, pas encore encadrées. Par exemple, en 1609, Domingina Maletena, une sorcière basque d'Hendaye, est condamnée à mort pour avoir fait un bond d'une distance de dix kilomètres. Après cette sentence, et dans le but de protéger les nôtres, le vol en balai, beaucoup plus discret, se répandra auprès des sorciers qui abandonneront le vol par sauts, bien que celui-ci restât populaire au cours de ce siècle.

– Comme avec Mathurin Trullier, compléta Sophie.

– Exactement, répondit Sharansky impressionné. Je vois que vous avez quelques références historiques. Après l'arrestation de Mathurin en 1642, le voyage par bond magique sera totalement abandonné, étant devenu trop dangereux. S'en suivra un débat concernant le mode de transport le plus sécurisé pour voler et le moins voyant.

– Mais s'ils avaient déjà cette faculté de voler, pourquoi n'ont-ils pas fui en dehors de l'Europe ? Et pourquoi aucun miyog ne les protège ? Il y avait bien des familles mixtes à cette époque, demanda Ramania.

– Parce que ce n'est pas mieux en dehors de l'Europe, encore moins au sein des familles mixtes, y compris celles où les enfants n'avaient pas de pouvoirs. Prenons le cas de Francisco Maldonado de Silva, fils d'un mage se cachant et d'une mère miyog. Il sera dénoncé par ses deux sœurs et brûlé vif à Lima, au Pérou, avec dix autres mages. Convaincu qu'une paix était possible entre les sorciers et les miyogs, il tentait de convaincre chaque personne qu'il croisait sur son chemin. Il était si motivé que même lors de son incarcération dans un donjon, il trouva le moyen de s'introduire dans les cellules voisines pour persuader les prisonniers enfermés qu'une paix entre les deux mondes était encore possible, les mages n'étant pas les monstres décrits par les autorités miyogs.

Quant aux mages ayant trouvé refuge au Brésil, leur sort fut similaire, comme celui d'Isaac de Castro Tartas, arrêté au Brésil puis amené à Lisbonne pour y être brûlé vif le 15 décembre 1647, avec 34 mages, sur la Place du Palais, juste en face des appartements de la Reine.

Stanislas leva la main, tout en fronçant les sourcils.

– Je ne comprends pas comment le Brésil a pu passer d'un pays qui brûle ses mages à une nation ayant sur son territoire l'une des plus belles académies de magie ?

– En 1654, peu de temps après ces exécutions de mages, des navires hollandais débarquent et s'installent au Pernambouc, à l'est du Brésil, apportant avec eux de nouveaux sorciers fuyant les répressions européennes. Leur liberté de pratique de la magie ne sera accordée qu'en 1810, permettant ainsi à de nouveaux sorciers de fuir en direction du Nouveau Monde. Les mages venant d'Afrique du Nord viennent s'installer après 1810, à Pernambouc, Bahia et en Amazonie, suivis des mages d'Europe de l'Est en 1881, fuyant les massacres dont ils sont victimes juste après l'assassinat du Tsar. La petite communauté magique s'agrandit et se renforce jusqu'à l'ouverture, quelques décennies plus tard, de l'académie de magie de Campos de Jordao, à deux cents kilomètres de la ville de São Paulo. Dans cette dernière, vous pouvez contempler, depuis juillet 2014, une réplique parfaite et grandeur nature du fameux Temple qui a été détruit il y a des millénaires par le roi babylonien.

Stanislas se tourna alors vers Ramania, Sophie et Zita.

– J'ai un cousin qui a fait un échange scolaire avec cette académie et il paraît qu'ils ont une sirène qui leur donne des cours de natation dans le château, je trouvais ça fou.

Ramania, qui n'écoutait pas vraiment Stanislas, tenta une nouvelle fois de voir si une autre voie historique avait existé pour les enfants issus de couples mixtes.

– Mais monsieur, peut-être que les enfants demiyogs s'en sortaient mieux, protégés par les deux camps ?

– Désolé de casser tes espoirs… mais non. En Belgique, de l'union d'une sorcière bienveillante et d'un miyog, naquit la jeune demiyog Marguerite Tiste, à Mons. Sa mère décède malheureusement lors de l'accouchement. Son père, Charles Tiste, un miyog brutal et alcoolique, la bat régulièrement, lui reprochant sa magie qu'il attribue au diable. Elle sera alors dénoncée et brûlée en 1670.

Plus le cours avançait, plus l'échappatoire que voulait trouver Ramania s'éloignait. Aucun cas historique étudié n'offrait la moindre lueur d'espoir de fraternité, voire de paix, entre miyogs et sorciers. Si l'histoire avait prouvé que la rencontre de ces deux mondes était souvent tragique, comment réagirait son père en apprenant la véritable nature de sa femme… et celle de sa jeune fille ? Et plus Olivier Sharansky déroulait son enseignement, plus les noms des victimes, les lieux des massacres et les méthodes de torture s'enchaînaient. Tous les continents avaient pratiqué la chasse aux sorcières, de l'Amérique à l'Afrique, de l'Océanie à l'Asie. Même les endroits les plus éloignés avaient fini par rejeter sorcières et sorciers.

– Kimpa Vita Nsimba était une grande sorcière, expliqua Sharanksy qui continuait son cours en arrière-plan. Elle était aussi prophétesse et femme politique africaine, célèbre pour avoir lutté pour la réunification du Royaume du Kongo, aux mains des colons portugais. Elle sera brûlée dans la ville d'Evolulu, en Angola, en 1706. Autre figure de la lutte armée, partons du côté d'Haïti, où François Mackandal, un esclave et sorcier haïtien se battant pour l'indépendance, sera brûlé vif à Cap-Haïtien le 20 janvier 1758. La légende raconte qu'à force de se débattre, ses liens se seraient élargis, lui permettant de s'enfuir, faisant de lui l'un des rares sorciers condamnés au bûcher à avoir pu s'échapper.

La leçon continua ainsi pendant près d'une heure où les noms des sorciers assassinés se succédaient les uns après les autres, accompagnés de leurs peines. Anna Göldin, Barbara Zdunk, Krystyna Ceynowa, Dummy ou encore Bridget Cleary. Autant de noms et de visages que Ramania ne pourrait se retirer de ses pensées, lui faisant porter ce fardeau partagé d'être elle aussi une sorcière.

– On remarque donc qu'au fil des siècles, la pendaison et le bûcher laissèrent peu à peu place aux lynchages et aux ordalies par l'eau. Parfois, certaines condamnations sortaient de l'ordinaire, comme en 2005, où Maricica Irina Cornici, une religieuse orthodoxe roumaine accusée de sorcellerie, fut crucifiée symboliquement à Tanacu.

La salle de classe eut alors un mouvement de recul face à ce châtiment miyog tout aussi horrible qu'inattendu.

– On estime à 5000 le nombre d'assassinats de sorciers en Inde entre 1995 et 2023. Le Ghana est le dernier pays qui possède encore aujourd'hui des camps où sont enfermées les sorcières, comme à Kukuo, et les sorciers, comme à Gnani. Et si l'on prend simplement la province de Simbu, en Papouasie-Nouvelle-Guinée, ce sont près de 150 sorcières qui sont tuées chaque année. Pour ceux qui se posent la question du pourquoi nous nous cachons encore à l'heure actuelle, je ne peux pas être plus clair... C'est d'ailleurs pour cette raison que le congrès magique de 1700 adopta à l'unanimité la règle de non-divulgation interdisant aux sorciers du monde entier d'utiliser la magie publiquement en présence de miyogs, exposant le contrevenant à une peine d'au moins dix ans de prison.

Lorsqu'elle était rentrée au Rocher Portail, Ramania ne s'attendait pas à ce que l'histoire du monde dans lequel elle entrait soit aussi chargée et jonchée de macchabées.

– Pourtant nous avons certains héritages en commun avec les miyogs, releva Stanislas en cherchant à apaiser la conclusion de cette leçon. Il y a des gens qui ont œuvré pour que nos deux mondes soient en paix, comme Zamenhof ou encore Divenistof et Boudedeof ?

– Tout à fait. D'ailleurs la monnaie avec laquelle nous payons, le stelo, était jadis utilisée par les miyogs. Même si depuis 2012, ils ont décidé de la remplacer par des pièces en plastique, un matériau qu'ils semblent fortement affectionner, expliqua-t-il en jetant une petite pièce rouge dans la direction de la table de Ramania.

L'attrapant en plein vol, la jeune brune put l'observer, constatant que sur son verso figurait un hibou, symbole devenu très populaire dans l'univers de la sorcellerie.

– Sur ce, j'vous souhaite bon courage pour les examens à venir. En espérant vous retrouver l'année prochaine.

Ce cours d'histoire était sûrement l'un des plus longs et des plus éprouvants auquel Ramania avait pu assister, lui faisant réaliser la vulnérabilité du monde des sorciers.

Le midi, le réfectoire était plus calme que d'habitude, certains étudiants ayant préféré rentrer chez eux pour profiter pleinement de cette semaine libre pour réviser. Ramania, Sophie et Zita étaient encore en train de se servir, pendant que Stanislas, Sylvain et Marcelin avaient déjà commencé à manger. Ida, qui venait juste d'arriver, se laissa convaincre par Stanislas de prendre une pizza. En s'asseyant à table, Ramania remarqua que Marcelin consultait le journal du jour. En première page s'étalait une photo d'Haman, le mage noir qu'ils recherchaient, semblable à celle qu'ils avaient récupérée aux archives.

– Les policiers évoquent la piste d'un sorcier complice du miyog ayant provoqué ces comas, résuma Marcelin. L'vol du dossier d'archive les a confortés sur cette piste…

– C'est pas bon signe, releva Sophie. Maintenant qu'il y a sa tête sur tous les journaux, il n'hésitera plus à accélérer son plan avec l'athanor qu'il a dérobé.

Ramania se gratta la tête puis repoussa son assiette.

– Nous n'avons plus le choix, il faut aller chez ma tante.

C'est ainsi que les sept compères survolèrent une partie de la Bretagne jusqu'au Trégor, profitant des conditions de vol favorables et d'un temps agréable. Contrairement au reste de la région, du haut de leurs balais, les jeunes sorciers purent remarquer que les toits au-dessus desquels ils volaient étaient en tuiles rouges.

– C'est juste ici normalement, indiqua alors Ramania en pointant du doigt une petite maison en contrebas.

Les balais des sept cavaliers du ciel se mirent à piquer du nez en direction du domicile avant d'atterrir en douceur. Ramania, une boule au ventre, fut la première à toquer, redoutant au fond d'elle l'instant où la porte s'ouvrirait. Mais celle-ci resta fermée malgré les multiples essais. Zita s'avança dans l'encadrement, décalant son amie.

– On n'a pas fait ce chemin pour rien, dit-elle avant de sortir sa baguette, la pointant sur la porte. *Malfermo.*

Le cliquetis de la serrure retentit et la porte s'ouvrit, laissant entrevoir l'intérieur d'un logis vide, froid et désordonné, comme si celle qui y vivait avait fui.

– Regarde, il y a quelque chose sur la table, remarqua Marcelin en s'avançant vers le centre du salon.

Et, en effet, une lettre avait été déposée au beau milieu de la table, juste au-dessus d'un petit napperon de soie. Marcelin passa le courrier à Ramania qui le décacheta.

Chère Ramania,

Je sais qu'on ne se connaît pas vraiment, mais je tenais à m'excuser pour ce qui est arrivé avant ta naissance. Si tu es ici aujourd'hui, c'est que tu as remonté la piste d'Haman et je t'en félicite. Il était mon voisin et je lui ai malheureusement parlé de toi bien plus d'une fois, ne pouvant, durant tous ces instants, imaginer à quel sombre destin il était voué. C'est en lisant le journal de ce matin que j'ai compris mon erreur, ayant fourni ces informations à un tueur. C'est pour cette raison que j'ai préféré fuir, n'assumant pas les conséquences de tout ça. Avant de s'évanouir dans la nature, il m'a confié être sur les traces de pirates assoiffés de sang, dont le trésor repose là où résonnent nocturnement les sifflements. Même si tout ça semble opaque, j'espère que ça t'aidera.

– Tu piges quelque chose à ce charabia ? demanda Zita perplexe face à la fin du message censé les aider.

– Pas vraiment, avoua-t-elle en glissant la lettre dans sa poche. Mais là, j'ai surtout besoin de prendre l'air...

Les jeunes sorciers sortirent de l'habitation délaissée, avant de marcher en file le long du trottoir, longeant les maisons, le temps que Ramania se sente un peu mieux. Le village était d'un calme remarquable, pas même un oiseau ne venait troubler ce silence presque anormal.

– C'est quoi ce bâtiment ? demanda Zita en apercevant un superbe manoir dominant la rue qu'ils empruntaient.

Personne n'avait la réponse. Ida s'empressa de plonger la main dans son sac à dos pour questionner le Kodeo.

– C'est la villa Ker Goz, construite en 1930, débuta Ida.

La villa était des plus atypiques. Elle ressemblait à un château miniature armé de belles tourelles, complété de ses balcons saillants et de ses fenêtres en ogive. Il ne manquait plus que des douves et les sorciers auraient pu croire qu'il s'agissait d'une petite académie de magie.

– Tu penses qu'on a le droit de rentrer ? demanda alors Marcelin en passant par le petit portail blanc entrouvert.

Mais la bande continua d'avancer, traversant une allée totalement végétalisée, agrémentée de fleurs violacées. Puis un alignement fouillis de buissons touffus, chacun d'une teinte différente allant du vert clair au brun foncé, les guida vers ce château miniature faisant face à la mer.

– C'est quoi ça ? posa Zita, stoppant le reste du groupe.

Face à eux, gisaient au sol des débris rocheux formant un cercle éparpillé, comme si une pierre avait été brisée.

– *Rekonstruo*, lança Sophie en pointant ces fragments.

Une roche lissée par le temps se reconstitua sous leurs yeux ébahis, reliant les fissures sans les réparer.

On pouvait désormais y lire l'inscription « *Ma é honnot ar Charlezenn, A c'huitelle war bouez he fenne, Ha na è ket ur zelbant vad, Klewet 'r Charlezenn c'huitellad* ».

– *Fonetika Transskribo*, prononça Sylvain en visant sa glotte de sa baguette pour traduire ces écritures qui trônaient à leurs pieds et qu'il se mit à lire à voix haute.

Aussitôt ces paroles entonnées, une multitude de lettres formées par de la fumée apparurent devant eux. Ces lettres constituaient des phrases traduisant le court message incrusté sur le rocher tout juste recomposé.

– *C'est celle-là, la Charlezenn, qui siffle à tue-tête. Et ce n'est pas bon signe que d'entendre siffler la Charlezenn*, se hâta de lire Stanislas avant que la fumée ne s'envole.

Ida, de son côté, tenait dans ses mains le Kodeo, gardant les yeux fermés et souhaitant, au fin fond de son esprit, savoir qui était cette fameuse Charlezenn dont parlait le poème breton que Sylvain venait de réciter. Puis elle ouvrit les pages de l'ouvrage d'un mouvement.

– J'ai trouvé, s'écria-t-elle. Marguerite Charlès, de son nom breton Marc'haït Charlezenn, était la capitaine du groupe de bandits de grand chemin le plus célèbre, sévissant sur les routes allant de Lannion à Morlaix. Elle terrorisait toute la région, dépouillait les passants et rackettait les commerçants, artisans et notables désirant circuler sans être inquiétés. Ceux qui voulaient s'enrôler dans sa bande devaient boire une pinte de sang humain.

Ramania retira de sa poche arrière la lettre de sa tante.

– Ça doit être la piste que suivait Haman, sur le mot elle me parle de pirates assoiffés de sang et de sifflements.

– Sauf que Charlezenn n'était pas une sorcière, nuança Ida en se fiant au Kodeo. On suppose qu'elle était issue d'un mariage mixte, son père était peut-être un sorcier, mais elle en voulait à sa mère de ne lui avoir rien légué…

– Ça explique peut-être la raison du rituel avec le sang, ils désiraient maîtriser les pouvoirs de sorciers, supposa Ramania. Ses parents n'ont pas tenté de la dissuader ?

La jeune brune se visualisait dans cette situation de relation mixte entre sorcier et miyog, comprenant qu'il était parfois difficile de trouver sa place dans un monde qui n'est pas adapté à la rencontre d'univers opposés. Mais elle déchanta vite en entendant la réponse d'Ida.

– Bah, elle a ordonné à ses hommes de les assassiner…

– Et si Haman essayait de répéter le schéma ? coupa Stanislas. Peut-être que le miyog pour qui il tente de récupérer cette magie serait son ou sa partenaire ?

– Quel rapport dans ce cas avec le trésor dont parle la lettre ? questionna Ramania. Le trésor en question serait la personne avec qui il vit ? Ça paraît bizarre tout ça…

Pendant que Ramania faisait les cent pas en essayant de mettre au clair toutes ces nouvelles théories, le groupe quitta le jardin. Marcelin referma le portillon, puis les jeunes sorciers remontèrent la ruelle, tournant le dos à l'océan voisin et sa ligne d'horizon sans fin.

– Il y a quand même quelque chose qui m'échappe, marmonna-t-elle. Si seulement nous avions un moyen simple et rapide de savoir si Haman a un complice.

Puis Ramania s'arrêta net. Face à la bande se dressait une petite fontaine protégée par un abri fait de pierres. Elle se trouvait en bas d'un long d'escalier. La jeune brune s'avança, contempla l'eau qui stagnait, puis se retourna, interloquée, vers le reste du groupe.

– Vous savez pourquoi il y a plein de petits bouts de pain qui sont déposés au fond de ce puits ?

Les autres s'approchèrent pendant qu'Ida cherchait.

De peur de se faire interrompre – comme ça avait pu être le cas lorsqu'elle voulait parler de la villa Ker Goz –, Ida se mit en retrait, passant le livre à Sylvain.

– C'est la fontaine de Saint-Efflam, expliqua-t-il. Et je pense que c'est un signe si elle se présente à nous, puisqu'on lui prête justement un pouvoir de prédiction. Elle a été construite en l'honneur d'Efflam, un pèlerin qui découvrit cette source d'eau et qui aida le Roi Arthur à combattre un dragon qui sévissait dans toute la région.

– En quoi c'est censé nous aider ? demanda Marcelin.

– Attends, j'y viens. Depuis des siècles, cette fontaine attire des milliers de curieux pour son rituel du pain. Ce rituel peut permettre de désigner le ou les coupables dans une affaire nous concernant. Pour cela, celui qui se questionne doit, en étant à jeun, jeter des morceaux de pain de taille égale dans la fontaine et y associer le nom des personnes qu'il soupçonne. Le morceau de pain qui restait au fond de l'eau indiquait le nom du coupable. En revanche, si plusieurs bouts restent au fond, cela signifie qu'il y avait des complices.

– C'est de la magie de personnes âgées ça, rétorqua Stanislas qui semblait sceptique à ce type de rituels.

– Si ça peut apporter des réponses, moi je suis partante pour essayer, répondit Sophie enthousiaste. Par contre, je suis pas sûre d'avoir du pain sur moi. Et tout le monde a mangé au petit-déj' et à midi aujourd'hui.

– Non… Moi j'ai pas mangé, marmonna Ida. J'avais pas pris assez de sandwichs, et j'ai pas voulu vous en parler.

Les autres la regardèrent avec surprise, comme s'ils réalisaient tout juste qu'ils ne l'avaient pas vu manger.

– Et pour le pain, c'est pas tout à fait ça, mais moi il me reste une part de pizza, enchérit Stanislas. Je ne sais pas si ça peut fonctionner, mais on peut utiliser la croûte ?

C'est ainsi qu'ils tentèrent une version revisitée du rituel du pain, devenu entre-temps le rituel de la croûte de pizza, afin d'en savoir plus sur l'enquête. Ida nomma Haman le premier morceau, puis désigna les trois autres bouts par « *complice couple* », « *complice miyog* » et « *complice sorcier* ». Seul le premier coula dans le fond.

– Bon bah je crois qu'on s'est trompé, annonça Zita.

– Parce que tu veux faire confiance à ce type de magie ? s'agaça Stanislas qui semblait plus sceptique.

Armé de nouvelles pistes et ayant fait vaciller certaines certitudes, le groupe décida de repartir du petit village. Leur vol de retour passait juste au-dessus d'une plage déserte, pas même foulée par des animaux.

– C'est quoi cette plage ? sonda Sophie sur son balai.

– C'est la plus grande baie des Côtes-d'Armor. C'est là qu'étaient enfouies toutes les victimes de la Charlezenn, répondit Ida. Elle est depuis rattachée à la commune de Saint-Michel-en-Grève et est appelée Lieu de Grève.

– Très français comme noms, ricana Marcelin.

– Rigole, rigole, mais en attendant, ils ont reçu la verda stelo, une distinction remise aux maires des communes recensant le plus de locuteurs parlant espéranto, ce qui signifie qu'il doit y avoir d'éminents sorciers vivant ici.

Les élèves continuèrent leur route, traversant les 165 kilomètres à vol de balai les séparant du Rocher Portail.

Les semaines suivantes, l'attention des étudiants fut entièrement absorbée par les examens terminaux. La seconde partie de l'année était arrivée à son terme et il ne fallait pas louper ces épreuves, sous peine de devoir redoubler l'année suivante, voire pire, ne plus revenir. Les jours passèrent et les étudiants de première année devaient surmonter une épreuve de deux heures dans chacune des matières qu'ils avaient eues cette année.

– Ça allait vos tests ? demanda Ramania aux autres.

– J'espère n'avoir oublié aucune date, répondit Sophie.

À la fin de ces quatre semaines éprouvantes d'examens, tous les jeunes sorciers étaient épuisés, mais ravis que cette période intense soit bel et bien clôturée. Seule Ida n'était pas totalement convaincue, puisqu'elle était tombée sur des thèmes abordés durant les cours où elle s'était absentée. Le reste du groupe tenta de la rassurer, lui garantissant que ce n'étaient pas quelques questions isolées qui lui feraient rater toute son année. Mais ses idées noires passèrent lorsqu'après le dernier test du jeudi, elle revint de la bibliothèque en trombe.

– Regardez sur quoi je suis tombée, s'exclama-t-elle essoufflée en tendant un article décrépit par le temps.

En ouvrant ce journal d'il y a quelques décennies, Ramania remarqua aussitôt la couverture représentant une petite île s'exhibant fièrement sur le papier jauni. L'article parlait d'une énième chasse au trésor qui n'avait rien donné, et que les recherches avaient été délaissées par les sorciers, apeurés par les sifflements qui résonnaient dès que l'obscurité venait à tomber.

– Va falloir que tu nous en dises un peu plus, confia la jeune brune qui ne comprenait pas le rapport avec l'épreuve d'Histoire de la magie qui venait de s'achever.

– On s'est trompés de piste depuis le début, lâcha-t-elle. Haman ne poursuit pas le trésor de la Charlezenn, mais celui d'un autre pirate ayant écumé les côtes et les terres bretonnes pour y répandre crainte et désolation. La lettre de ta tante faisait plutôt référence à Guy de la Fontenelle. Et justement, on raconte qu'il a enterré son trésor sur l'île Tristan dont parle cet article et où on entend des sifflements une fois la nuit tombée.

Attrapant le Kodeo qui sortait du sac d'Ida, Ramania le consulta avec vivacité, espérant trouver une information qui viendrait confirmer cette toute nouvelle théorie.

– Il faut peut-être débuter par la maison de Fontenelle, dit-elle, elle se situe à Saint-Brieuc. Il pourrait y avoir des indices sur ce qui l'inspire et ce qu'il prépare ?

– Nan, je pense qu'il faut qu'on passe directement au plan B et qu'on se jette dans la gueule du loup, répondit Ida avec une petite moue désolée. On doit se rendre au plus vite dans la baie de Douarnenez, face à l'Île Tristan.

– À cette heure-là ? s'étonna Marcelin. L'temps qu'on y aille, il fera nuit et on n'a même pas d'endroit où dormir sur place. C'est totalement suicidaire comme plan.

Ida sortit de son sac, à cet instant, un petit livret orangé avec une couverture cartonnée ornée d'une étoile.

– Ce carnet, c'est mon Pasporta Servo. Il permet à tout espérantophone de voyager partout dans le monde chez des habitants le parlant aussi, qu'ils soient miyogs ou sorciers. Et il y a ce type d'hébergement à Douarnenez.

– Parce que tu parles espéranto ? l'interrogea Stanislas.

– C'est ma langue natale, mes parents me parlaient en espéranto quand j'étais petite, persuadés qu'un jour ça m'aiderait à me faire des amis partout dans le monde. Donc ne vous inquiétez pas, je m'occupe du logement.

– Tant qu'on n'finit pas chez des miyogs, ça m'va, lâcha Marcelin avant d'aller préparer ses affaires de voyage.

Dans la cour du Rocher Portail, éclairée légèrement par la lune et ses reflets d'argent, les jeunes avancèrent vers la sortie en tentant d'être le plus discrets possible.

– Rah, ça ne rentre pas, s'énerva Ida en essayant d'introduire les quatre bouteilles de qinah bosom.

Sylvain s'arrêta pour lui prêter main-forte pendant que les autres continuaient vers le mur qu'ils escaladeraient.

– Attends, j'ai peut-être un peu de plus de place…

Et le jeune sorcier avait raison puisque les bouteilles semblaient parfaitement passer. Seule sa petite boîte à musique dépassait légèrement, bloquant la fermeture.

– C'est quoi ça ? lui demanda alors Ida interloquée.

– Ah, ça ? répondit-il en souriant. C'est le cadeau que Ramania m'a fait pour Noël, ça joue la marche turque.

– Et tu l'emmènes partout comme ça ?

– C'est la seule méthode trouvée pour que je sois sûr d'avoir de la musique partout où je vais, même dans les endroits où la magie m'empêche d'utiliser des appareils électroniques. Et en vrai ça marche plutôt bien.

Ida se mit à étouffer un léger rire, Sylvain l'amusait. Malheureusement, même en appuyant, la petite boîte à musique ne voulait plus rentrer dans son sac à dos.

– Tu veux bien la mettre dans ton sac s'il te plaît ? Ça m'embêterait de devoir la ramener dans ma chambre.

Ida accepta la proposition qu'elle trouvait mignonne. Sylvain lui faisait confiance pour qu'elle en prenne soin. Mais cet instant insouciant fut vite écourté quand un sifflement sourd résonna et qu'une gerbe étincelante traversa les airs éclairant la cour du château en vert.

– Le couvre-feu a été violé, alerta une voix d'adulte.

Ce soir-là, comme chaque jeudi, c'était Viviane Bourrier qui était chargée de faire des tours de garde du château. Le signal lumineux venait de la baguette de la druidesse.

– Grouillez-vous, cria Marcelin dont le fauteuil survolait les remparts du Rocher Portail. On va se faire attraper !

Les cinq premiers sorciers avaient pu passer le mur et encourageaient Ida et Sylvain courant à toute allure. Près du grand mur en pierre, ils attrapèrent les balais et s'envolèrent pour rejoindre leurs amis de l'autre côté. Soudain, Sylvain sentit une force le retenir. Lorsque Ida se retourna, elle constata qu'un faisceau lumineux vert l'entourait et qu'il était retenu par la druidesse.

– Tends-moi la main, ordonna-t-elle en se stabilisant.

– Tu ne peux rien pour lui, lui hurla Stanislas. Viens vite avant que Bourrier ne mette aussi la main sur toi.

Ida hésita pendant d'interminables secondes, mais lorsque Sylvain fut ramené sur la terre ferme aux côtés de la professeure de botanique, elle se résigna à contre-cœur à écouter les autres, prenant la fuite par les airs.

À peine deux heures et une vingtaine de minutes après, les six sorciers étaient déjà arrivés dans l'hébergement dont leur avait parlé Ida, situé au cœur de Douarnenez. La jeune étudiante faisait l'effort de mettre sa peine pour Sylvain et sa timidité de côté pour discuter en espéranto avec le couple d'hôtes qui les accueillait.

Au même moment, Sylvain, lui, avait dû faire face à l'interrogatoire des enseignants réunis dans le bureau de la directrice. Ces derniers venaient de s'absenter pour tenter de retrouver la trace des jeunes dans les environs. Seul Sharansky était resté pour surveiller l'étudiant.

– Je ne pourrai pas les protéger en ignorant où ils sont.

– Je ne dirai rien, déclara Sylvain en restant stoïque.

– Mais je te dis que j'suis de votre côté depuis le début.

– Je n'peux rien dire, maintint l'élève qui ne voulait pas trahir ses amis. J'suis désolé, on a trop galéré à arriver jusqu'à cette piste. On doit le faire pour Montrigas.

Pendant ce temps, le reste du groupe installait leurs affaires dans leurs chambres douillettes de Douarnenez.

- C'est quoi ta babiole ? demanda Stanislas qui vit le porte-clefs qui pendait à la fermeture du sac de Sophie.

– Ah, ça ? C'est le cadeau que Ramania m'a fait pour les fêtes de fin d'année. Elle a acheté ça à Dinard, je crois.

Stanislas s'approcha alors du petit objet pour mieux l'observer. Il contempla longuement les fleurs séchées qui se trouvaient dans la fiole en verre, avant d'avoir le regard qui se mit à briller en lisant l'inscription gravée.

– Tu sais ce que c'est au moins ? demanda-t-il à Sophie.

– Je sais juste que ce sont des aubépines séchées et qu'elles viennent de Saint-Mars-sur-la-Futaie si j'en crois la plaque qui se trouve sur l'anneau du porte-clefs.

– C'est bien mieux que ça, compléta Stanislas. Ces fleurs viennent du plus vieil arbre de France, qui se situe en Mayenne, pas très loin de l'usine de mon beau-père !

Les deux jeunes se mirent alors à rire de cette étrange coïncidence qui prouvait que le monde des sorciers était bien plus petit que ce qu'ils ne pouvaient s'imaginer.

La soirée fut ensuite relativement courte. Le couple d'hôtes avait préparé des galettes de sarrasin avec des œufs. Et comme Ida était la seule à parler couramment espéranto, elle pouvait discuter avec eux. Les autres ne tardèrent pas à se coucher une fois le repas englouti.

– Faites de beaux rêves, émit Marcelin avant d'éteindre la lumière de la pièce qui se trouvait au-dessus du lit.

Il ne pensait pas si bien dire avec cette phrase anodine. La nuit fut agitée puisque les sorciers n'avaient pas pu prendre le qinah bosom resté dans le sac de Sylvain. C'est ainsi que Ramania se retrouva, une nouvelle fois, dans ce long couloir blanc décoré de toutes ces portes.

– J'vais essayer celle-ci, dit-elle en poussant la sixième.

Mais le spectacle qui s'offrit à sa vision n'était pas aussi marrant que ce qu'elle avait pu s'imaginer en tournant la poignée. Face à elle, Haman lançait des sorts à Stanislas.

– Donne-moi un coup d'main, j'contrôle rien, cria-t-il.

Sortant d'un geste sa baguette de sa poche, Ramania comprit alors que l'homme qui était en face d'elle n'était pas le simple fruit de l'imagination de Stanislas. Haman était plus vieux que sur la photo qui figurait sur le dossier classé qu'ils avaient volé aux archives.

– Éloigne-toi, lança-t-elle à son ami. Ce n'est pas juste un rêve, il est ici pour te plonger dans un coma éternel.

Jetant des sortilèges dans sa direction, et comprenant, à l'avertissement qu'elle venait de proférer, que son plan était démasqué, Haman s'empressa de quitter la pièce en faisant apparaître une porte sur le mur du fond.

– J'vais essayer de l'retenir, s'écria Stanislas en courant.

Il s'élança vers lui avant de se projeter dans les airs, comme s'il avait l'intention de plaquer Haman au sol. C'était trop tard, ce dernier venait tout juste de franchir le pas de la porte onirique, laissant entrevoir une grande lumière tournoyante qui éblouit les deux jeunes sorciers, les empêchant de voir sa destination et les réveillant.

– Il sait qu'on est là, s'écria Ramania. On doit l'trouver !

15
L'AFFRONTEMENT FINAL

Les six jeunes sorciers s'empressèrent de se lever, de s'habiller et de récupérer leurs affaires afin de quitter le logement du couple qui les hébergeait. Ils prirent soin de bien rester discrets en descendant tous les escaliers puis fermèrent le plus silencieusement la porte d'entrée.

– Vous avez une idée d'où il pourrait être ? questionna Sophie en s'enfonçant dans la pénombre sans un bruit.

– On n'a pas eu le temps de voir, avoua Ramania. Au moment où il a quitté le rêve de Stanislas, une immense lumière est apparue et nous a aveuglés.

Dans les ruelles assoupies de Douarnenez, seuls les pas et les roues glissant sur les pavés troublaient cette paix.

– Il faut surtout le trouver avant qu'il nous…

Stanislas s'interrompit net lorsque le passage qu'ils venaient d'emprunter fut furtivement éclairé par une lueur lointaine, berçant de clarté l'immense façade de l'ancien centre de secours et ses hautes portes bleutées.

– Mais c'était ça la lueur de mon rêve, s'écria-t-il.

Il accéléra alors en direction de l'endroit d'où émanait cette lumière éblouissante, jusqu'à arriver sur les bords de la baie, là où l'eau devait séparer Douarnenez de l'île. Mais, à la surprise de Stanislas, la mer s'était retirée et les sorciers pouvaient désormais accéder à l'île Tristan sans avoir besoin de survoler la baie de leurs balais. Suivant toujours la lumière du phare, ils empruntèrent les chemins vaseux et encore mouillés qui donnaient accès à la petite île faisant face à la ville de Douarnenez.

– C'est magnifique, lâcha Marcelin en passant devant la statue d'une femme adossée à un corps de poisson.

Vue de Douarnenez, la statue était celle d'une femme nue, vue de l'île, on n'apercevait qu'une sardine.

– Prenez garde à vous, il ne doit pas être loin, avertit Stanislas lorsque le groupe mit un pied sur l'île Tristan.

– Vous êtes sûrs que c'est une bonne idée ? demanda Ida qui semblait effrayée par cette quête inconsciente.

Sophie et Ramania n'étaient pas plus rassurées, mais elles suivaient la fine équipe qui paraissait aussi motivée qu'insouciante face aux risques qu'ils couraient. Toutes les baguettes étaient sorties, prêtes à dégainer leurs meilleurs sortilèges au moindre potentiel danger. Soudain, Sophie se mit à sursauter, entendant un bruit métallique semblant venir des profondeurs de l'océan.

– C'était quoi ça ? s'inquiéta-t-elle en zieutant ses amis.

– Il est minuit, lui répondit Ida. Ce sont les cloches de la ville d'Ys, engloutie il y a près de 1600 ans, et dont la seule partie encore immergée est l'île sur laquelle nous sommes en ce moment même en train de marcher.

– Mais… qui sonne les cloches si la ville est engloutie ?

– La ville est depuis habitée par des marie-morganes et des morgans, les sirènes bretonnes, expliqua Ida.

Les jeunes cherchèrent pendant plus d'une heure un quelconque signe d'Haman, fouillant l'île de fond en comble, des rochers escarpés jusqu'au petit voilier qui était amarré sur le flanc ouest de l'île Tristan, bien plus vaste et grande que ce qu'ils avaient pu imaginer.

– T'as trouvé quelque chose ? demanda Zita à Ramania.

– Rien d'anormal à part ça, répondit-elle en pointant du doigt une tombe dissimulée sous deux arbres enlacés.

En enlevant la mousse, le lichen et le lierre qui avaient poussé sur la pierre, les deux filles purent décrypter les deux noms figurant sur la stèle de cette tombe cachée.

– Tristan et Iseut, lut Ramania. Comme la légende ?

Soudain, des tas de traînées volantes et enflammées vinrent s'abattre sur l'île en lâchant des sifflements assourdissants dans les airs, avant de s'écraser sur l'île. De grands fracas se firent entendre, des buissons séchés prirent feu et la voix affolée des autres sorciers résonna.

– Fuyons ! Rejoignons les autres, s'écria Ramania en attrapant le bras de Zita, après qu'une boule enflammée s'écrasa sur les deux arbres enlacés au-dessus d'elles.

En arrivant sur la côte ouest de l'île Tristan, Ramania et Zita constatèrent avec effarement que le mât du petit voilier avait pris feu en s'écroulant sur la plage, pendant que l'eau de la baie avait entièrement repris sa place.

– Ah, vous voilà ! lâcha Stanislas d'une voix soulagée.

Les autres ne tardèrent pas à sortir de derrière les fourrés, l'air affolé et les baguettes pointées vers le ciel.

– Vous avez été pris en embuscade ? sonda Ramania.

– Non, pas du tout, rétorqua Marcelin. Les boules de feu ne viennent pas d'ici mais de Douarnenez.

Et, en effet, en regardant plus attentivement, ils purent constater qu'au-delà de la mer qui ne cessait de monter, les filaments enflammés continuaient d'affluer de l'autre côté du rivage, brûlant tout ce qu'ils pouvaient toucher.

– C'était juste un guet-apens, réalisa Sophie. Haman n'a jamais été sur cette île, il voulait nous y piéger.

Mais au moment même où les sorciers venaient de comprendre qu'ils étaient pris au piège, les lancers de boules de feu s'arrêtèrent, laissant seul un silence lourd envahir la baie, comme si une chose pire les attendait. C'est alors qu'un sifflement se fit entendre, différent de celui des boules enflammées. Le léger son paraissait bien plus proche, comme s'il émanait de quelqu'un.

– C'est l'sifflement dont parlait le journal, s'horrifia Ida.

Les six sorciers se mirent en cercle, les baguettes brandies vers les quatre coins de l'île, cherchant du regard d'où pouvait venir ce sifflement brisant la nuit. Levant les yeux en hauteur, Ramania constata que la nuit était d'un noir profond, aucune étoile ne tapissant le ciel. Elle n'avait encore jamais vu un tel spectacle.

– Je n'arrive plus à voler, alerta Marcelin.

Les autres se hâtèrent pour soulever son siège, pensant qu'il s'était bloqué dans des roches, mais ne purent que constater qu'il était aussi léger qu'à son habitude. Sophie prit son balai, une crainte lui venant à l'esprit.

– Mon balai ne vole pas non plus, s'inquiéta-t-elle.

En testant leurs baguettes magiques, le reste du groupe se rendit compte qu'elles ne faisaient plus aucun effet.

– Qu'est-ce qu'il se passe ? s'affola Zita.

– Je pense que l'île a été recouverte d'un puissant sort nous empêchant d'utiliser la magie, en conclut Stanislas. Ce qui veut dire qu'on ne peut ni se défendre ni partir…

Soudain, le sifflement se fit entendre une seconde fois. En reculant, Ida trébucha et son sac à dos s'ouvrit, déversant les quelques affaires qu'elle y avait rangées, dont la boîte à musique que Sylvain lui avait confiée et qui, en se cognant contre une pierre, lança la mélodie de la marche turque pour laquelle elle était programmée.

– C'est… un loup ? demanda alors Ramania.

En tombant, Ida avait écarté deux grands buissons, laissant découvrir au loin une ombre qui les observait. Celle-ci faisait penser à un immense loup, qui se tenait debout, vêtu d'un ample manteau qui traînait au sol et portant, au sommet de son crâne, un chapeau plus large qu'une roue de charrette. Plus il avançait, plus les jeunes sorciers avaient l'impression qu'il grandissait.

– Nan, répondit Stanislas avec un regard terrifié. C'est un bugul-noz qui s'est métamorphosé en loup-garou.

Soudain, l'immense bête se précipita vers eux, leur laissant à peine le temps de réfléchir avant de courir.

– Essayez de vous mettre à l'abri, hurla Ramania.

Une course contre la montre commença, chacun des sorciers espérant trouver un endroit où il serait protégé. La bête détalait quant à elle dans tous les sens, reniflant avec force dans l'espoir de mettre la main sur une proie.

– C'est pour ça qu'Haman voulait nous piéger sur l'île, chuchota Sophie aux deux autres filles cachées avec elle.

Ramania et Zita se camouflaient à ses côtés, serrées dans un renfoncement entre de petits arbustes épineux et d'imposantes roches couvertes de sable et de terre. Marcelin et Stanislas avaient trouvé refuge en contrebas de l'île Tristan, coincés entre une construction en pierre et la marée montante qui venait lécher leurs chevilles.

Quant à Ida, elle se dissimulait entre de hauts bambous, à quelques mètres à peine des trois filles.

– Tu t'souviens dans les contes pour enfants comment ils chassaient un bugul-noz ? demanda Stanislas à son voisin de cachette qui avait les yeux rivés sur l'écume.

– J'en sais rien, moi. Je ne pensais pas en rencontrer un, ça vit du côté de Vannes normalement ces bestioles-là.

Au même moment, Ida consultait le Kodeo pour voir comment échapper à la créature qui les traquait.

– Il n'y a que ça ? se lamenta-t-elle face à la réponse.

Le Kodeo expliquait que le bugul-noz n'était allergique qu'aux signes de la rédemption, à l'aubépine et que le plus simple pour s'en protéger était de se réfugier dans un champ de blé labouré. Or, Ida avait beau chercher, elle savait qu'il n'y avait pas de champs sur l'île Tristan.

Mais le bugul-noz arrivait dans leur zone, le pas lourd retentit, accompagné du bruit de sa respiration. Ida s'était alors recroquevillée, pétrifiée par la peur, ne réussissant pas à prévenir ses amies que la bête se rapprochait de l'endroit où elles étaient cachées. Elle tenta néanmoins de leur faire signe, agitant le buisson dans lequel elle était et attirant l'attention de l'animal.

Mais avant qu'elle n'ait pu se relever pour se sauver, la créature avait déjà bondi vers elle, prête à la faire disparaître sous ses griffes et son immense chapeau. Ramania sortit aussitôt de sa cachette pour tenter de bloquer la bête et de laisser le temps à Ida de fuir. Stratagème semblant fonctionner, puisque le bugul-noz se détourna de sa première proie pour sauter sur elle.

– Nan, Ramania ! s'égosilla Sophie assistant à la scène.

Son amie s'était blottie au sol, fermant les yeux et s'accroupissant sur elle-même et attendant que la bête ne fasse qu'une bouchée d'elle. En guise d'ultime geste, elle serra entre ses doigts le pendentif en forme d'étoile que ses parents lui avaient offert l'année dernière. Contre toute attente, le bugul-noz eut un mouvement de recul, comme effrayé par cette vision, avant d'une nouvelle fois se détourner, puis de foncer tête baissée en direction de l'endroit où il avait entendu le cri.

– À nous deux, prononça Sophie en serrant les dents.

La jeune blonde retira son sac à dos de ses épaules avant de frapper en plein visage le bugul-noz qui avait bondi. Au moment de l'impact, le choc fut si brutal que la fermeture se déchira, explosant au passage la fiole en verre du porte-clefs que Ramania avait offert. Les brins d'aubépines séchées qui s'y trouvaient s'envolèrent. Agitant ses narines, le bugul-noz inhala la plante, puis se releva brusquement avant de hurler et de se sauver.

– Dépêchez-vous, il faut qu'on quitte cette île, annonça Ramania en récupérant les affaires de Sophie par terre.

– Tu veux qu'on parte d'ici comment ? l'interrogea Zita. Nos balais ne peuvent même plus voler.

– Nous allons prendre le voilier qui est amarré et nous ramerons dans l'eau avec nos balais, expliqua-t-elle.

Son plan paraissait délirant, mais ils n'avaient plus tellement le choix que d'essayer ce qui se présentait. Récupérant Marcelin et Stanislas au passage, ils prirent tous place à bord du voilier au mât entièrement calciné.

S'aidant de leurs balais, ils commencèrent à ramer, déplaçant difficilement la coque du bateau dans l'eau. Soudain, une violente secousse manqua de faire passer par-dessus bord Ramania qui se rattrapa de justesse.

– On a percuté un rocher ? demanda-t-elle affolée.

Le navire se mit à avancer à une allure folle, traçant dans la baie comme s'il possédait désormais un moteur.

– Ce sont les marie-morganes qui poussent, s'exclama Ida en apercevant la chevelure cuivrée qui flottait.

Et en moins d'une minute, l'embarcation avait atteint l'autre côté de la baie, où les sorciers purent accoster. Ils remercièrent les marie-morganes, leur faisant de grands signes de la main, pendant que les queues couvertes d'écailles bleues disparaissaient dans les profondeurs.

– Je ne pensais pas qu'elles nous aideraient sans rien nous réclamer en échange, s'étonna Marcelin.

– J'en avais rencontré une à l'étang au Duc, à Vannes, quand j'étais toute petite, expliqua Sophie. Elle était un peu différente, mais d'un naturel plutôt sympathique…

Une détonation résonna, interrompant l'explication. Un éclair rougeâtre venait de traverser Douarnenez fonçant dans leur direction. Stanislas l'esquiva de peu avant de lancer un sort dans la direction d'une maison du port.

– C'est bon, nos baguettes fonctionnent de nouveau.

Ils le savaient, ils étaient désormais repérés. Haman aurait très bien pu fuir, le temps qu'ils étaient piégés sur l'île Tristan, mais son intention était vraisemblablement tout autre. S'il les avait attendus, c'était pour en finir.

– Partez vers la ruelle de droite, nous allons l'prendre à revers en allant dans celle de gauche, proposa Stanislas.

Le groupe de sorciers se sépara en deux, longeant les étroites rues silencieuses de la ville, guettant la moindre silhouette dans l'ombre pouvant trahir la présence d'Haman, tout en tenant fermement leurs baguettes.

– On aurait dû rester ensemble… commença Sophie.

Soudain, un éclair passa à quelques centimètres de son cou, manquant de peu la jeune fille qui se mit en retrait derrière les escaliers en pierre au-devant d'une maison.

– Il est là, s'écria Ramania pour prévenir les autres.

Dès lors, s'échangèrent sans s'arrêter les salves de sorts illuminant de lueurs rougeâtres les volets restés fermés. Dans un brouhaha confus, on pouvait alors distinguer les sortilèges qui étaient lancés, mêlant les « *detruo* » au « *defendo* », et les « *eksplodo* » au « *malamardo* ».

– Comment il fait pour contrer tous nos sorts ? cria Zita.

Haman paraissait lancer ses sortilèges d'une grande facilité tout en évitant ceux qui lui étaient destinés.

– *Eksplodo*, lança-t-il en visant le visage de Zita.

Un éclair vint frapper à une vitesse impressionnante le muret en pierre devant lequel la jeune sorcière était positionnée, juste avant que Ramania ne la bouscule. L'armature du mur explosa, éparpillant dans toute la rue des morceaux de pierres et des lambeaux de fer.

– Il faut qu'on se replie, annonça Sophie.

Partout où ils se battaient, tout y passait. Les murs volaient en éclats, les voitures se faisaient projeter telles de vulgaires tables en bois, et les arbres s'effondraient.

– Vous n'allez pas pouvoir fuir éternellement, déclara Haman d'une voix puissante mais toujours aussi calme.

Plus les jeunes sorciers jetaient des sorts, plus il les repoussait d'un geste de la main, se payant même le luxe de caresser son crâne chauve entre deux éclairs.

– *Projekcio*, lança Marcelin en apparaissant d'un angle.

Mais Haman contra son sort d'un revers de la main, avant de lui répondre avec un fracas lumineux venant frapper son fauteuil roulant, le projetant sur les pavés.

– *Blindeco*, émit Ida qui souhaitait l'aveugler.

– *Malamardo*, enchaîna Stanislas derrière Haman.

Mais le sorcier s'était préparé à l'éventualité de devoir affronter plusieurs assaillants en même temps. Tenant dans sa main droite sa baguette magique, il possédait dans l'autre une arme à laquelle les jeunes n'avaient encore jamais été confrontés, un penn-baz. Cette arme rudimentaire était une sorte de long bâton dont le bout se terminait par un imposant gourdin. L'autre extrémité de ce bâton s'enroulait autour du poignet d'Haman, lui garantissant de ne jamais le perdre durant le combat, tout en suivant tous ses mouvements. Il esquiva ainsi un sortilège d'aveuglement lancé par Ida et lui jeta un sort qui, bien que l'évitant de peu, laissa une entaille sur le flanc de sa joue, avant de se retourner simultanément et de frapper Stanislas en plein thorax du bout de son bâton, lui coupant la respiration.

– On ne va jamais y arriver, constata Sophie.

Tout à coup, une nouvelle silhouette fit son apparition.

– Mettez-vous à l'abri, cria le brun qui débarquait.

Derrière les lueurs bleues qui sortaient de sa baguette, Ramania reconnut Martial, le chef scout qu'ils avaient croisé à la pointe du Grouin. Elle ne comprenait pas ce qu'il faisait ici. Comment avait-il été informé ?

– *Couémer* ! *Assotir*, lança-il en direction d'Haman.

Ce dernier commençait à légèrement reculer, alors qu'il résistait toujours aux assauts venus de toute part.

– *Carteiller*, invoqua-t-il pour éviter le sort adversaire.

Sophie, Zita et Ramania tentaient de l'aider en jetant elles aussi des sortilèges, vite esquivés, dans sa direction. Ida, quant à elle, était occupée à essayer de minimiser les dégâts liés aux combats, comme les projections de rambardes en fer, les véhicules garés et les débris de pierre volant en direction des sorcières.

– *Bouëdre* ! *Fouée*, entonna Martial avant que de l'eau bouillante et des flammes ne sortent de sa baguette.

Stanislas, qui se relevait, ne reconnaissait pas la langue des sorts, même si cette dernière lui semblait familière.

– *Fajro*, projeta Haman, agacé de ce duel improvisé, avant que des flammes de dizaines de mètres ne foncent vers Martial, brûlant l'arbre qui se trouvait derrière lui et qui ne tarda pas à s'écraser dans un grand fracas.

Plus le temps passait, plus cet affrontement paraissait perdu d'avance. Stanislas peinait à se relever, Marcelin était encore sonné, Sophie avait failli perdre un bras, Zita commençait à sentir ses forces s'épuiser, pendant qu'Ida avait bien du mal à contenir tous les dégâts provoqués par ces combats. Ramania, elle, avait beau lancer tous les sortilèges qu'elle connaissait, tout ça lui donnait l'impression de ne pas être à la hauteur.

– C'est tout ce que vous avez dans le ventre ? nargua alors Haman en se caressant son épais bouc grisonnant.

Ramania sortit motivée de l'endroit où elle s'était retranchée, jetant des sorts en direction du sorcier. Ce dernier envoya un sortilège qui s'abattit violemment avec la force de la foudre sur les doigts de la jeune fille, l'expulsant en arrière. Sa main lui donnait l'impression de brûler, sa baguette gisait au sol complètement brisée.

– Je vais vous faire gagner du temps, annonça Haman.

Ciblant le pylône électrique qui se trouvait non loin du recoin où les jeunes sorciers blessés s'étaient cachés, il lança un « *detruo* » qui fit s'écrouler la structure pile à l'endroit où le groupe affaibli avait fait son repli. Seules Ramania, tapis au sol et dont la main brûlait toujours, ainsi qu'Ida, avaient pu échapper à la chute du pilier. Cette dernière, décidée, se dirigea vers le responsable.

– *Profunda Dormo*, émit-elle de toutes ses forces.

Mais d'un mouvement vif, Haman esquiva son sort, se retourna sur lui-même, puis frappa les doigts d'Ida du bout de son penn-baz, broyant tous les os de sa main et provoqua un long hurlement poignant de douleur.

– *Projekcio*, cria-t-il dans sa direction, éjectant aussitôt la pauvre Ida à des centaines de mètres dans les airs.

Ramania, percevant la scène au loin, attrapa son balai, l'enjamba puis décolla le plus rapidement qu'elle put, traversa les airs à toute allure en espérant pouvoir rattraper son amie avant qu'elle ne s'écrase à terre.

– Ida ! hurla-t-elle en arrivant au sommet de la falaise.

Ne voyant aucune trace de la jeune sorcière à l'horizon, Ramania s'approcha du bord du précipice dans l'espoir de voir son amie en vie flottant à la surface de l'eau.

– Je suis là, répondit alors une voix étouffée par le vent.

En se penchant près du bord, la jeune brune ressentit un immense soulagement en apercevant Ida qui se retenait, à environ deux mètres d'elle, à un petit arbuste planté sur le flanc de la falaise creusé par les marées.

– Attrape ma main, ordonna Ramania.

Elle avait l'air aussi épuisé que terrorisé, se retenant d'une seule main, les pieds dans le vide au-dessus des dix mètres de chute. Serrant ses doigts sur le petit arbuste, elle n'arrivait pas à tendre son autre main, trop mutilée, pour que son amie puisse l'attraper et l'aider à remonter sur la terre ferme. La main tendue, à bout de bras, Ramania lui paraissait lointaine et inatteignable.

– Tu sais, je ne t'ai jamais avoué pourquoi j'ai été aussi distante tout au long de l'année, confia Ida.

– C'est pas l'moment de parler, attrape plutôt ma main.

Ramania était toujours allongée au sol, tendant son bras dans le vide. Le vent était si violent que la frange de la jeune sorcière ne recouvrait plus ses sourcils froncés. Voyant qu'elle n'arrivait pas à atteindre le buisson qui avait retenu Ida, elle enfourcha son balai, avec l'idée de se poster près de sa camarade en la rattrapant dans sa chute. Pendant ce temps, Ida qui ressentait le besoin de vider son sac, continua de dérouler son explication à celle qui bravait, sur son balai, les vents violents.

– Dans ma précédente école, je me suis liée d'amitié avec des filles que je considérais comme des amies… J'ai compris au fil des années que cette affection n'était pas réciproque. J'avais beau me plier en quatre pour essayer de leur plaire, elles en profitaient à chaque instant pour m'humilier un peu plus… Alors j'ai pensé que ça devait être moi le problème, puis j'ai commencé à m'isoler, me renfermer… C'était ma façon de me protéger. Mais ça ne les empêchait pas d'venir me chercher pour m'harceler.

– Tais-toi, attrape ma main, hurla Ramania à ses côtés. On reparlera de tout ça quand tu seras hors de danger.

Elle avait beau tenter de rester stable sur son balai, la force du vent faisait constamment vaciller sa monture, manquant de justesse de la faire tomber dans la baie. Comprenant qu'elle ne pourrait pas la rattraper de cette façon si elle était incapable de maintenir son balai en place, elle retourna au bord de la falaise pour reprendre sa position initiale en tendant sa main dans le vide.

– Je me pensais condamnée à devoir me faire discrète, rêvant d'être invisible pour avoir un peu de tranquillité. Jusqu'à cette année. Malgré les doutes et les allégations que j'ai pu porter contre vous, vous n'avez pas hésité à me tendre la main lorsque l'occasion s'est présentée...

– Justement, tends-moi ta main s'il te plaît !

Mais Ida continua son explication, les larmes aux yeux.

– Lorsqu'on obtient quelque chose gratuitement, on accepte de perdre autre chose en retour. C'est comme ça que fonctionne l'équilibre de la vie. En acceptant l'amitié et la main que vous m'avez tendue, j'ai aussi accepté l'idée qu'un jour, je puisse vous perdre… C'était le risque à prendre.

– Attrape l'extrémité du balai, ça peut le faire !

Ida, venant de clore son explication, comprit que c'était le bon moment. Elle devait le faire, elle pouvait le faire.

– Maintenant, cria Ramania lorsque le balai l'effleura.

Dans un ultime espoir, Ida lâcha la branche qui la retenait et tenta d'attraper le bout du balai que le vent agitait frénétiquement. Elle souffla un dernier « merci » lorsqu'elle prit conscience qu'elle l'avait loupée de peu. Ramania, qui comprit ce qui venait de se passer, sembla pétrifiée et ne put détacher son regard de celui d'Ida. Elle pouvait discerner dans ses grands yeux mouillés une immense tristesse, de la peur ainsi que des regrets. Puis retentit un terrible fracas lorsque son corps toucha la surface de l'eau, devenue aussi dure que de la roche après une chute de plus de dix mètres de haut. Elle s'enfonça doucement dans les méandres salés de la mer qui bordait la baie. Le cri déchirant de Ramania se fit entendre dans toute la vallée, jusqu'aux ruelles endommagées de Douarnenez. Les yeux remplis de larmes, elle attrapa avec poigne le manche de son balai, serra les dents, puis s'envola en direction de la rue où se trouvait encore Haman. Il fallait mettre fin à cette débâcle, il allait devoir payer la mort d'Ida et tous ces corps de sorciers comateux innocents retrouvés.

– Tiens, la déserteuse est de retour, s'esclaffa Haman.

Le sorcier venait juste de terminer son affrontement avec Marcelin qui, en dépit d'un fauteuil qui ne volait plus à cause des multiples dégâts subis, avait continué à se battre pour protéger ses amis encore coincés sous les débris. Malgré le dévouement et le courage dont il avait fait preuve, ce dernier subit un sort d'Haman et s'écrasa brutalement dans la tôle du garage siégeant au bout de la rue, sous le regard vain de Ramania qui atterrissait.

– Pourquoi toutes ces vies brisées ? demanda-t-elle.

Elle tentait de gagner du temps pour se rapprocher de la baguette d'Ida qui avait glissé sur le bord du caniveau.

– À quoi bon te l'expliquer ? Tu pourras les retrouver dans quelques minutes, dit-il en pointant sa baguette.

Mais la baguette était encore bien trop loin, il fallait impérativement qu'elle essaie de le faire parler.

– Je vous ai vu me tuer sous mes traits enfantins, dans cette forêt, plus d'une fois dans mes cauchemars. C'était donc votre projet depuis le début ? M'ôter la vie ?

Mais Haman se mit alors à rire à gorge déployée.

– Quelle prétention et quel orgueil faut-il avoir pour penser que je fais tout ça uniquement pour toi. Tu n'es personne, pas plus que tes amis coincés sous ces débris. Le cauchemar que tu faisais n'en était pas un, c'était uniquement un souvenir douloureux qui revient me hanter chaque nuit. Et l'enfant que tu voyais n'était pas une version de toi enfant, c'était Timna, ma fille.

Ramania ne s'attendait pas du tout à cette révélation.

– Mais… mais… je vous ai vu lui retirer la vie…

– Je n'essayais pas de lui retirer la vie, réfuta le sorcier, je tentais simplement de lui insuffler la magie. Timna n'a jamais eu le privilège de posséder la moindre once de ce don dans ses veines. J'ai consulté tous les médecins, les marabouts et les magnétiseurs du pays… en vain. J'ai même essayé de rencontrer la Truitonne, une émérite fée des houles, ainsi que Padrig Montrigas, l'ancien directeur du Rocher Portail, aucun d'eux n'a accepté de m'aider à résoudre cette infirmité. Il a fallu que je tombe sur un sort ancestral puissant trouvé dans un grimoire de magie noire pour me redonner espoir. Il prétendait pouvoir donner aux êtres privés de magie, autant de force que dix sorciers réunis. Mais l'enchantement a échoué et j'ai vu ma fille rendre son dernier souffle dans mes bras, au cœur de cette maudite forêt...

– Attaquer des sorciers ne changera pas l'histoire.

– Si seulement tu savais, répondit-il le regard brillant. Le but de ces comas n'a jamais été de simplement venger ma fille, ni d'installer un climat de peur, mais bel et bien de récupérer assez de larmes de l'âme, ces gouttes qui ne coulent qu'une fois qu'un mage a été tué au sein de son esprit. Avec une quantité importante de ce liquide sacré, il m'aurait été possible de devenir assez puissant pour tuer plusieurs sorciers en même temps.

– J'pensais que vous souhaitiez faire revenir votre fille ?

– À quoi bon la faire revenir dans un monde qui continuera de la détester pour ce qu'elle est ? Le seul objectif est de faire en sorte que cette situation ne se reproduise jamais. Et la seule manière d'abolir cet écart, cette différence discriminante consumant des familles, c'est de détruire la magie. Chaque sorcier doit périr !

Ramania atteignait presque le rebord du trottoir où la baguette d'Ida avait glissé, il ne lui manquait que quelques centimètres pour qu'elle puisse l'effleurer.

– Tu n'es en rien différente des autres, ta vie ne vaut pas plus que celle qu'aurait pu vivre ma fille. Elle aurait eu le même âge que toi aujourd'hui, expliqua-t-il en détaillant chaque mot pendant qu'il levait sa baguette.

– Et que faisiez-vous chez mes parents en fin d'année ? demanda Ramania en glissant vers elle la baguette d'Ida.

Mais Haman ne l'écoutait plus, il avait déjà commencé à lancer son sortilège en araméen. La jeune sorcière se releva donc d'un coup et pointa à son tour son arme magique dans la direction de celui qui voulait en finir.

– *Adhadda kedhabhra*, vociféra d'un ton rauque le sorcier dont une projection d'un noir profond se dirigea en direction de la jeune brune qui lui faisait face.

– *Abreg ad habra*, embraya aussitôt Ramania.

Un grand éclair sortit bruyamment de sa baguette, transperçant la nuit qui touchait à sa fin avant de se refléter sur le crâne luisant d'Haman, l'apercevant même, au loin, au plus profond de ses pupilles noircies. Les deux projections lumineuses vinrent s'entrechoquer dans un vacarme digne d'une explosion, puis Ramania sentit une immense force sur son poignet. Elle savait qu'il fallait qu'elle tienne bon, qu'elle résiste, sans quoi le sort de son adversaire viendrait la réduire en cendres avant même qu'elle puisse reprendre ses esprits. Un duel sans merci prenait place, durant de longues minutes, les plus longues que Ramania ait pu connaître. Mais plus les minutes avançaient, plus la jeune sorcière commençait à faiblir, perdant peu à peu ses esprits et remarquant à peine que des citadins, dont les maisons venaient d'être touchées, sortaient de chez eux.

– Il est temps de lâcher prise, hurla Haman. Je t'offre une mort aussi douce et rapide que celle de Montrigas.

Ramania voulait tenir, pour lui prouver que toutes ces morts n'avaient pas été vaines, mais elle sentait que son énergie vitale s'épuisait peu à peu. Malgré sa volonté de déployer des efforts colossaux, des crampes commençaient à la tirailler au niveau de son bras. Soudain, elle s'écroula en arrière et se retint de justesse en continuant de maintenir l'éclair qui jaillissait de sa baguette magique. La lueur obscure qui sortait de celle d'Haman avait bientôt parcouru les trois quarts de la distance qui séparaient les deux sorciers se battant. Ramania ferma peu à peu les paupières, la pression était trop forte, elle se sentait doucement partir, avant qu'un éclair lumineux blanc ne vienne frapper les miyogs qui observaient la scène de loin, y compris les plus malins qui se camouflaient derrière des volets entrouverts. Pourtant, loin de les tuer, cet éclair les laissa seulement dans un état d'hébétement, comme s'ils étaient sonnés. Soudain, une voix masculine vint transpercer la baie de Douarnenez, puis un gigantesque tourbillon de flammes se mit à tournoyer au-dessus de la ville, donnant l'impression qu'un soleil éclairait la nuit noire.

– *Ca'ar esh*, entonna cette voix que Ramania semblait connaître et qui venait des hauteurs de la ville bretonne.

Les Penn sardin, nom porté par les habitants de la baie, se mirent à détaler dans une cohue générale apeurée par le spectacle qui s'offrait à eux. Ils n'avaient jamais aussi bien porté leur nom, qui signifiait tête de sardine en breton, puisqu'ils donnaient l'impression d'être un simple banc de poissons terrorisé à l'idée d'être pêché. Haman tenta de s'attaquer à ce nouvel adversaire mais fut très vite emporté par ce typhon de flammes, le soulevant dans les airs avant de le faire disparaître au plus profond des entrailles étouffantes de la mer.

– Je… qui… balbutia Ramania en essayant de se relever.

Mais la foule autour d'elle était toujours paniquée, hurlant et courant dans tous les sens, manquant même de l'écraser alors qu'elle était étalée sur le goudron. Tentant de voir qui pouvait bien être son sauveur, elle essaya de relever sa tête, ouvrant un œil et scrutant l'horizon lointain d'où les flammes étaient sorties.

Soudain, au loin, elle crut reconnaître un visage avant de s'évanouir pour de bon. Elle en était certaine, malgré l'épuisement. C'était bien la silhouette de son père.

16

LE CHAMP DE TOURNESOLS

– Ramania, est-ce que tu m'entends ? Réponds-moi.

Ouvrant difficilement ses yeux, comme s'ils avaient été collés hermétiquement, la jeune brune étalée sur le goudron froid de la rue commençait à discerner le visage de l'homme qui tentait de la réanimer. Une légère barbe fit alors son apparition dans son champ de vision, puis elle reconnut Martial, dont le col de la chemise avait été superficiellement calciné lors de ces affrontements.

– Reste bien parmi nous, dit-il en relevant le buste de Ramania contre le mur qui se trouvait derrière elle. Je vais aider les autres à s'extirper des gravats.

Elle le vit au loin lancer des sorts pour les en sortir.

– Comment as-tu fait pour réussir à vaincre Haman ? demanda-t-il en retournant s'accroupir devant Ramania.

Cette dernière commençait à reprendre doucement ses esprits et les images de la bataille revenaient peu à peu.

– Ce... ce n'est pas moi, expliqua-t-elle. C'est mon père.

Martial se releva, tournant la tête des deux côtés pour tenter d'apercevoir celui qui avait mis fin à ces combats. N'ayant pas réussi à distinguer qui que ce soit, il se remit accroupi devant elle, avant de poursuivre la discussion.

– Au moins, nous n'aurons plus à craindre ce sorcier.

Ramania, épuisée, tentait en vain de se mettre debout, mais son corps semblait avoir subi autant de dégâts que les petites rues habituellement soignées de Douarnenez. La douleur n'était rien face aux questions. Elle ne comprenait pas pourquoi son père n'avait pas accouru une fois qu'Haman avait été abattu, avant de se remémorer tous ces miyogs affolés qui détalaient, puis du cours où Sharansky avait parlé de la règle de non-divulgation passible d'une peine de dix ans de prison.

– Mon père, dit-elle en se relevant malgré l'épuisement de son corps et le choc de savoir que c'était un sorcier. Il risque d'être arrêté, condamné et emprisonné par ma faute, lâcha la jeune brune avant de fondre en larmes.

– Dis-toi que peu importe où il se trouvera, il pourra être fier des pouvoirs qu'il a transmis à sa fille…

Ramania eut à peine le temps de le contredire qu'une voix familière cria son nom au loin. C'était sa mère. Voulant s'excuser de devoir s'éclipser auprès de Martial, elle s'aperçut alors que le chef scout n'était déjà plus là.

– Ramania, ma chérie, tu n'as rien ? demanda Esther en étreignant sa fille blessée dans ses bras chaleureux.

– Papa… il… commença à balbutier Ramania.

– Je sais… Viens dans la voiture te mettre au chaud.

Installée sur le siège passager du véhicule de sa mère, la jeune sorcière prit le temps de contempler l'extérieur. Dans la ruelle jonchée de gravats, de débris de verre, d'amas de pierres et de carcasses de tôle, elle aperçut la police magique raccompagnant ses amis jusqu'à leurs parents qui venaient tout juste d'arriver. Ce qui fendait le cœur de la jeune sorcière, c'étaient les parents d'Ida qui, en arrivant, s'étaient mis à chercher désespérément leur fille. Ils avaient été mis à l'écart et on leur avait annoncé la triste nouvelle, plongeant dans un flot de sanglots une dame ressemblant trait pour trait à Ida. Ramania essaya de s'extirper de cette scène déchirante.

– Comment vous avez pu savoir que nous étions là ? questionna-t-elle lorsque sa mère prit place au volant.

– Nous avons reçu un corbeau avec un message, il y a quelques heures. Aussitôt, ton père s'est jeté sur son balai afin d'arriver au plus vite à Douarnenez…

– Son balai ? l'interrompit Ramania. Comment ça son balai ? Il y a tout juste quelques mois, tu me demandais de ne pas lui parler du monde de la magie et aujourd'hui tu m'annonces sans sourciller que c'est aussi un sorcier.

– Je sais… nous aurions dû t'en parler dès le début. Lorsque ton père a appris que j'avais perdu la totalité de mes pouvoirs, il a décidé de ne plus se servir des siens, en guise de soutien. Nous nous sommes alors efforcés d'avoir la vie la plus discrète possible, nous fondant dans le décor et dissimulant notre passé, avec néanmoins cette peur quotidienne qu'un jour un voisin l'apprenne.

– Mais c'est pour ça que tu ne voulais pas m'acheter de romans ou de BD qui parlaient de sorciers et que j'ai dû les emprunter à la bibliothèque, comprit alors Ramania.

– Je craignais que ça t'mette la puce à l'oreille. Au final, il aura fallu attendre ta rentrée au Rocher Portail pour que tu comprennes qui tu étais réellement, ton histoire, celle de ta mère et, aujourd'hui, celle de ton père.

– Papa a compris que c'était Haman lorsqu'il a essayé de récupérer notre courrier en début d'année ?

– Absolument pas. Haman et ton père étaient amis, il y a bien longtemps, avant qu'il ne sombre dans cette obsession de refuser de voir qui était vraiment sa fille.

Ramania tomba de nues. Son père et l'homme qui avait tenté de l'assassiner avaient été amis lorsqu'ils n'étaient encore que de jeunes sorciers. Comment l'imaginer ?

– Il n'a découvert que ce soir qui était derrière tout ça ?

– Il a commencé à avoir des doutes, qui furent confirmés lorsqu'il tomba sur l'avis de recherche à l'Interlope. Il a alors compris qu'il s'en prendrait à toi.

– Vous… vous connaissez l'Interlope ? s'étonna-t-elle.

– Même si nous avons décidé de nous dissimuler, ça fait parfois du bien de se rappeler d'où l'on vient.

La voiture démarra et Ramania, qui avait bien trop de questions à poser, préféra se laisser le temps de digérer ce qu'elle venait d'apprendre. Silencieuse, elle se mit alors à sa fenêtre et observa la baie de Douarnenez qui s'éloignait petit à petit. La police magique était déjà à l'œuvre, nettoyant les dégâts et rassemblant tous les miyogs qui avaient assisté à la scène pour leur jeter un sortilège dont l'éclair blanc lumineux les rendait ébahis.

– Mais… j'reconnais ce sort, s'étonna Ramania. Il y a eu le même juste avant que commence le tourbillon de feu.

– C'est un sortilège de confabulation, expliqua sa mère. Il remplace l'événement auquel les miyogs n'auraient pas dû assister par un souvenir imaginaire au sein de leur mémoire, ça maintient l'équilibre de notre monde.

– Alors pourquoi papa ne l'a pas fait après sa tornade de flammes, ça aurait évité qu'il prenne la fuite, nan ?

Sa mère la regarda d'un air à la fois attristé et tendre.

– Tu as vu l'état de la ville ? Que penses-tu qu'il se serait passé si la police magique avait découvert cette scène de chaos sans qu'aucun coupable ne soit désigné ?

– Je ne sais pas, ils en auraient déduit que c'était la faute d'Haman et auraient peut-être bouclé l'affaire ?

– Non, vous auriez fini en garde à vue et tu aurais dû subir les interrogatoires de la police magique... Si ton père a fait ça, c'est uniquement pour vous protéger.

Cette nouvelle touchait Ramania, par le geste d'amour de son père, mais l'attristait tout autant. Elle réalisa que lorsque l'aube pointerait le bout de son nez, personne hormis eux ne se souviendrait de ce qu'il s'était passé. Seule l'absence d'Ida viendrait rappeler au petit matin que tout ceci n'était pas qu'un cauchemar, mais bien la marche lancinante, insaisissable et impassible du destin. Ramania savait que son amie était bien là où elle était, qu'elle n'avait pas aussi mal qu'elle à cet instant. C'était aussi ça le paradoxe de la vie, terrible constat qui glaçait son sang. Mourir, c'était vivre une fois, alors que vivre, c'était voir les gens mourir tout autour de soi.

Elle contempla une dernière fois la baie, espérant, sans se l'avouer, pouvoir y distinguer Ida lui faisant signe que tout allait bien et qu'elle n'avait pas besoin d'avoir les yeux si embués. Mais seul le soleil matinal enlaçait la surface de l'eau avant d'embrasser le flanc des rochers.

– Ramania, dépêche-toi, on va être en retard !

Quelques semaines venaient de passer et il était temps pour la jeune sorcière de retourner au Rocher Portail. Elle n'y avait plus mis les pieds depuis son examen final. Mais aujourd'hui, il fallait bien y aller, puisque c'était le jour où étaient affichés les résultats de fin d'année.

– Ramania, mets tes chaussures. On y va et je ne me répéterai pas, annonça sa mère en bas des escaliers.

La jeune brune n'était pas pressée de fouler de nouveau les couloirs de l'académie. Elle reverrait ses amis, mais elle savait que rien ne serait plus comme avant. Elle n'avait d'ailleurs pas répondu aux lettres que ces derniers lui avaient envoyées depuis mai, et ne s'était pas non plus pointée à la cérémonie organisée par le Rocher Portail pour rendre hommage à Ida. Même si les autres ne comprenaient pas son point de vue, elle préférait ne pas dire un dernier au revoir à son amie, laissant son imagination se convaincre qu'elle était juste partie, qu'elle s'était éloignée et qu'un jour, à l'occasion, elles pourraient se recroiser par hasard pour discuter.

– Ramania !

À peine arrivée sur le parking du Rocher Portail et sortie de la voiture, la jeune sorcière se fit alpaguer. Elle reconnut alors la voix lointaine et émue de Sophie. Cette dernière se précipita pour la prendre dans ses bras.

– Tu nous as manqués tu sais. On s'inquiétait pour toi.

Le reste du petit groupe ne tarda pas à les rejoindre, avant de faire une accolade digne de ces retrouvailles. Même si elle savait qu'elle n'avait pas été la meilleure amie qu'on puisse avoir durant ces dernières semaines, Ramania était néanmoins ravie de pouvoir les retrouver. Seul Sylvain avait encore du mal à esquisser un sourire, ne s'étant pas remis de la disparition brutale d'Ida.

– Vous venez ? Les résultats viennent tout juste d'être affichés, annonça Marcelin pour changer de sujet.

Tous se dirigèrent en direction du couloir principal de l'académie de magie, dont les portes avaient été ouvertes pour l'occasion, afin de découvrir le bilan de leur année et les résultats des examens placardés.

– Je l'ai eu avec 16 de moyenne, se réjouit Zita.

Chacun d'entre eux parcourait les feuilles trônant sur les murs du couloir dans l'espoir de voir son prénom, sa note et, par curiosité, s'ils trouvaient ceux de leurs amis. Au fil des minutes, les noms et les résultats défilaient.

Sophie était admise en seconde année, Sylvain aussi, tout comme Stanislas et Marcelin. Le doigt de Ramania s'arrêta sur le prénom d'Ida, accolé à la note de 19. Elle qui doutait d'avoir réussi son second semestre, elle avait décroché la meilleure note parmi les premières années.

– Je t'ai trouvé Ramania, s'écria soudain Marcelin.

En s'approchant de la feuille pointée par ce dernier, elle ne put que constater que son prénom y figurait. Elle avait eu la note impressionnante de 17, inespérée pour elle. Rassurée, elle savait qu'elle pourrait revenir au Rocher Portail à la rentrée, retrouvant ainsi ses cinq comparses. Mais le prénom d'Ida était là pour tempérer les esprits et éviter les effusions de sentiments, rappelant à toutes et à tous qu'il manquerait quelqu'un en septembre sur les bancs de l'académie de magie.

– Une fois que vous avez vos résultats, laissez la place à ceux qui attendent derrière vous, annonça la directrice Zéphanie Meihendor. Et pour ceux qui ne reviennent qu'à la rentrée et qui n'auraient pas encore vidé leurs appartements, n'hésitez pas à y aller dès que possible.

Sophie et Zita accompagnèrent alors Ramania au numéro 555, leurs chambres ayant déjà été vidées. Aidant leur amie à disposer toutes ses affaires au centre de la pièce, elles défirent les draps et retirèrent les cadres et la décoration qui avaient embelli la chambre. Puis, pointant sa baguette en direction de ses affaires, la jeune sorcière retardataire fit résonner son « *facileco* » jusqu'au fond du couloir du bâtiment. Les affaires qui avaient été mises en tas disparurent aussitôt, laissant alors place à une pièce vide, blanche, où chacun pouvait entendre le moindre de ses pas résonner sur le sol.

– Bon bah ça y est, une année de terminée, lança Zita.

– La première, mais pas la dernière, renchérit Sophie.

Les trois amies se prirent une ultime fois dans les bras.

– Bon alors, tes résultats ? demanda Esther lorsque sa fille revint s'asseoir dans la voiture. Et tes amis, tu as pu leur dire au revoir comme tu voulais ?

– J'ai eu mon année avec 17 de moyenne. Et pour mes amis, j'espère leur avoir fait comprendre qu'ils me manqueraient durant ces vacances, confia Ramania en les saluant une dernière fois en direction de la vitre arrière par laquelle s'estompait le parking du château.

– Je suis fière de toi, répondit sa mère enthousiaste. Et je suis aussi heureuse de voir que cette année scolaire à l'académie de magie t'aura permis de te faire de bons amis. Tu sais, lorsque l'amitié est choyée et entretenue, elle permet parfois de se créer sa propre petite famille.

Mais Ramania n'était pas convaincue par cette idée. Une famille, il y a un an à peine, elle en avait encore une. Aujourd'hui, cette dernière était toute morcelée. Bien qu'elle se soit rapprochée de sa mère, Ramania ne savait toujours pas où son père pouvait bien se trouver depuis qu'il avait été contraint de prendre la fuite, après les événements de Douarnenez, pour ne pas finir en prison.

– Tu as des nouvelles de Papa ?

– Non, malheureusement... Et je ne sais pas où il pourrait être en ce moment. Comme je te l'ai promis, il n'y aura plus de secret entre nous. Dès que j'aurai du nouveau, tu seras la première informée.

Le regard de sa fille se perdit dans la ligne d'horizon, contemplant au loin les arbres qui défilaient, avant de constater qu'elle ne connaissait pas la route empruntée.

– On va où ? demanda Ramania en regardant sa mère.

– Après avoir perdu mon père, le tien m'a emmenée ici pour essayer de me consoler. Il avait compris que si je pleurais chaque soir, c'était parce que la vie m'avait enlevé celui pour qui j'avais encore tant d'amour à donner. Alors, plutôt que de me faire croire qu'un jour ça passerait, il m'a fait comprendre qu'en attendant que le temps apaise mes plaies, je pourrais offrir cet amour à un petit être que ne demandait qu'à être aimé…

La voiture s'arrêta devant un grand bâtiment d'où provenaient miaulements, aboiements et piaillements.

– C'est un refuge pour animaux classiques et magiques, expliqua sa mère en sortant de la voiture. C'est là que nous avons adopté Hofaza, la boule d'amour que tu as eu la chance de connaître quand tu étais bébé. C'est aussi à ça que je pensais en te disant que tu pouvais te constituer ta propre petite famille… Tu n'as pas toujours besoin d'avoir des liens de sang pour aimer quelqu'un comme ton propre enfant.

En entrant dans le refuge, Ramania fut impressionnée par la diversité d'animaux qui s'y trouvaient. Les box et les cages pouvaient aussi bien contenir des chats, des chiens et des lapins, que de petits dragons, des griffons, des gargouilles, des golems et même une velue vivace. Se baladant au sein de cet immense bâtiment, elle se retrouva dans une salle entièrement peuplée de chats. La plupart d'entre eux ne ressemblaient à rien de ce qu'avait pu connaître Ramania durant sa vie, certains avaient des rayures noires descendant sur leurs flancs, d'autres disposaient de véritables crinières touffues, quand d'autres encore possédaient des dents de sabre.

– Il y en a un en particulier qui t'plaît ? demanda Esther.

Mais sa fille ne savait pas vraiment où donner de la tête tant les espèces abandonnées étaient nombreuses. De l'autre côté de la pièce, les box alignés semblaient tous contenir le même type de chat avec un pelage noir. Malgré leur couleur de jais, l'écriteau au-dessus de leurs emplacements indiquait la mention « *chats d'argent* ».

– Les chats noirs sont toujours aussi populaires, annonça une bénévole qui entrait dans la pièce.

– Alors, pourquoi sont-ils autant à être abandonnés ?

La soigneuse, venue nourrir tous ces pensionnaires si l'on se fiait à son immense sac de croquettes sur son épaule, s'arrêta un instant pour regarder Ramania.

– Les chats d'argent sont réputés pour revenir à l'aube avec une bourse contenant de la monnaie. S'ils n'en apportent pas assez, voire pas du tout, il arrive que les sorciers viennent les abandonner au refuge…

Mais l'attention de la jeune brune se concentrait sur le fond de la pièce, où un chat blanc, tout seul, se reposait.

– Ça ? dit-elle en pointant du doigt l'animal solitaire. C'est Ratoul, un félin qui est ici depuis un petit moment. Autant les chats noirs ont la cote, autant les chats blancs n'ont pas l'air de beaucoup plaire. Et comme celui-ci est entièrement blanc, il attend toujours un propriétaire.

Ramania s'approcha de son box, où la bête continuait de dormir, avant d'ouvrir un œil pour voir quel humain était venu le déranger. La jeune sorcière discerna alors ses yeux, d'un bleu céleste, profond, limite envoûtant. Se perdant dans son regard, Ramania avait la sensation qu'il pouvait voir au plus profond de son âme. Elle approcha sa main doucement, comme si elle voulait avoir la validation de la part du chat attendant un foyer, puis sentit le petit nez rose et humide de l'animal venir renifler ses doigts, avant de frotter sa tête à elle.

– J'crois qu'elle a fait son choix, confia Esther à la dame qui regardait la scène au loin en servant ses croquettes.

– C'est plutôt lui qui m'a choisie, compléta alors sa fille.

C'est ainsi que Ratoul quitta pour de bon son refuge.

– Tu penses que Ratoul plaira à Papa ? demanda Ramania en observant la caisse où il faisait sa toilette.

– J'en suis certaine mon cœur.

La jeune sorcière, le poing contre sa joue, se perdait dans ses pensées en observant le paysage défiler. Elle ne savait pas trop quoi retenir de cette année scolaire mouvementée, où elle avait certes réussi à surmonter certaines de ses peurs, prouvant au passage qu'elle était capable d'accomplir bien plus de choses qu'elle n'avait pu l'imaginer, mais où elle s'était aussi rendu compte que toute seule, elle n'aurait pas pu résoudre toute cette affaire. C'est à sept qu'ils ont pisté Haman et mis fin à ses agissements, aidés de son père et de tous les sorciers l'ayant conseillée sur son chemin. Une victoire au prix d'une vie et d'un exil forcé. Était-ce le tribut que le monde des sorciers devait payer ? En attendant de pouvoir retrouver son père, elle savait qu'elle reverrait bientôt ses amis à l'académie, où une nouvelle année, qu'elle espérait plus calme, l'attendait. Et comme ils ne risquaient plus rien, Ramania savait qu'elle pourrait à présent rendre visite à ses amis, pendant leurs rêves, une fois la nuit tombée. Contemplant un champ de tournesols, elle esquissa alors un sourire.

TABLE DES MATIÈRES

Si tu as apprécié, n’hésite pas à en parler.

Si tu veux papoter ou en savoir un peu plus sur l’univers de Simonie, n’hésite pas à passer par ces liens :

INSTAGRAM
Instagram.com/simonie.art

EMAIL
simonie.art@gmail.com

Achevé d’imprimer en France en février 2024

Dépôt légal : Février 2024